看不见的嫌疑人

幽闭恐惧

姜钦峰／著

贵州出版集团
贵州人民出版社

图书在版编目（CIP）数据

看不见的嫌疑人：幽闭恐惧／姜钦峰 著.--贵阳：贵州人民出版社，2019.7

ISBN 978-7-221-15378-4

Ⅰ.①看… Ⅱ.①姜… Ⅲ.①长篇小说－中国－当代

Ⅳ.①I247.5

中国版本图书馆CIP数据核字（2019）第152870号

看不见的嫌疑人：幽闭恐惧

姜钦峰／著

总 策 划	陈继光
责任编辑	陈继光
特约编辑	Echo
装帧设计	陈　晨
封面设计	源画设计
出版发行	贵州人民出版社有限公司（贵阳市观山湖区会展东路SOHO办公区A座）
印　　刷	环球东方（北京）印务有限公司
版　　次	2019年8月第1版
印　　次	2019年8月第1次
印　　张	21
字　　数	200千字
开　　本	710mm×1000mm　1/16
书　　号	ISBN 978-7-221-15378-4
定　　价	45.00元

人物简介

江枫，男，27岁

职业：刑警。

外貌性格：中等身高，目光锐利，笑起来嘴角略歪。沉稳内敛，有演讲恐惧症。

擅长：侦查破案，擒拿格斗。

经历：父母离异，从小在单亲家庭长大，与母亲相依为命。警院高材生，曾获全省公安系统大比武散打冠军。思维缜密，热爱刑侦工作，屡破大要案件，深受上级器重。在处置一起抢夺婴儿案时发生重大失误，被调离刑侦部门，但他一直在关注这个案子，发誓要将罪犯绳之以法，一雪前耻。

林小砚，女，25岁。

职业：报社记者。

外貌性格：平胸美女，外号“ipad”，伶牙利齿，作风泼辣。

擅长：采访写作。

经历：小时候的理想是当洒水车司机，看谁不顺眼就放水喷他。资深吃货，当过美食记者，后转为政法记者。渴望自由的生活和完美的爱情，与江枫有过一段刻骨铭心的爱情，不幸遭遇重大家庭变故。

王三牛，男，23岁。

职业：刑警。

外貌性格：粗壮的小鲜肉，性格直爽，幽默搞笑，对自己的东北口音相当自信。

擅长：音乐。

经历：原名王犇，真名被人遗忘了，江枫的搭档。菜鸟刑警，撩妹高手。富二代，热爱音乐，人生理想是过猪一样的闲适生活。与父亲关系紧张，为了脱离父亲的魔掌才去报考警察，没想到一考就中，打算干一阵子就走人。重情重义，当江枫遭受不公正处分时，敢于顶撞上司。

万志强，男，45岁。

职业：刑侦大队长。

外貌性格：外号“光头强”，高大威猛，像个胖大和尚，口头禅“强哥不发威当老子是病猫”。

擅长：侦查破案。

经历：江枫的上司和伯乐。炮兵出身，大块头，大嗓门。表面风光，内心彷徨，由于工作压力大头发掉光。办案经验丰富，嫉恶如仇，霸气外露，做事不拘小节。江枫刚从警院毕业本来是分到派出所，被万志强半路截道，抢到刑侦大队，从此改变了江枫的命运。

仇皓，男，38岁。

职业：古玩店老板。

外貌性格：沉默寡言，心狠手辣，幽闭恐惧症患者。

擅长：古玩鉴定。

经历：汶川大地震幸存者，妻女在地震中遇难，后只身回到东风市经营古玩店，同时暗中追查国宝元青花梅瓶的下落。因对结拜兄弟做过亏心事，怕遭报应，每天做噩梦。行事诡秘，重度迷信。

茅跃进，男，59岁。

职业：博物馆馆长。

外貌性格：爱穿中式服装，头发全白，一双小眼睛，深不可测。

擅长：文物鉴定。

经历：文物专家，一辈子从事文物工作，对文物有着宗教般的热爱。工作狂，夫妻关系紧张。多年前做过一件后悔终生的事，还有半年退休，一心想找回失散的国宝。

.1.

序幕

盛夏酷暑，下午四五点钟的太阳依旧毒辣，明晃晃地照亮这个无情的世界。

隐藏于人潮之中，没有人会注意到他的存在，世界早已将他遗忘。

摩托车停在马路边，钥匙插在锁孔里，并未熄火，怠速很稳定，发动机安静得像熟睡的婴儿。车子至少有八成新，乌黑的车身在阳光照射下散发出神秘的光泽，像一只蓄势待发的猎豹。

车头向东，由此前行五十米，右转，就进入交通繁忙的锦绣大道。今天是周五，马上就到下班高峰期，在写字楼里紧绷了五天的人们会比往日更加躁动。整条街道很快会堵成一锅粥，摩托车可以像泥鳅一样在车流缝隙中灵活穿行，带他去想去的地方。

撤退的过程不会超过十秒钟。所有人都来不及反应发生了什么事，他已经消失在茫茫人海之中，就像一滴水混进了大海。油箱已加满，连续跑二百公里不成问题。

“来福珠宝”，四个醒目的LED发光字，就在眼前。

招牌上的发光字亮度极高，即使是在白天，走近看依然刺眼。门面装饰得金碧辉煌，加上店内装修豪华，成本恐怕不下几十万元。那些头脑简单的有钱人，只会注意柜台里闪闪发光的金银珠宝，谁会关心别人的死活。

金店对面是华润万家超市，车水马龙，人声嘈杂。

停车位比大熊猫还要珍稀。一个身穿暗红色马甲的中年妇女，肩上斜背着红色小挎包，手里拿着一沓票据，正在指挥一辆红色马自达倒车。她不停地挥动双手，上下嘴唇一张一合，听不清说什么，大致也能猜到，无非是“前前后后、左左右右”。马自达倒得很辛苦，进进出出几个来回，还是无法将车头摆正。可能是女司机，他猜。

站在超市门口，可以很方便地观察马路对面的金店，夹在人流中不会引起别人注意。他找到一个监控盲点位置，观察过好几次。

金店内有三名女店员，不会构成威胁，她们每月拿着两三千元工资，不会傻到为老板卖命。里面可能还会有几个正在挑选首饰的顾客，这也不足为虑，买首饰的多半是女性。钱是别人的，命是自己的，智商正常的人都分得清。如今世风日下，有正义感的人越来越少，有谁会为别人的事挺身而出？

保险柜和收银台的方位也已了然于胸，闭着眼睛都不会走错。两个月前，他进去踩过点，店员忙着招呼其他客人，并未注意到他。他尽量低着头，假装看柜台里的首饰，用眼角余光观察四周，绕着U形柜台走完一圈，若无其事地走出大门。踩点的过程不到三分钟，已经冒了极大的风险，在里面待的时间太长，可能会被店员记住相貌。虽然这种可能性不大，不过还是谨慎为好，小心驶得万年船。

监控当然是不能忽视的，店内共有四个监控摄像头，每个摄像头的位置也已摸清楚。提前两个月踩点，是为了确保当天的监控录像已被自动覆盖。

一旦发案，警察肯定会调取案发时的监控。如果调查受阻，他们很可能还会调出此前所有的监控录像，查找是否有可疑人员前来踩过点。录像保存的天数，取决于主机的硬盘容量，这项工作会比人们想象的更加枯燥和漫长，但他丝毫不敢低估警察破案的决心，这关系到他们的荣誉。

从金店出门右转，步行约三百米，有一家建设银行。每天下午四点过后，老板会进入金店，清点当日的现金，并赶在银行关门之前，把钱存入银行。

抬腕看表，再次确认时间：下午4点40分。

此时，金店老板会站在收银台里面，开心地数钱。

蹲下,重新系好鞋带，顺便观察左右，一切如常。

拿出口罩，戴好。手里紧紧攥着铁家伙。

再过十几分钟,大批警察就会赶到,在门前拉起警戒带,封锁现场。

虽然已在脑海里演练过无数遍，他还是不由自主地心跳加快。手心似乎在出汗，妈的，这种鬼天气每个人都在出汗。他努力平复急促的呼吸，深吸一口气，推开玻璃门。右脚首先跨过门槛，身体微微前倾，向收银台冲去。

成功只属于有准备的人。

“啊！”一名女店员发出一声惊呼。

收银台里的中年男子反应奇快,眨眼的工夫,手里已多出一根铁管。

这是个意外!

胸前忽然传来钻心的剧痛，可能是遭到了攻击。他没有时间确认伤势，抡起手里的家伙，用尽全力猛击对方头部，中年男子轰然倒地。

.2.

镇馆之宝

4月21日，谷雨刚过。

谷雨是一年中生命力最旺盛的节气，万物生长，百花盛开。香樟树刚换完新叶，被昨夜的春雨洗涤过后越发青翠，繁密的叶片中间开满了淡黄色的小花，花香沁人。

春日的午后，浅浅的阳光洒在身上，却不灼人。江枫走在仿古青砖铺成的人行道上，额头偶尔会碰到几片香樟树叶，发出簌簌的响声。他穿着蓝灰色针织T恤衫、牛仔裤、慢跑鞋，一身休闲打扮。

难得过了半个月太平日子，这段时间没发什么案子，上面也没有布置专项行动任务。江枫乐于享受这样的清闲时光，每天睡到自然醒，上班迟到早退也没人管，读完了几本一直没时间读的书，还看了两场电影。日子过得优哉游哉，美得像幻觉。

最衷心期盼天下太平的，恐怕就是刑警队这帮人了。王三牛果断抓住这个空当，向队里请了年休假，打起背包，飞到丽江发呆去了。谷雨过后就是立夏，即将到来的夏季是刑事案件高发期，那时想请假也请不到。

并无急事，江枫依然健步如飞，多年养成的习惯，并不会因为眼前的美景而改变。穿过一片杜鹃花盛开的地方，就看到一幢仿古建筑，青砖黛瓦，气势恢宏，稳重而不失灵动。

大门正中央，横卧着一块十多米长的巨石，上面刻着“东风市博物馆”六个红色大字。行书，遒劲有力，稳如泰山。巨石上披着崭新的大红布，地上有一大片红色的鞭炮纸屑，洋溢着喜庆气氛。

今天是东风市博物馆新馆落成的日子，上午刚举行过隆重的开馆仪式。开馆仪式盛况空前，省市宣传、文化等部门领导和文物专家悉数到场，连国家文物局也专门派代表前来致贺。中央级媒体来了好几家，本地媒体更是悉数到齐，这是本市乃至本省文化史上的里程碑事件。硬新闻，漏发就是事故。

江枫本来是作为特邀嘉宾，要参加上午的开馆仪式的。江枫真心讨厌这种场合，一个个穿得像乌鸦一样，领带勒住脖子，直挺挺地站在台上供人参观，像马戏团表演。听一些不认识的重要人物说一些正确的废话，莫名其妙地跟着别人鼓掌，稀里糊涂地傻笑，心里明明盼望早点结束，脸上却要装出无比享受的表情。

还有一个难言之隐，江枫有演讲恐惧症，只要站在台上暴露在众目睽睽之下，他就会不由自主地紧张。

他不愿受这种洋罪，却扛不住馆长茅跃进再三盛情相邀，只好采取折中方案。江枫在电话里说，不参加上午的开馆仪式，下午再去参观。茅跃进想了想，说："这样也好，下午不用接待领导，我亲自给你当讲解员，专门为你贴身服务。"

江枫哈哈大笑，说："这么高的待遇，我一个小警察，哪受得起？"

茅跃进说："你比他们都有资格。"

话说到这个份儿上，再推辞就显得不近人情了。

下午快到3点时，江枫走到博物馆大门左侧的入口处，拿出身份证，一个胸前挂着蓝色工作牌的中年女子发给他一张免费门票。他穿过空旷的大院，走到展厅大门口，拾级而上，刚通过安检门，就看见馆长茅跃进快步迎了上来。

茅跃进握住江枫的手，满面春风道："小江，欢迎！"

茅跃进快六十岁了，中等身高，微胖，头发已全白，剪成板寸，小眼睛笑起来格外喜庆。他今天罕见地穿了一身笔挺的深色西装，领带结松开，脸上略有倦容，但是兴致很高。

“茅馆长，这么忙的日子来给您添乱，真不好意思。”

“哪儿的话，你是贵宾，别人不来可以，你必须到。”

茅跃进侧身让开，做了个“请”的手势，说：“往这边走，我带你四处看看。”

一楼是历史陈列厅。展柜里陈列着石斧、石刀、石锛、石铲等新旧石器，以及陶鬲、陶盆、陶簋、陶瓮等原始陶器，古朴笨拙，却无比厚重。再往里走，就看到东风市的历代名人雕塑，按年代顺序陈列。东风市地处江南，从西汉起就有文字可考的历史，自古人文鼎盛，留下了不少名人佳话。

江枫边走边看，仔细听茅跃进讲解，兴致盎然。江枫对历史颇有兴趣，而在文物考古方面却是十足的门外汉，以前在历史书上读到新石器时代、旧石器时代，完全找不着感觉，现在看到这些活生生的实物，那些模糊抽象的名词瞬间变得真切起来。数万年的历史，就像一条清澈的小河，在眼前静静地蜿蜒流淌，仿佛伸手就能捧起一捧河水。置身其中，让人感受到历史的壮阔，以及自身的渺小。

从历史陈列厅出来，直接走进对面那扇门，就是青瓷厅。江枫看到展柜里那些坛坛罐罐，觉得眼熟，马上就明白过来，为什么茅跃进非要把自己叫来了。这个展厅里陈列的每一件文物，都和江枫有着极深的渊源。

两年前，东风市进行棚户区改造，一个建筑工地上挖到一座东汉古墓。考古人员闻讯赶到，墓室早已空空如也，农民工一哄而散。市文物局马上向警方报案，由于案发地属南湖区管辖，南湖公安分局随即成立专案组立案调查，江枫接手了这个案子。

江枫就是在那时和茅跃进认识的。那些刑警哪懂什么文物，连陶器和瓷器都傻傻分不清，根本没法办案。省文物保护中心接到警方求援后，马上召集专家成立文物鉴定小组，全力协助破案，由茅跃进担任组长。

茅跃进成了专案组的编外成员，除了组织文物鉴定，还要随时给办案刑警提供专业指导，答疑解惑。最忙的时候，江枫一天要给茅跃进打好几个电话。茅跃进从不厌烦，悉心指导，二人的友谊就是那时建立起来的。每当追回一件文物，茅跃进比江枫还要激动。

专案组历时四个月，足迹遍及数省，终于把这个文物大案拿下。所有犯罪成员全部抓获归案，一共追回了五十一件青瓷，包括虎子、盘口壶、四系罐、高足杯、托碗、博山炉等。这批青瓷的学术价值巨大，把东风市的制瓷历史提早了二百年。那座东汉古墓已被列为省级文物保护单位，追回的文物全部移交给东风市博物馆收藏。

青瓷厅的瓷器大多造型朴素，以日常生活中的实用器为主，但是与历史陈列厅的那些原始陶器比起来，已经不知道精美多少倍了。江枫看着这些“老朋友”在此安家落户，受人瞻仰，一股成就感油然而生。

走到一个青瓷虎子跟前，江枫停下了脚步。这个虎子釉色青黄，圆腹，口部似张口的虎首，下有四足，背有提梁，可以拎在手里，外形与医院门口小卖部里卖的尿壶神似。“这个我知道，是古人用的尿壶。”江枫脱口而出，仿佛在异国他乡突然遇见隔壁老王。

茅跃进笑而不语，从怀里摸出一包三五牌香烟，抽出一根。江枫笑着朝左边墙上努了努嘴，茅跃进顺着他指示的方向，看到墙上“严禁吸烟”的红色警示牌，不禁哑然失笑。

茅跃进压低声音说：“不碍事，那是给游客看的。我的地盘，我说了算。”茅跃进把烟夹在手里，另一只手在身上乱摸，似乎在找打火机，摸了半天什么也没摸到，只好问旁边的人借了个火。

茅跃进旁若无人地把烟点着，美美地吸了一口，一团白色的烟雾飘散开来。刚好两个女游客手挽着手进来，闻到烟味立刻皱眉，马上掉头出去了。一个保安远远地冲过来，发现是馆长，赶紧垂下眼皮，假装没看见，绕了一圈就走开了。

茅跃进随手把烟灰弹到深灰色地砖上：“刚才我们说到哪儿了？”

“尿壶。”

“这个尿壶……”茅跃进拍了下脑门，“不对，是虎子。”

“虎子不就是尿壶吗？”

“非也。”茅跃进摇头道，“大部分人认为它是溺器，这也只能算是一种猜测吧，到目前为止，还没有查到任何文献能证明虎子就是尿壶。也有人猜测它是盛水器，我猜，盛酒器也是有可能的。”

“啊！原来文物是可以猜的？”江枫觉得很不可思议，倘若有人不小心把尿壶当成了酒壶，玩笑就开大了。想到这儿，江枫突然笑出声来。

“好笑吧？”茅跃进也跟着笑了，两个小眼睛眯成细缝说道，“不用大惊小怪，很多出土文物考古人员都不知道是干什么用的，他们又没法穿越回去，有时候只能连蒙带猜了。”

江枫问：“这么猜，靠谱吗？”

茅跃进说：“用我们现代人的思维去揣摩古人的生活方式，能猜到五六成就非常了不起了，有时会错得离谱。”

“长见识了。”江枫喃喃自语道。原来以为只有侦查破案要猜谜语，没想到考古这么严肃的事情也是连蒙带猜的，看来每个行当都有不为人知的秘密。

“干我们这行的蒙人比较容易，胡说八道也没关系，反正懂的人少。”茅跃进脸上露出得意之色。

“也对哈。”江枫不禁点头附和。

“你们警察破案就不行了，瞎蒙会误大事的。”

“破案有时也得靠蒙，瞎猫碰上死耗子的事不是没有。”江枫笑道。

“小江，往这边走，咱们上二楼去看国宝。”茅跃进前头带路，往楼梯口走去。

走进国宝厅，气氛明显不同，参观的游客很多，几个拎着塑胶棒的保安在人群中来回巡视。国宝厅的格局比前面几个展厅大得多，将近三百平方米的展厅，只有寥寥几件展品。入口处首先看到一个青花大罐，体形硕大。胎质洁白如雪，绘有蓝色人物图案，蓝白相间，色彩鲜艳，光可照人。底座上有标牌，写着“元青花桃园结义图罐”字样。

江枫围着青花罐转了两圈，啧啧赞叹道：“真漂亮！这是元代的东西吗？”江枫虽然对古瓷器知之甚少，元青花的大名还是听过的。

茅跃进笑道：“这个罐子浑身冒贼光，一看就是新的。”

“贼光？”江枫天天抓贼，忽然在这里听到“贼”字，好奇心顿起。

茅跃进说：“新烧制出来的瓷器，釉面会发出刺眼的光泽，行话叫‘贼光’。经历了千百年的岁月沉淀后，浮在瓷器表面的‘贼光’就会慢慢消失，光泽度会变得柔和内敛，给人以含蓄沉静之美。这种老瓷器特有的自然光泽，行内也有个说法，叫‘宝光’。

贼光和宝光是区分新旧瓷器最简单的标志，有点类似于木器漆的亮光和亚光之分。”

江枫恍然大悟道：“我懂了，新的是亮光，老的是亚光。”

“差不多可以这么理解。”茅跃进点了点头道，“当然，要做旧也是很容易的，新烧出来的瓷器用氢氟酸、高锰酸钾浸泡，几个小时就能去掉贼光，看起来比我还老。”

江枫莞尔道：“茅馆长，您一点都不老。”

“还不老？再过半年我就要退休了。”茅跃进道。

“这个不是真品吗？”江枫指着元青花桃园结义图罐问。

“这是按原物一比一的比例仿制的，出自景德镇的工艺大师之手，也算是一件精美的艺术品，只不过是新的。”茅跃进解释。

“真品在哪儿呢？”

“英国。”

“那一定很值钱吧？”这个问题江枫憋了很久了。

茅跃进又笑了，答非所问道：“接下来你该问，镇馆之宝是什么吧？”

江枫被他猜中心思，脸上有点尴尬，像一个小偷精心编织的谎言被警察当场拆穿。他说：“我还没问，您怎么知道？”

“我当然知道。大部分人到博物馆参观，有三大问题是必问的，我们的讲解员每天要回答无数遍。”

“哦，哪三个问题？”江枫抱起胳膊，做洗耳恭听状。

“真的还是假的？值多少钱？镇馆之宝是什么？”

果然全中，江枫哈哈大笑：“那它到底值多少钱？”

“在伦敦佳士得拍卖会上，这个元青花桃园结义图罐被一个私人藏家买走，成交价是一千四百万英镑，折合人民币约一亿两千万元。”

“这么贵！”江枫小声惊呼，他在心里预估了一个自己认为的天价，居然连零头都不够。

“不贵。”茅跃进摇了摇头说，“这是十二年前的价格。”

“又涨了吧？”江枫不禁想起飞涨的房价。

“那个买家捡了个大便宜，去年有一家拍卖机构对它进行了重新估价。”说到这儿，茅跃进卖了个关子说，“大胆猜一猜，看能估到多少。”

“猜不到。”有了刚才的教训，江枫真不敢乱猜了。

“十六亿元人民币。”茅跃进脸上风轻云淡，仿佛在说菜市场的小龙虾又涨价了。

“啊！”江枫心里惊呼，脸上却装得非常沉稳。

“元青花是瓷器中的瑰宝，存世量极少，画有人物故事图案的元青花罐就更加罕见，全世界不足十个。你看这上面的图案，画的是刘备、关羽、张飞桃园三结义的故事，无论胎质、釉色、绘画，现在看都是登峰造极的水准。”茅跃进娓娓道来，如数家珍，一脸陶醉。

“您见过原物？”江枫问。

“你不是想看镇馆之宝吗？”茅跃进似乎没听到江枫的问题，手往右边指着说，“往这边走。”

往前走出四五米，右转，就看到一排独立展柜，排成直线，立在展厅中央。第一个展柜里是一个青花瓶子，样子有点像花瓶，外面罩着长方体玻璃罩。江枫俯身去看底座上的标牌，上面写着“元青花云龙纹带盖梅瓶”。

江枫仔细看了看，指着梅瓶说：“这个是真品。”

“后生可畏，这么快就学会鉴定了，这个瓶子表面确实没有贼光。”茅跃进说。

“有没有贼光，我倒是不敢肯定。您刚才已经说了是镇馆之宝，总不至于拿个仿品当镇馆之宝吧？”江枫实话实说。

茅跃进赞道：“言之有理，警察的思维果然不同。”

得到肯定，江枫信心大增，说：“既然叫梅瓶，应该是插花用的花瓶吧？”江枫望文生义，从梅瓶想到梅花，再想到花瓶，顺势得出结论。

“注意看，这瓶子上面有盖。”茅跃进指着梅瓶说，“你见过带盖的花瓶吗？”

“没见过。”江枫笑着摇头道，他知道又猜错了，脸上再无半点尴尬。隔行如隔山，何况是文物考古这么既深奥又冷门的行当，自己一个当警察的，与文物界隔着十万八千里，看走了眼也不是什么丢人的事情。

“它是古人装酒用的。”茅跃进说。

“不会又是猜的吧？”江枫想起了刚才那个青瓷虎子。

“梅瓶是盛酒器，这点没什么争议，除了文献记载，还有实物证据。”茅跃进说，“去年西安发现一座金代墓葬，随葬品中有一个梅瓶，出土时瓶口密封完好，里面的酒还在。这瓶酒在地下埋藏了八百年！”

“八百年的老酒，谁要是有这么好的口福喝上两口，肯定终生难忘。”江枫光是想想都醉了。

“你这么一说，倒让我想起以前流行过的一种骗术。”

“骗术？”

“先定制一批仿古梅瓶，做旧。用普通白酒加入色素，让酒色微黄，再加入增稠剂，酒体就会黏稠挂杯，极像陈年老酒。再灌入梅瓶，密封，就说是古墓里出土的老酒，能卖出天价。”

“真是好创意，亏他们想得出来。”江枫喃喃自语道，说不出是佩服还是痛恨。

“这种骗术后来又有了升级版，更绝！”茅跃进说。

“怎么升级？”江枫注视茅跃进的眼睛问道。

“升级版就是要多费点事，把灌好酒的梅瓶提前埋到空墓里，然后带买家去‘盗墓’现场观摩，挖出来的酒当场交易。”

江枫不禁点头道：“酒鬼懂酒，却不懂文物，只要梅瓶做旧做得逼真，肯定识不破。谁知道八百年前的酒是什么滋味，只要能喝出酒味，那就是真的了。”

“要分辨真假其实是非常简单的事，根本不需要任何文物鉴定知识。”茅跃进说。

“怎么分辨？”江枫觉得这个话题越来越有意思了。

“凡是能喝出酒味的全是假的。”

“这又是什么道理？”江枫没想到这么简单。

“说出来一文不值，就是一个常识问题。”茅跃进笑道，“再好的酒过了八百年都变成水了，哪能喝啊？”

“厉害了，茅馆长，再高明的骗子遇到您都要原形毕露。”

“哪里。”茅跃进自嘲道，“干我们这行的，见过的骗子不比你们警察少，我也是药吃多了，久病成医。”

“您谦虚了。”江枫早已佩服得五体投地。他忽然发觉，茅跃进就像眼前这件元青花梅瓶，经历岁月的沉淀，早已褪去了贼光，含蓄内敛，锋芒不露，其实深不可测。

继续往前走，另外几件展品也都是元青花梅瓶，造型基本相同，只是表面的花纹图案不同，分别放在独立的展柜中。墙上贴着醒目的“禁止拍照”告示牌，但还是有不少游客悄悄地拿出手机拍照。保安一发现就会上去制止，却架不住人多势众，顾此失彼。

与国宝比肩而立，江枫虽不能完全领略其中的奥妙，但内心还是被深深地震撼了。曾经只有皇室、贵族或富豪才能见到的宝贝，现在就这么静静地伫立在眼前，只隔着一层透明的玻璃。仅仅在一百多年前，这还是普通老百姓做梦都不敢想的事情，以前他对博物馆的意义并不十分了解，现在又有了新的认识。

出于职业的敏感，江枫又想到另一个问题："这么多国宝，安保问题怎么解决？"

茅跃进说："安保工作的确是重中之重，出不得半点闪失。馆内除了有完备的安保设施，光保安就请了四十多个，二十四小时值班巡逻。"

江枫满意地点了点头。

"这个玻璃也有来头，是专门从国外定制的。"茅跃进指着展柜上的玻璃罩说，"这是真正的金钟罩，防弹防爆，每平方米的造价超过一万元。"

一个大大的感叹号从江枫眼前飞过。目测光是这样的玻璃防护罩，每一个造价都在十万元以上，文物的价值可想而知了。

走到第六个展柜前，江枫发现玻璃罩内居然空空如也，不禁纳闷："怎么是空的，应该有六个梅瓶吧？"

"的确是有六个梅瓶。"

"为什么只展出了五个？"

茅跃进并不着急回答，又摸出一根烟。一个矮胖的中年男子从身边走过，茅跃进拍了下他的肩膀。那个人明显吓了一跳，扭头看着茅跃进，目光闪烁。

"借个火。"茅跃进把两根手指靠近嘴唇，做了个吸烟的动作。矮胖男子犹豫了一下，拿出一个红色塑料打火机给他。

茅跃进点着了烟，用力吸了两口道："孩子没娘，说来话长啊……"

江枫抱起了胳膊，正准备洗耳恭听，裤兜里的手机嗡嗡地振动起来。来电显示是刑警队大队长万志强，江枫拧紧了眉头，今天是星期六，没什么要紧的事万志强不会在这时候打电话。江枫走到墙角处，低声接电话。

接完电话回来，江枫脸色凝重："茅馆长，不好意思，我得走了。"

"有急事吗？"茅跃进已猜到八九分。

"刚发了个案子，我马上要赶回去。"江枫一脸歉意道。

"那就不留你了。"茅跃进呵呵笑道，"馆里给你准备了一份小纪念品，我马上叫人送过来，等几分钟就行。"

"来不及了，改天吧。"话音未落，江枫已转身，快步向门口走去。

.3.

抢婴

如月湖公园，春光灿烂，到处是欢声笑语。

接连下了半个月的雨，人都快发霉了。双休日难得遇到好天气，天刚放晴，许多人走出家门，享受这难得的春色。有大人陪着小孩放风筝的，有坐在草地上读书的。头顶上有几架小型无人机嗡嗡地飞过。几个熊孩子踩着滑板车横冲直撞，吓得老人们小心翼翼地躲闪。

下午3点40分左右，一个中年女人推着婴儿车，悠闲地漫步在湖畔的游步道上。这条游步道在湖的东面，岸边杨柳依依，过往的人不多，相对僻静。女人耳朵里塞着耳机，可能是电话进来了，她扶着婴儿车，腾出一只手从包里拿出手机。一下没拿稳，手机掉在地上，她弯腰去捡手机。

一个人突然从侧面冲上来，抱起婴儿车里的小孩，跳上了停在路边的面包车。女人捡起手机才发现变故，但为时已晚，面包车已开动了。女人发了疯似的追车，哪里追得上，躺在地上呼天抢地。

接到指挥中心电话时，刑警队大队长万志强正在购物中心陪老婆买衣服。他扔下老婆，立即往分局赶，同时打电话召集人手，布置任务。好在离得近，十多分钟后，万志强赶到分局，值班民警已经开始工作了，案件信息迅速汇总。

接到报案后，附近的巡逻民警迅速赶到案发现场，但是嫌疑车辆已逃之夭夭。据小孩的母亲和现场目击者反映，作案车辆是一辆银色五菱宏光面包车，前后牌照均已被遮挡，因此无法查到车辆信息。

随后，通过视频追踪，发现了一辆符合以上特征的嫌疑车辆。面包车仍在市区，正往城西方向移动，看样子是要出城。万志强沉着指挥，马上分配任务，自己带了几个人飞奔下楼，跳上车拉响警报，向嫌疑人逃窜的方向疾驰而去。

二十多分钟后，嫌疑车辆出现在万志强的视线内。目标车辆是一辆银色五菱宏光面包车，前后牌照都用迷彩布遮住了，特征明显，不难辨认。面包车司机发现警车追上来了，并不减速，继续疯狂逃窜。

市区车多人密，万志强不敢冒险将面包车逼停，只能在后面紧跟着，等待时机。万志强驾驶一辆途观在前，另一部警车在后，两部车紧紧咬住了面包车。

追了几条街之后，面包车经过一个路口时，出其不意地左转，钻进了扁担巷，想甩掉后面的追兵。万志强在这附近住过十年，对这一带的地形非常熟悉，不禁咧嘴一笑："他妈的，强哥不发威，当老子是病猫！"他拿起了对讲机，呼叫江枫。

此时，江枫正在扁担巷的另一个出口附近游荡。

江枫在博物馆接到命令后，并未往分局去，直接抄近路往城西方向去了。他没有加入追车的队伍，而是提前预判面包车可能逃窜的方向，一直在前方不停地游动，捕捉战机。万志强在后面追，江枫寻找机会在前面堵，只要时机一到，就可以前后夹击，来个瓮中捉鳖。

嫌疑人慌不择路，果然钻进了口袋。这一带是老城棚户区，扁担巷是一条老街，宽度只有四米左右，左右两侧有几条狭窄的小巷，根本过不了车。此时的扁担巷，就像一条管道，面包车的退路已被万志强堵死，只能从另一头出去。

江枫转动方向盘，驾驶思域拐进了扁担巷，远远看见一辆银色面包车从对面驶来。

万志强眼看大势已定，拿起扩音器喊话："面包车上的人听着，我们是警察，你已经被包围了，立即停车接受检查！"面包车司机显然听到了喊话，车速不减，反而发疯似的加速前进。

江枫不得不重新判断眼前的形势，只不过瞬间的犹豫，车速不由自主慢了下来。这时，对讲机里传来万志强打雷般的怒吼："江枫，发什么愣？截住他，快！"

江枫如梦方醒，双手牢牢抓住方向盘，目视前方，踩了一脚地板油，转速表指针瞬间飙到红色区域。思域发出巨大的吼声，加速冲了上去。

面包车迎面冲来，越来越近，二百米、一百米、五十米……江枫突然感到口干舌燥，心跳加速。

眨眼的工夫，面包车已到眼前。千钧一发之际，江枫突然一脚紧急刹，把方向盘往左一带，让出一条通道。面包车紧贴着思域车身，强行穿过，发出刺耳的金属摩擦声。思域车身被剐出几道长长的凹痕，右后视镜掉在地上。

电光石火间，江枫看到一张极其恐怖的脸。

没等江枫回过神，就听到砰的一声巨响，车身剧烈晃动，几乎撞翻，两个安全气囊同时爆开，刺鼻的火药味充斥车内。万志强驾驶途观冲了上来，想从缝隙中穿过去，却撞上了思域的车头。那条通道太窄，面包车可以勉强挤过去，途观却无论如何过不了。途观的车身比面包车要宽得多。

紧接着又发生第二次碰撞，后面一辆疾驰而来的警车急刹不住，撞在途观的屁股上。三部车紧紧咬在一起，乱作一团。万志强的车过不去，江枫的车没法掉头，只能眼睁睁地看着面包车从视野内消失。

万志强跳下车，爬过思域的引擎盖，向面包车逃逸的方向追去，跑了几十米，终于放弃。他用尽全力把手里的对讲机扔了出去，仿佛能砸到面包车似的，对讲机被摔得稀烂。

江枫解开安全带，推开变形的车门，勉强挤下车。万志强累得气喘吁吁，脸色煞白，看见江枫过来，一把揪住他胸前的衣领："你他妈的聋了吗？"

江枫垂手站立，一言不发。

万志强瞪着血红的眼睛，像头愤怒的公牛："老子叫你截住他，为什么不截住？你知不知道，那个孩子才三个月大！"

两个年轻警察从后面赶上来，强行把万志强拖开了。

江枫目光呆滞，茫然看着天空，残阳如血。

被抢的小孩是个男婴，刚满百天，小名叫饭饭。

饭饭的父母都已年过四十，有个女儿，已上了初中，一直想再要个儿子。好不容易盼到二孩政策出台，饭饭的母亲不顾高龄风险，生下了饭饭。一家人欢天喜地，没想到突然遭此横祸。饭饭的母亲当即崩溃，接连几天粒米未进，精神恍惚。

案发当天，警方就在媒体发布了悬赏通告，呼吁知情人士提供破案线索。嫌疑车辆排查工作也已全面铺开，但是毫无进展。五菱宏光号称"宇宙第一神车"，销量大得吓人，满大街都是，排查这种"神车"无异于大海捞针。

第三天下午，小孩家属不知从哪里打听到了现场处置时的"内幕"，一帮人来到刑警队，找万志强兴师问罪，要求严肃处理失职警察。

万志强是老江湖，并不跟家属讨论处置是否得当的问题，而是反复强调，现在警方的首要任务是要不惜一切代价把小孩找回来，希望家属全力配合。如果贻误战机，谁也承担不起责任。家属觉得言之有理，确实没有什么比找回小孩更重要，这时候给警察添乱不是犯傻吗？家属又说了些恳求和感谢的话就走了。

家属走后，万志强关上了办公室的门，点着一根烟，手摸着光头，重重地靠在大班椅上。万志强身材高大，才四十多岁就没了头发，像个胖大和尚，弟兄们背后都叫他“光头强”。刚才成功转移了话题，总算暂时对付过去，但是他心里有数，如果能及时把小孩找回来，万事好说，倘若不然，局面将会很难收拾。

这起案子，不光关系到刑警队的荣誉，可能还会影响到江枫的前途命运。二十七岁的江枫，有着远超年龄的沉稳和睿智，天生就是干刑侦的料，越是遇到复杂局面头脑越冷静，像一个嗅觉敏锐的猎人。万志强自信看人很准，当年就是他慧眼识珠，把江枫抢到刑警队来的。每次想起这事，万志强就觉得庆幸。

江枫在刑警队干了五年，屡破大案要案。但这小子的运气似乎不怎么好，去年平安夜发生的那起离奇车祸案，他是破案的首要功臣，非但没立功，反而得了个处分。江枫那个处分挨得有点冤，万志强身为带头大哥，却没能力保护手下的弟兄。这件事成了他心里的一根刺，他想起来就觉得惭愧。

这几天，万志强也渐渐冷静了，反复对那天的现场处置情况进行复盘。假如江枫当时强行拦截，会不会车毁人亡呢？也许会，也许不会，假设的问题永远没有答案。

不管怎么说，凶手毕竟是从警察眼皮底下溜走的。不管拿出多少个理由，小孩家属都会认为是诡辩，是警方故意开脱责任。在事实面前，任何解释都显得苍白无力，无法改变已经发生的严重后果。

要想走出目前的困境，当务之急，就是尽快抓到抢婴犯，把小孩解救出来。万志强下定决心，就算是掘地三尺，也要把人找到。破案有时是需要一点运气的，但愿老天爷保佑，他暗暗祈祷。

一根烟没抽完，办公桌上的内线电话响了，他抓起听筒说：“喂。”

“万大，有线索了。”电话里传来声音。

4月23日，案发第三天。

下午5点刚过，老彭跟老伴打了声招呼，带上钓具，骑着电动车就出发了。前几天痛风发作，不能出去钓鱼，把他憋坏了。半个月前，老彭在东风大桥附近发现一个绝好的钓点，那里最近出鱼，每次都满载而归。老彭把这个地方作为最高机密，连最好的钓友都没告诉，毕竟再能出鱼的钓点，也架不住众人一拥而上。

天空乌云密布，老彭并不担心下雨，他带了户外遮阳伞和雨衣，装备齐全，不惧任何风雨。

江岸边怪石嶙峋，老彭找了块稍平点的石头坐下，打开钓鱼包，开始组装钓具。调好渔标，渔竿支起来，窝子料打下去。他悠然点着一根烟，按照以往的经验，最快也要等十多分钟，才能把鱼儿诱过来。趁着这个空隙，老彭左右看看风景，目光突然在一个点定住了。

石头缝里有一个红色的东西，老彭走近一看，是一个儿童玩具拨浪鼓，旁边又发现一只小孩的鞋子。他想起两天前在报纸上看到的悬赏通告，虽然从机关退休多年，但他每天坚持看报的习惯并没变。

老彭再也没心思钓鱼，从裤兜里掏出老年手机，拨打110。

半个小时后，两部警车赶到现场。车上下来五个人，分别是大队长万志强、江枫、唐法医，还有一对神色紧张的中年夫妇，是饭饭的父母。江枫已暂时停职，是万志强特意把他叫来的。另一辆警车上下来几个拎着工具箱的年轻警察，是负责现场勘查的技术员。

技术员把两个物证袋交给万志强，里面分别装着拨浪鼓和婴儿鞋。万志强把饭饭的母亲叫到身边："这两样东西，你认识吗？"

饭饭的母亲看了一眼，一个字都没说，当场就晕了过去。站在身旁的丈夫赶紧把她搀住，她才没倒在地上。

万志强眉头紧锁，回头看身旁的唐法医，似乎在问："你怎么看？"

唐法医摇了摇头道："看样子凶多吉少。"

江枫几乎眩晕，如果自己当时把面包车截住，也许结果不会这么坏。凶手抢夺婴儿，无非为了卖钱，本不至于杀人灭口。但是，凶手在被警察追捕之后，已成惊弓之鸟，一旦被抓到，小孩就是活证据。凶手为了毁灭证据，完全有可能杀人抛尸。

万志强脸上阴得能滴下水，吩咐身边穿警服的年轻人："回去拟一份协查通报，通知下游沿岸各兄弟单位，近期密切关注江面情况，发现无名小孩尸体立即报告。"

饭饭的母亲渐渐缓过来，走到江枫面前，抬手就是一个耳光，对他说："你害死了我儿子！"

江枫并不躲闪，木然挺立，一言不发。

饱含水汽的云团在山尖游走，变幻莫测，天空下起了雨。暮春的毛毛细雨，像雾一样笼罩大地，无孔不入，就像人的痛苦一样。

江枫感觉身体在急速下坠，仿佛掉进了一个深不见底的黑洞。

.4.
发配

抢婴案走到了最坏的结局。

自从在江边发现饭饭的衣物后，小孩家属彻底绝望，又到分局大闹了几次，还在门口拉起了横幅，要求尽快破案，严肃处理失职民警。然而，凶手就像人间蒸发了一样，尽管万志强使出浑身解数，这次也无能为力了。

江枫先是被停职接受调查，负责调查的督察民警都是在一幢大楼里上班的，低头不见抬头见，加上事实确实存在争议，自然查不出什么结果。但是媒体在跟进，家属不放过，分局只好想了个折中的办法，把江枫调离刑警队，安排到高潮洲派出所工作。这虽然不算正式的行政处分，却含有发配边疆的意味，实际上比正式的处分更严重。

高潮洲是东风市南湖区的飞地，与市区并不接壤。从市区去高潮洲，要从附近的县境穿过，有两个多小时车程。二十世纪六十年代，一批知识青年来到这里围湖垦荒，硬是从湖泊中圈出了一片家园。

知青们在这里战天斗地，掀起了大生产的高潮，遂以“高潮”命名。知青返城后，那些良田和基础设施还在，附近的农民纷纷在此安家落户，经过几十年的发展，逐渐形成了一个新的行政区域。

由于历史原因，高潮洲一直归南湖区政府管辖，南湖公安分局在这里设立了派出所。高潮洲是南湖区最偏远的辖区，自然也是没人愿去的苦寒之地，逐渐变成了南湖分局的流放之地。除了少数充实基层的新民警，以及提拔当所领导的，其余调到这里工作的民警，多半是事出有因。

接到调令的第二天，江枫就去高潮洲派出所报到了。王三牛已休完假，从丽江回来了，他要去送江枫，被婉拒了。王三牛知道他心情不好，也就没有坚持。

高潮洲派出所有新同事加入，按惯例召集全所民警开了个小型欢迎会。主持会议的是所长周俊宇，三十五六岁的样子，戴无框近视眼镜，偏分头梳得一丝不苟。周俊宇看上去文质彬彬，说话也是轻声细语的：

“江枫同志是咱们分局的名人，这几年在刑警队屡破大案要案，是少有的刑侦天才。江枫同志年轻有为，对于他的工作能力，我本人也是非常钦佩的。可惜啊，我们高潮洲派出所庙小了点，确实有点委屈了人才。”

江枫是以待罪之身发配过来的，聋子都听得出弦外之音，周所长刚说了几句开场白，江枫就如坐针毡。

周俊宇端起不锈钢保温杯，拧开杯盖，轻轻抿了口枸杞菊花茶，接着说道：“不过呢，也不全是坏事，塞翁失马，焉知非福？咱们高潮洲风景优美，空气清新，没有汽车尾气，吃的是有机食品，哪点不比城里强。说起来，江枫同志和我们所还是蛮有缘分的，这叫有缘千里来相会啊。江枫同志，你说对不对？”

周俊宇坐在长方形的会议桌顶端，居高临下看着江枫，脸上现出两个圆圆的小酒窝，笑得极其灿烂。

江枫不说话，红着脸点了点头，他知道，周所长还是忘不了五年前的事。

五年前，江枫从警院毕业，以全市第一名的成绩考入南湖分局。当年新招录进来的人全部分到派出所充实基层，江枫被分到最偏远的高潮洲派出所，当他拿着介绍信去派出所报到时，半路上却被万志强劫走，带回了刑警队。

江枫暗自庆幸，当警察就要当刑警，哪个刚穿上警服的热血青年不想进刑警队。当刑警是江枫从小的梦想，刚听说分到派出所时，他还消沉了几天，没想到命运突然改变。江枫像做梦一样，忽然间就梦想成真了。

江枫发誓要干出点名堂来，报答领导知遇之恩。果然，他后来的表现，给万志强挣足了面子。万志强不仅得了一员虎将，还得了个知人爱才的美名。

毕竟江枫那时还太年轻，只知道站在自己的角度看问题，却看不到事情的另一面。万志强截走江枫，实际上就是抢了周俊宇的人。周俊宇损失了一个人事小，堂堂一个所长的面子往哪儿搁啊？

周俊宇一气之下，就告到了李局长那里。

事实很清楚，无须调查，也没什么争议。李局长也觉得万志强太过无理，严厉谴责了万志强的强盗行径，认为此风坚决不可长。无奈生米已煮成了熟饭，分局还要倚仗刑警队这把尖刀，于公于私，惹毛了这个脾气火暴的刑警队大队长都不划算。

李局长权衡再三，两害相权取其轻，只好给周俊宇做思想工作，答应给派出所补充人员。这件事表面上平息了，周俊宇和万志强之间的梁子却结下了，有时二人在局里开会碰面，也是互不搭理。

江枫到了刑警队如鱼得水，连破了几个漂亮的大案，就连数年前的积案也拿下了好几个，让李局长在市局领导面前大大地出了几次风头。后来，李局长的态度发生了大转变，几次在全局大会上夸奖万志强眼光独到，幸好当初没放江枫去派出所。

这么一来，周俊宇就十分尴尬了。万志强无理抢人，反倒成了慧眼识英才的伯乐——那么周俊宇不就成了嫉贤妒能的小人吗?

三十年河东，三十年河西。这才过了五年，江枫竟然又回到了高潮洲派出所，还是以一种出乎意料的方式。

会议室里烟雾缭绕，大家都认真抽着烟，喝着茶，扯着淡。看着周所长得意扬扬，侃侃而谈，江枫忽然有种羊入虎口的感觉。

高潮洲辖区常住人口不足一万，事不多，却琐碎。上面千条线，下面一根针，但凡与公安相关的工作都落到了最基层的片警身上。派出所片警有点像包治百病的江湖郎中，工作内容包罗万象，治安、消防、户籍、交通、特种行业管理、调解纠纷等等都要管。

江枫负责的片区，是高潮洲最偏远的两个行政村，户籍上的常住人口数量上千，实际在这里生活的人并不多。村里的青壮年基本都外出打工去了，留下来的都是老人和妇孺，还有几个宁可穷死也不愿出门的懒汉。实在没事干，江枫就帮村里的留守老人提水、扛煤气罐。

晚上9点刚过，江枫拿起手机，给母亲打电话。隔三岔五，他就会给母亲打个电话，聊聊生活近况和最新见闻。母亲的作息极有规律，每天到了这个钟点，就跳完广场舞，回到了家里。

电话刚接通，母亲就抢先开口了："儿子，最近所里事多不多？"

"闲得很，没什么事。"江枫说。

"那就好。你以前在外面冲冲杀杀的，整天跟那些亡命之徒打交道，每次在电视上看到哪里的警察又牺牲了，我就提心吊胆。我现在睡觉都比以前踏实多了，妈从不指望你建功立业，只要平平安安地过一辈子就好。"母亲说。

江枫和母亲有一搭没一搭地聊着，只要听到母亲的声音，他就觉得很满足。

“别嫌妈啰唆，你也老大不小了，终身大事要抓紧，遇到合适的姑娘就带回来，让妈给你参考参考。”不管话题扯得多远，母亲必然会扯进那个永恒的主题，就像每年的央视春节联欢晚会必然在《难忘今宵》的旋律中结束。

江枫郑重提醒道：“妈——您都说了二百多遍了！放心，您儿子不会打光棍，一定给您传宗接代，高潮洲的村姑多着呢。”说到“高潮”两个字，江枫忽然感觉怪怪的。

“你不也骗了我二百多次？”知子莫若母，母亲哪吃他这套，“我又不是你的领导，光表决心糊弄我有什么用，要拿出实际行动来，妈才信你。”

“好，我知道了。”江枫这时就有点头痛，母亲确实没以前那么好对付了，不知道是不是得了什么高人指点。他又说：“妈，您要是遇到合适的老头，也让儿子帮您参考参考。”

“去，没大没小。”母亲似乎有点害羞，慌忙结束话题道，“早点睡，熬夜伤身体，老了后悔就来不及了。”

“嗯，马上就睡。”江枫说。

放下手机，江枫却毫无睡意，又看了两个小时书，才强迫自己躺下。还是睡不着，以前熬夜成了习惯，抓捕、审讯大多是在夜晚进行，白天要调查取证、审批材料，最忙的时候连续三天三夜没合眼。刑警队个个都是夜猫子，江枫当然不例外，多年熬成的晚睡强迫症，不是几天就能改掉的。

手机“嘟”了一声，他看到王三牛的微信留言：“生活就像被强奸，既然无法反抗，就不如享受。老大，晚安！”

江枫马上回：“你要不要来享受一下？”

“谢啦！最近案子多，忙晕了，改天找你喝酒。”王三牛回。

“说话算数。”江枫又回。

王三牛没有再回，江枫猜他多半是在办案。

夜深人静时，饭饭那张肉嘟嘟的小脸就会闯入脑海。

你真的是贪生怕死吗？如果不让开通道，冲上去把面包车截停，结果会不会更好点？有时会想得头痛欲裂，后来就不再纠缠这个问题了，他告诉自己：“你想得再多，也没办法穿越回去。”

人生没有如果，既然事情无法改变，那就平静地接受吧。不管一切如何，生活还要继续，倘若与过去纠缠不休，又将失去未来。江枫给自己做了一个坚硬的壳，虽入睡了却无法阻止噩梦入侵。

那一夜，江枫梦见一个小男孩从一口深井里爬出来，全身湿淋淋地站在床前。男孩脸色苍白如纸，手里拿着一个红色拨浪鼓，静静地看着他，一双黑洞洞的眼睛，忽然流出两行鲜血。江枫以为是饭饭，冲上去想把他抱住，男孩的两腮慢慢鼓起，然后扭曲变形，一只丑陋的巨型飞蛾从嘴巴里钻出来，振翅欲飞……

江枫翻身坐起，满头大汗。万籁俱寂，黑夜席卷了这片土地。

第一朵小荷露出尖尖角时，夏天就来了。

转眼就到了7月，江枫到派出所两个多月，已完全适应了新的工作环境。他白天进村入户，熟悉社情民意，晚上就读书，把《曾国藩家书》《国史大纲》《明季北略》这些书重读了一遍。

江枫不爱多说话，工作起来却一丝不苟，无论大小事情，都处理得十分妥帖。周俊宇依然会碎碎念，时不时地对他冷嘲热讽，但江枫已毫不在意。

7月13日，这天的天气很好。江枫不愿闲在所里发呆，吃完早饭就领着协警员小曹下村去了。车子停在村口，二人步行进村，刚走过两户人家，就看到一个白发苍苍的老太太坐在院子门口哭泣，一个中年妇女紧挨着老太太，似乎在安慰她。

江枫走上去问："老人家，发生什么事了？"

看见穿警服的人来了，旁边的妇女先说话了："公安同志，你来得正好，李婶的电视机昨天夜里被人偷走了。不知道是哪个天杀的小偷，老人家的东西都偷，也不怕遭天打雷劈。"中年妇女说话声音很大，语速又快，像打机关枪似的。没等江枫开口，她又对老人说："李婶，别哭了，派出所的人来了。"

老太太停止了哭泣，颤颤巍巍地站起来，一把拉住江枫的衣服："公安同志，你一定要给我把电视追回来啊，要不我儿子回来，非骂死我不可。"

江枫赶紧把她搀住，说："老人家，您别急，坐下慢慢说。"

听老太太断断续续说完，江枫总算明白了事情的原委。老人姓李，七十多岁，老伴几年前就去世了。儿子长年在外地打工，带着老婆孩子租住在城里，就剩她一个人在老家留守。儿子上个月给她买了一台新电视机，老太太嫌它费电舍不得用，放在家里连包装都没打开，没想到昨天晚上却被人偷走了。一千多块钱的电视机，在老人眼里是一笔巨额财产，早上起来发现电视机不见了，跟天塌了似的，眼睛都哭肿了。

江枫问："小偷从哪儿进来的？"入室盗窃案现场，出入口是关键，江枫必须先找到出入口，才好做下一步分析。

老太太说："从围墙打洞进来的。"

"带我们去看看。"

妇女搀扶着老太太在前面带路，江枫和小曹跟在后面。老太太走路不快，趁这个间隙，江枫小声地问小曹："这个村子以前发过盗窃案吗？"

小曹说："哪个村里没几个好吃懒做的闲汉，偷鸡摸狗的事常有。这种案子很麻烦，难取证，周所长也很头疼，查过几次都没破案，办个立案手续就算是对失主有交代了。"

江枫微微点头，没说话。小曹说得没错，这种小偷小摸的案子确实很棘手，案值越小的盗窃案反而是越难破的。犯罪嫌疑人基本是随机作案，没有特定的嫌疑对象，调查时常常无从下手。

"就是这里。"老太太指着围墙下的一个洞口说。老太太家的房子是本地最常见的砖瓦房，门前有个大院子，四周用红砖砌成的围墙围起来。

围墙下面果然有一个新掏出来的洞，一堆砖头扔在旁边。洞口比脸盆略大些，刚好能钻进去一个人。围墙高度大约一米五，江枫左右看了看，双手搭在墙头上，用力一撑，翻过了围墙，再从洞里钻出来。

江枫拍了拍身上的泥土，问老太太："老人家，咱们村或者附近村里，有没有一个矮个子男人？身高不超过一米六的。"江枫用手在胸前比画了一下大致的高度。

"张矮子！"中年妇女马上说道，"一开始我就怀疑是他。"

"你为什么不早说？"江枫问。

"没证据的事我不敢乱说。"

"他家在哪儿？快带我去。"

妇女不敢带路，只说了张矮子家的位置和房子特征。江枫和小曹找到张矮子家，推门进去，那人还在床上睡懒觉。突然看见警察出现在面前，张矮子脸都白了，赶紧翻身坐起。

江枫问："你就是张矮子？"

张矮子目光闪躲："你们……找我干什么？"

小曹喝道："少啰唆！穿好衣服，站起来！"

张矮子穿好了衣服和鞋子，老老实实地站在床边。江枫仔细打量此人，的确名副其实，个子很矮，身高最多一米五五的样子，心里便有数了。

"东西藏哪儿了？"江枫目光凌厉，狠狠地盯着他的眼睛道。

"什么……什么东西？"张矮子刚一抬头，碰上江枫的目光，吓得一哆嗦，舌头也有点不利索了，结结巴巴地说。

"电视机。"江枫说。

"不是我偷的！"张矮子慌忙说。

江枫心里一乐，这小子也太差劲了，刚一接触就高潮了。小曹也忍不住笑出声来："你倒是挺老实。"

张矮子似乎知道大势已去，突然拔腿往门外跑。江枫早有防备，一个箭步冲上去，一把揪住他的后衣领向后一拉，同时侧身，抬起右脚往他的膝盖弯里猛踹。江枫手脚并用，上拉下踹，如行云流水般，一气呵成。张矮子哪受得了这个，立刻失去重心，扑通跪在地上。

江枫解下张矮子的鞋带，把他的双手反绑起来。江枫环视室内，趴到床底下，搜出了电视机。人赃俱获，接下来的事情就是按程序办了：审讯、固定证据、赃物估价、审批材料、关押人犯，忙了一整天。

从看守所出来，已到了傍晚6点。所里那辆破桑塔纳比小曹年轻不了几岁，小曹不敢开得太快，怕它散架。犯罪嫌疑人张矮子涉嫌盗窃已被刑事拘留，事情办完，两个人心情都很放松。

小曹问：“枫哥，真是神了，你怎么一眼就确定是张矮子偷的？”

江枫说：“围墙不高，一般人直接翻墙就可以过去，此人偏要在下面掏个洞，耗时费力不说，还会弄出响声，容易被人发现。他冒这么大的风险，想了一个这么笨的办法，只能说明一个问题：此人身材矮小，翻不过围墙，只好出此下策。”

“你今天破了个大案，周所长肯定要高兴坏了。”

“大案？”江枫丈二和尚摸不着头脑，拿不准他是不是在说反话。

“咱们所里一年多没关过人了。你才来了两个多月，就破获一起入室盗窃案，还不叫大案？”

“要这么说，还真是个大案。”江枫心里咂摸“大案”两个字，还是觉得有点滑稽。

“你可能不知道吧？”小曹神神秘秘地说，“这次全市公安系统开展打击‘两抢一盗’专项行动，咱们所里又吃了零蛋，全局垫底。下周一局里就要开交账会，倒数前三名要作为后进典型上台发言，我猜周所长连发言稿都写好了。这下好了，不用上台亮相了。”

“哦。”江枫淡淡地回应。

路上吭哧吭哧摇晃了两个多小时，回到派出所已到了晚上8点多。

二楼所长办公室的灯还亮着，江枫进去汇报。周俊宇正对着电脑聚精会神地看网剧，看见江枫进来，按下了暂停键。江枫把今天的案子拣要点汇报了几句，周俊宇始终面无表情，打了几句官腔，继续埋头看剧。

食堂锁了门，做饭的陈阿姨已下班回家。江枫走进宿舍房间，烧开水，泡了碗方便面。高潮洲位置偏僻，不像市区那样寸土寸金，派出所的业务用房比较宽裕，每个民警都配了单间。

等待泡面软化的时间，江枫靠在椅子上，打开了电视，市电视台正在播放晚间新闻：

一个退休的中学校长早上出门去晨练，半路上捡到一根大金条，碰巧旁边一个少妇也看见了。少妇说她是共同发现人，金条理应二人平分。经过协商，校长从银行取了五万元现金给少妇，金条归了校长。那根金条少说也值二十万，虽然分掉一部分，校长还是开心得不得了——直到金店的工作人员告诉他，那根“金条”其实是外表镀金的铜条。

这种案子江枫办过好几起，经电视编导加工剪辑后，剧情更加精彩，老百姓喜闻乐见。生活太平淡，人都有猎奇心理，看见倒霉的事情发生在别人身上，说不定内心深处会产生不可告人的欣慰——幸亏倒霉的不是我！

这种涉案新闻，既能满足好奇心，又可以起到心理按摩作用，真是奇妙。江枫心想，接下来该有警察出来说话了。

果然，记者开始采访警察。一名穿着警服的年轻人出来说话，提醒市民朋友如何防范上当受骗，需要掌握哪些注意事项。警察目光呆滞，眼珠子盯着斜上方一个点不动，江枫猜他多半是在念稿。

有时候警察不知道该说什么，记者就会耐心引导，或者干脆拟好内容。就像小学生写作文，不管前面的故事多么阴暗猎奇，结尾都要升华主题，全是套路。在刑警队的时候，这些表演的任务，江枫都是交给王三牛去完成的。

电视新闻看多了，江枫也渐渐悟出了些门道。本地的社会新闻，将近一半是涉案事件。世界这么大，不幸的事情每天都会发生，难怪有人说公安局是取之不竭的新闻宝库。江枫曾突发奇想，假如上级部门颁布一条禁令，今后各级公安机关不准给媒体提供新闻线索，不知地方电视台的新闻节目是否能办得下去。

播完了诈骗案，接着又是一起交通事故，三车连环追尾。事故现场播完后，身穿反光背心、戴墨镜的胖交警出镜，开始升华主题了。

江枫拿起遥控器，正准备关掉电视，刚才还面带微笑的男主播忽然表情凝重地说：“本台刚刚收到的消息，今天下午4点40分左右，本市江宁路发生一起恶性金店抢劫案……”

江枫举着遥控器的手悬在半空中，这条路的名字很熟悉，是南湖公安分局的辖区。

电视画面切到案发现场。金店门口拉起了蓝色警戒带，把围观群众挡在外面。一个穿蓝色T恤的人背对着镜头，拨开人群低头疾走，丝毫不理会身后端着摄像机追上来的记者。他掀起警戒带，矮身穿过，向金店大门走去。此人个头不高，体格粗壮，板寸头，后背被汗水浸湿了一大片。

这个背影太熟悉了，不是王三牛又是谁。江枫身体坐直，眼睛紧盯电视。

“据现场目击者称，一名蒙面男子持凶器闯入来福珠宝店，杀伤店主后逃离现场。案发时该店正在营业，金店老板在与劫匪搏斗时身受重伤，已送往医院抢救，财物损失尚不清楚。警方接到报案后，立即赶赴现场展开侦破工作。本台记者电话采访了负责本案的王警官，王警官表示，案件仍在调查中，具体细节暂不便向外界透露……”

江枫不禁替王三牛担忧，这小子恐怕要焦头烂额了吧？

.5.

金店大劫案

7月13日，下午4点40分，东风市南湖区江宁路发生金店抢劫案。

接到报警后，江宁路派出所民警最先到达现场，并将现场保护起来。来福珠宝店门口拉起了警戒带，封闭了门前的人行道。两个年轻民警站在警戒线外维持秩序，提醒行人和自行车绕道，禁止无关人员进入现场。

警戒线外已被围观人群挤得水泄不通，有手里拎着塑料袋从对面超市出来的，有下班回家从门前路过的。人们脸上的表情各异：有的紧张恐惧，有的摇头叹息，有的满脸好奇，有的幸灾乐祸。

人们踮起脚尖，伸长了脖子往金店里面窥探，生怕错过精彩瞬间。平常老死不相往来的人突然间变成了自来熟，不管认不认识的，都交头接耳起来：

“听说老板被杀了？”

“钱太多也不好，危险！”

“是啊，平安当发财，阿弥陀佛。”

“警察全是饭桶，我家的小区天天丢电动车，也没破过案。”

盛夏酷暑，太阳明晃晃地照射大地。围观者们头顶烈日，汗流浃背，却不舍得轻易离去。日子过得太无聊了，难得有免费的大戏，为什么不多瞧瞧？反正闲着也是闲着，还可趁机发泄不满。几个端着摄像机的记者也在人群中左冲右突，抢占最合适的拍摄机位。

门前马路上的交通已陷入混乱，汽车排起了长龙，刺耳的喇叭声、咒骂声此起彼伏。

一辆棕色现代途胜靠边停下。车门打开，下来一个粗壮的小伙子，黑皮肤，板寸头，像刚割过的韭菜地。小伙子斜挎着单肩包，向人群聚集的地方快步走去，他奋力拨开人群，嘴上也没停：“警察，不好意思，请让一让。”

他向守在警戒线外的派出所民警出示了证件，警察证上的名字是王犇，此人正是王三牛。

王三牛掀起警戒带，矮身穿过，进入现场保护区域。勘查现场的技术员还没到，没有紧急情况，暂时不必进入中心现场，以免破坏痕迹物证。王三牛站在玻璃门外打量室内，金店面积大约一百二十平方米，由三间店面打通而成，人员已全部撤离。

靠近收银台位置，白色防滑地砖上有一片血迹，王三牛心里一沉，案情比想象中的更严重。他转身问身旁的值勤民警：“哪位兄弟到得最早？”

“我是第一个到现场的。”一个脸上长满青春痘的年轻民警回答。

“怎么称呼？”

“叫我小赵吧，我在派出所值班，接到报警马上就赶过来了。”

“受伤的是什么人？”王三牛指着地上的血迹问。

“目前只发现一名伤者，是这家金店的老板。”

“人呢？”

“已经送到医院抢救，救护车刚走几分钟。”

“人还清醒吗？”王三牛急于知道答案。这个问题至关重要，受害人伤得这么严重，很可能与凶手有过搏斗。那么，受害人就是与凶手距离最近、接触最多的人，是最直接的目击证人，了解凶手的信息也最多。

小赵摇了摇头，说："受害人头部受伤，很严重。我赶到的时候，人已经倒在地上，昏迷了。"

"有目击证人吗？"

"案发时有三名女店员在场。"

"人现在在哪儿？"

"都在隔壁的小卖部，我叫她们不要走，等候问话。"小赵向旁边的店面指了指。

"辛苦了，兄弟。"王三牛拍了拍他的肩膀说道，以示鼓励。

"应该的。"

隔着玻璃门，王三牛再次环视室内。店内的家具物品摆放秩序井然，玻璃柜台完好无损，珠宝首饰摆放整齐，与正常营业时没什么两样。如果不是地上的那摊血迹，完全看不出这里刚发生过抢劫案。王三牛感觉有点怪怪的，却想不出所以然。

太阳像火球一样挂在天边，王三牛下车才几分钟，全身就湿透了。王三牛下午没什么事，提前溜了出来，走到案发地附近刚好接到万志强的电话，所以最先到达现场。

队里的弟兄正在往这边赶，现在是下班出行高峰期，可能有些人会堵在路上。在大队人马到来之前，王三牛不能干等，他擦了擦头上的汗，向隔壁的小卖部走去。

小卖部不足十平方米，主要经营烟酒和饮料，门口摆着一个白色冰柜，挡住了半边入口。三名身穿藏蓝色套装的女店员坐在里面，一个四十多岁的中年男子站在门口，光着膀子，大肚腩，看样子是这家小卖部的店主。王三牛叫他暂时到门外等候，店主毫无怨言，马上就出去了。

三名女店员脸色苍白，还在瑟瑟发抖，显然是受到过度惊吓所致。仅有的三个红色塑料凳子都坐满了，王三牛左右看了看，搬了一箱啤酒过来，临时充当凳子用。

王三牛的目光从三人脸上扫过，说："案发时你们都在场吗？"

三个女店员互相对视一眼，都不说话。

"我是刑警队的。"王三牛出示了证件。

"我们三个都在场。"说话的是一个头发染成栗子色的店员，不到三十岁，圆脸，皮肤很白，说话的声音很小。她在三个人当中年龄最大，长得也最漂亮。

"你叫什么名字？"王三牛从包里拿出了小本子和笔。

"我叫张丽洋，是店长。"

"美女，你看见了什么？不用怕，大点声，慢慢说。"王三牛忽然觉得自己的声音有点怪，询问证人，为什么要这么温柔？

张丽洋右手按在胸口上，脸上依旧惊魂未定："今天下午，我们店里正在营业。然后我看见一个人突然冲进来，手里拿着一个东西，然后直接向收银台冲去。我们老板正在点钱，然后马上拿出一根铁管，然后我就看见老板倒在地上，然后那个人就跑出去了。我们当时都吓坏了，赶紧跑到外面去，然后我就打了110报警。"

"是你打的报警电话吗？"

"是我打的。"张丽洋点点头说道，"然后派出所的人就来了，然后叫我们在这里等。"

王三牛快受不了了，暗暗祈祷她别再说"然后"："凶手是几个人？"

"就一个，男的。"张丽洋非常肯定地说。

"长什么样子？"

"戴了口罩，看不清长相。"

“什么样的口罩？”

“口罩上有一只很大的蛾子，好吓人。”

王三牛皱了下眉：“凶手的体形看清了吗？”

“没什么印象，太快了，前后都不到半分钟。”

“不用急，你仔细回忆一下。”王三牛挪了挪屁股，耐着性子引导，“比如说偏胖，或者偏瘦，高还是矮。”

“然后……”张丽洋低头认真想了想，“不高不矮，不胖不瘦。”

这句话约等于没说，王三牛挠了挠头：“他手里拿的是什么凶器？”

张丽洋皱了下眉：“我从没见过那种东西，然后很奇怪。”

“哪里奇怪？”王三牛身体前倾，突然目露凶光，仿佛鲨鱼闻到了血腥味。张丽洋抬头，蓦地撞上王三牛的目光，吓得浑身一哆嗦。王三牛意识到失态，赶紧收敛目光，柔声说道：“别急，慢慢想。”

“应该是铁做的，然后很旧的样子，好像生了锈。”

“你觉得像什么东西？”

“我说不上来。”张丽洋摇头道。

“大致是什么形状？”

“长条形。然后……不对，好像是圆筒状，但又不是圆筒，然后头上是尖的。”

“有多长？”王三牛已晕头转向，却要假装沉稳。

“这么长。”张丽洋伸出双手，在胸前凌空比画，大约是两根筷子连起来的长度。

像她这么描述，三天也说不清楚，王三牛不做指望了。不过这不是什么大问题，只要调出店内的监控录像就一清二楚了。金店是特殊行业，再抠门的老板也不会省监控的钱，除了防抢防盗，更重要的是防家贼，以及与顾客发生纠纷时有据可查。

小卖部里没有空调，四个人挤在狭小的空间内，就像人肉罐头。一台锈迹斑斑的落地电风扇，像是一件出土文物，摇头晃脑嗡嗡地转动，很卖力的样子，声音很大，吹出来的风却很小。

王三牛擦了擦头上的汗，再次调整坐姿，屁股底下的十二瓶啤酒把他硌得难受："凶手抢走了什么财物？"

"没有。"话一出口，张丽洋似乎觉得不妥，马上又补充道，"这个要等全部清点之后才知道，凶手好像打伤老板后就跑了。"

"你们老板叫什么名字？"

"姓邓，叫邓文豪。"

"邓文豪平常都会在店里吗？"

"邓总一般是每天下午四点之后会来店里清点现金，然后把当天收入的现金存入银行。"

"凶手往哪个方向逃跑了？"

"不知道。"张丽洋摇了摇头说，"我们几个都吓坏了，哪敢追。"

王三牛又问了另外两个店员，她们当时正在给顾客挑选首饰，什么都没看到。

王三牛像刚淋过一场大雨，全身湿透。他从包里摸出一个烟盒，抽出一根烟，刚咬到嘴里，左右看看，又忍住了。小卖部里热得像蒸笼，他要是再冒下烟，估计能把洞里的老鼠熏出来。

问得差不多了，王三牛站起来，情不自禁摸了摸屁股。他起身走到门口，把小卖部的老板叫了进来，给了他一支烟，问道："贵姓？"

"免贵姓章，立早章。"他哈着腰说。

"章老板，影响你做生意了，不好意思。"

"警察同志，叫我老章吧。"老章搓着手说。平常都是他叫别人老板，突然被人叫老板，老章似乎有点不适应。

“案发时你在店里吗？”

“在，我是听到隔壁的喊声才跑出来的。”

“你看到了什么？”

“我只看到那个人的背影，骑上一辆摩托车，往锦绣大道方向逃走了。速度很快，眨眼的工夫就不见了。”老章连说带比画，很兴奋的样子。

“什么样的摩托？”

“黑色的，两轮跨式摩托。”

“牌照看清楚了吗？”

“这个我倒没注意。”

“什么牌子的摩托？”

“没仔细看，太快了。”

外面人群骚动，王三牛向外张望，是大队长万志强领着几个人到了。人部队已到，王三牛长出了口气，合上笔记本对屋内的四个人说：“你们提供的线索很重要，大家先别走，等下还要麻烦各位去分局做笔录。”

张丽洋面露难色道：“我老公和儿子还等着我回家做饭呢。”

王三牛说：“出了这么大的事，你肯定希望早日破案吧？”

没等张丽洋回答，老章抢着说：“应该的，应该的，协助警方破案是我们老百姓的职责。”王三牛笑了，老章整天守着小卖部可能是太无聊了，正好借机出去走动走动。

张丽洋同另外两个女孩对望一眼，点了点头道：“那好吧。”

“放心，做完笔录会派车送你们回去的。”交代完毕，王三牛走出了小卖部。

刑侦、情报、技术、法医等人员陆续赶到，交警也加派了人手，在门口疏导交通。万志强在现场做总指挥，把所有人员临时分成了几个工作小组，现场勘查、现场走访、调查取证等工作全面铺开。

夏天像一棵烤焦的青菜。

树叶纹丝不动，知了在树上不知疲倦地聒噪，叫得人浑身烦躁。从昨天开始，东风市就转入了烧烤模式，气温飙升到三十七摄氏度。外面连风丝都没有，热浪滚滚，炙烤着每一个人的神经。

每一个人都是挥汗如雨，一丝不苟地埋头工作。在外人看来，刑侦工作既神秘又刺激，其中的压力和辛酸，局外人却无从知晓。他们也有在学校门口等着要接的孩子，家里也有等着老婆回家做饭的大爷，然而案情就是命令，破案压倒一切。

王三牛渐渐也想通了，如果你很快乐，那就不是工作了。

晚上11点，南湖公安分局二楼刑侦会议室座无虚席，几个来得晚的只好坐在后面的茶几上。刑侦、情报、技术、法医、派出所等相关人员全部到场，专案分析会由万志强主持。

万志强坐在会议桌前，悠然地点着一根烟，投影仪的强光射在他光光的脑壳上，散发出蓝色的光芒。最近这几天，他正为一起强奸案忙得焦头烂额，那起案子还没理出头绪，这里又发案了。

案子发起来跟比赛似的，真他妈要人老命，万志强暗自发着牢骚。心里着急，脸上却不能流露半分，几十号人都盯着他，作为带头大哥，他时刻都要装出信心百倍、无坚不摧的样子。

万志强把烟屁股摁进烟灰缸，摸了摸光头，扫视全场一圈，然后朗声道："弟兄们，今天都辛苦了！大家都说说，对这个案子有什么看法。"

派出所的小赵首先介绍接警情况，接下来王三牛介绍现场走访情况。众人依次发言，案情逐渐得到汇总：

7月13日下午4点40分左右，一名凶手持凶器冲进来福珠宝店。金店老板发现险情，立即拿出铁管反抗，在与凶手搏斗过程中，头部遭到重击，当即昏迷倒地。凶手迅速逃离现场，整个作案过程持续不到半分钟。

案发地点位于东风市江宁路，该店主要经营金银珠宝首饰。金店正对面是一家大型超市，人流密集，便于作案后逃离。凶手选择来福珠宝店作为目标，不像是随机作案，很可能是经过精心准备的。

金店老板名叫邓文豪，男，三十八岁，市政协委员。此人平时防范意识较强，在收银台旁放了一根铁管，以防万一，没想到真有一天派上了用场。邓文豪受伤后被紧急送往医院抢救，至今昏迷未醒。

事后清点财物，店内的金银珠宝和现金都没少。凶手虽然准备充分，却没想到会遇到激烈反抗，只好仓皇逃离。

案发时，有三名女店员在场。店长张丽洋当时正面朝向店门口，看见凶手冲进来，另外两名女店员正在为顾客挑选首饰，未看到凶手的正面形象。当时还有几名女性顾客在店内，案发后都吓跑了，暂未找到。

隔壁小卖部的店主老章听到叫声后冲到门口，看见凶手骑一辆黑色摩托车逃离现场，但是只看到背影。

综合以上线索，初步认定为一人单独作案。凶手为男性，脸上戴着口罩，持不明凶器作案，交通工具是一辆黑色跨式摩托车。凶手手段娴熟，心狠手辣，不排除是有违法犯罪前科的人员作案。

除地面上的血迹外，中心现场未提取到指纹、足迹，以及其他相关生物检材，外围现场也已细致勘查，未发现有价值的痕迹物证。根据证人证言初步推断，地上的血迹应为金店老板邓文豪所有，是否含有凶手的血液成分，要等DNA鉴定结果出来才能知晓。

店内的监控视频资料已经调取。金店内共有四个监控摄像头，但在案发时均处于关闭状态。据店员解释，下午3点左右，停过一次电，大约持续了半个小时。来电之后，店员忙于接待顾客，忘了重启主机，因此未拍到案发时的情况。这一点非常可疑，需要进一步查证。

专案分析会议开到凌晨1点多，一个年纪大的老民警两眼通红，捂着嘴打起了哈欠，马上传染一片。万志强却越熬越精神，这种精神动力来自焦虑：与凶手接触最多的受害人昏迷不醒，中心现场监控录像又没有，两条最重要的线索都断了，一个不祥的念头在他的内心弥漫。

半个月前发生的强奸案，已到了攻坚阶段，大部分警力都压上去了，很难再抽出人手。破案不比开门做生意，实在忙不过来，可以少做几单，大不了少赚点。发了案就得马上想办法去破，没有任何选择的余地。

案情讨论得差不多了，万志强做了简单的总结发言。他推开椅子站起来，左手搭在光头上，按顺时针方向转动，仿佛把玩一件心爱的古董。王三牛知道，这个动作表示他要下命令了。

万志强宣布成立“7·13”金店抢劫案专案组，由万志强本人任专案组组长，下设三个小组：调查组、技术组、视频组。任务分派完毕，万志强重新坐回椅子上，边低头翻材料边挥手说：“江枫留下，其他人散会。”

众人面面相觑，坐着没动。万志强发觉失言，马上改口道：“王三牛留下，其他人都早点休息吧，明天大家还要继续辛苦。”

人都走光了，会议室只剩下他们两个。万志强扔给王三牛一根烟，用殷切的目光看着他，仿佛在说“国家有任务交给你”，王三牛不禁心里发毛。

万志强说："这个案子，调查组的工作由你来负责。"

"我？"王三牛指着自己的鼻子，表示难以置信。

在实际办案过程中，专案组组长通常由具有领导职务的人担任，主要职责是指挥破案和组织协调，并不需要亲自参与具体工作。因此，万志强身为刑警队大队长，可以同时兼任多个专案组的组长。有时遇到影响力特别大的案子，还可以由公安局长亲自担任专案组组长，以示重视。

调查组负责人才是实际上的案件主办人，要直接负责调查取证、抓捕、审讯、起草法律文书、报捕、起诉等工作，技术组和视频组都是协助调查组工作的。面对万志强突然委以重任，王三牛毫无心理准备，忐忑远大于激动。

万志强拍了拍他的肩膀，说："没错，就是你。你到过现场，对案件情况都熟悉，由你来主办这个案子非常合适。"

"那……接下来我应该怎么做？"王三牛毫无头绪。

"怎么破案是你的事，自己想办法，我只要结果，不问过程。"万志强说。

"压力山大啊。"王三牛使劲挠着后脑勺。

"有压力说明你在成长。"万志强用罕见的、慈祥的目光看着王三牛，"我没记错的话，你到刑警队一年多了吧，也该挑挑担子了。好好干，立功的机会到了！"

"嗯！"王三牛用力地点头道，心里暗自叹服，这个光头强真会做思想工作，自己刚才还毫无信心，被他三言两语就撩得热血沸腾。

从会议室出来，王三牛走进一楼值班室，也没心思洗澡，摸到一张没人的床铺，直接爬了上去。

从案发到现在，他的脑子一直在高速运转，一下子还停不下来。王三牛躺在床上，在脑海里把案件信息重新梳理了一遍。

凶手作案干净利落，虽然没抢到财物，却造成另外一个严重后果——金店老板邓文豪身受重伤。万一邓文豪重伤不治，又将加上一条人命，那就变成抢劫杀人案了。

如果是其他类型的杀人案，相对而言还好办，起码有迹可循。然而，即使是最有经验的刑警，遇到谋财害命的案子，也会头痛不已。

要确定侦查方向，首先要分析作案动机。

爱一个人不需要任何理由，恨一个人却需要足够的理由。如果是报复杀人，可以从受害人的仇家入手；如果是激情杀人，通常由矛盾引发，事先会爆发激烈的正面冲突；如果是情杀，可以从受害人的感情经历入手。

以上几种情况，都可以把凶手圈定在较小的范围内，唯独谋财害命没有特定的人员，嫌疑对象的范围接近无穷大。

人为财死，鸟为食亡。要为谋财害命划定侦查范围，无异于大海捞针。世上爱钱的人实在太多，凶手可能是缺钱上网的不良少年、输红了眼的赌徒、急需钱买毒品的瘾君子、千里之外流窜来的江洋大盗，也有可能是没钱给孩子治病的绝望父亲……

人人都是嫌疑对象，这是一句无比正确的废话。

妈的，这可咋整？王三牛越想越焦虑，猛地意识到，自己接下来要做的工作，就是从大海里捞出一根绣花针！

.6.

大海捞针

闹钟没响王三牛就自动醒了，摸到手机看时间，还不到6点。昨晚他睡得并不踏实，头一回独立办案，压力太大。王三牛躺在床上，把昨晚梳理出的三条线索又在脑子里过了一遍。

一是受害人。金店老板邓文豪与凶手有过激烈搏斗，与凶手距离最近、接触时间最长，如果他能早点醒来，说不定会有重大收获。

二是现场血迹。在搏斗过程中，邓文豪头部受伤出血，凶手也有可能会受伤出血。假如现场血迹中能检测到第二个人的血液成分，那么就是凶手的。

将现场采集到的嫌疑人DNA数据，与全国公安机关违法犯罪DNA数据库中的数据进行比对，有可能查到凶手的真实身份，或者与其他案件串并案。退一步讲，即使比不中，将来抓到可疑人员，只要采集血液进行DNA比对，马上就能认定或排除嫌疑人。

三是监控录像。案发时，金店内的监控主机居然是关闭的，四个摄像头都没拍到作案过程，这种巧合非常可疑。是否存在内外勾结作案的可能性？假如是内外勾结的话，那么至少有一名店员与凶手是同伙，嫌疑人的范围很小。

以上三条线索，无论在哪一条上取得突破，对破案都至关重要。

理清了思路，王三牛决定先去医院。昨天晚上，唐法医去了医院，但是见不到人，医生也在手术室，连伤情都没问到。一个晚上过去了，手术应该做完了吧，王三牛决定去医院碰碰运气。但愿手术成功，他暗暗祈祷。

早上8点刚过，王三牛走进住院部九楼，先在护士站问到了主治医生的名字。按照护士告诉的房间号，他在走廊最东头找到医生办公室，敲了两下门，就听到里面有人高声回应："请进。"

门是虚掩的，王三牛一进门就闻到牛肉拌粉的味道。一个五十来岁的光头医生正在吃早餐，手里端着打开的快餐盒，脏兮兮的白大褂斜搭在椅背上。

"您好！请问是吴主任吧？"王三牛问。

"我是。"吴主任把快餐盒推到旁边，重新调整坐姿。

"我叫王犇，刑警队的。"王三牛出示证件后，在办公桌对面的椅子上坐下，说，"不好意思，大清早就来打搅您。"

"你好！"吴主任似乎不觉得意外，警察昨天就来过，护士应该告诉他了。

"我想向您了解下，邓文豪现在的情况怎样？"

"这个患者昨天进院时就已经昏迷了，刚做完开颅手术，还在ICU观察治疗。"

"他现在能说话吗？"王三牛迫不及待地问。

"哪有那么快，麻药还没醒。"说着吴主任嘴角掀起一抹克制的笑容，仿佛在嘲笑他，这个问题有多么幼稚，"患者头部受到打击，致重型颅脑损伤、脑干损伤、多发性脑挫裂伤、脑室出血、创伤性蛛网膜下腔出血。"

王三牛完全听不懂那些天书般的专业术语，只好装模作样地连连点头。"这种情况是不是很严重？"他问。

吴主任微微点头说："脑干损伤比较麻烦，手术的预后通常会较差。"

王三牛感觉不妙，问："那要过多久才能醒？"

"脑干损伤昏迷为持续性，时间较长，意识障碍的恢复比较缓慢，即使恢复了也可能出现智力迟钝和精神症状。如果网状结构受损严重，患者可长期呈植物生存状态。"

"会变成植物人吗？"

"临床上也有昏迷三年后成功唤醒的。"

"吴主任，凭您的经验分析，他醒过来的可能性有多大？"

"不好说。"吴主任继续摇头说，"每个病人的个体差异很大，医学上的奇迹时有发生的。"

王三牛听得头脑有点发胀，现在的医生都是外交官的底子，从头到尾就没听到过一句痛快话，似是而非，滴水不漏，估计是让医闹给闹怕了。

"这个人对破案非常关键。"王三牛再次强调。

"抱歉！我只对患者的病情负责。"吴主任抱起胳膊，一副爱莫能助的表情。

"打搅了，如果邓文豪什么时候醒了，麻烦您通知我一声。"王三牛留下一张名片后起身告辞。

吴主任说了一大堆，王三牛只听懂了"植物人"三个字，这正是他最担心的情况。从医院出来，王三牛大失所望，看来邓文豪这条线索暂时指望不上了。

午饭之前，血迹鉴定结果出来了，现场的血迹是邓文豪的，未发现其他人的血液成分。现场找不到凶手的DNA信息，第二条线索也断了。

下午5点，视频组的调查结果也反馈过来了。民警以来福珠宝店为中心，向左右两侧延伸，逐家走访沿街店面。调查得知，昨天下午江宁路确实整条街都停电了。民警又去供电所调查，查明了停电原因。由于持续高温天气，居民用电量猛增，昨天下午3点零5分，江宁路供电线路上的变压器烧坏，通过紧急抢修，半个小时后恢复供电。

内外勾结作案的可能性基本排除。

视频组已调取了案发前金店内的全部监控录像，希望能从中找出蛛丝马迹；同时正在调取沿街路线的监控资料，希望能找到凶手出入的路线轨迹。但是，这两项工作都要面对海量视频，工作量巨大，用“大海捞针”来形容恰如其分。

坏消息一个一个接踵而来，令他应接不暇。早晨寄予厚望的三条线索全断了，王三牛就像一个踌躇满志的将军，早上派出去的三路大军，天黑之前全军覆没，转眼就变成了光杆司令。

王三牛拖着一身疲惫，垂头丧气地回到办公室，点上一根烟，强迫自己集中注意力，翻开了案卷。王三牛在记事本上写下三个名词：口罩、凶器、摩托车。

现在，他手里只剩最后一张牌：以物找人。

第二天，王三牛通过市局联系上了省厅模拟画像专家，把目击证人张丽洋带了过去。

根据张丽洋的描述，专家画出了凶手的头像。张丽洋对凶手的外貌几乎没什么印象，画像的重点放在蒙面的口罩上。这个口罩有点奇怪，上面有一只巨型飞蛾图案，狰狞恐怖，特征明显。

凶器的图像也画出来了。凶器长三四十厘米，近似半圆筒状的怪物，没人叫得出名字。张丽洋确信，她看到的就是这个东西。

摩托车是市面上常见的那种，黑色两轮跨式摩托车。考虑到交通工具有可能是偷来的，王三牛查询了案发前一周全市各县区盗抢摩托车的报案信息，并无收获。

协查通报发出去，却如石沉大海，凶手仿佛人间蒸发了。

时间一天天流逝，王三牛那颗脆弱的心就像茶叶蛋壳一样被敲碎了。时间拖得越久，证据就越容易消失，破案的黄金时期已经过了。王三牛有一种不祥的预感，这个案子有可能会在自己手上变成悬案。

王三牛每天往视频组跑，希望能有所突破。

金店内共有四个摄像头，能保存二十天的录像资料，案发时的画面虽然没拍到，但是停电之前的视频都完整保存着。假如凶手在作案前进入金店踩点的话，就会被拍到，视频组已经在对这些视频进行研判，暂未发现可疑人员。

王三牛没有耐心再等了，干脆把金店内的全部视频资料拷贝到自己电脑上。他扛了两箱方便面回来，把值班室的被子搬到办公室，开始埋头看录像。饿了就吃，困了就睡，睡醒了接着看。

“结硬寨，打呆仗。”这句话从嘴里说出来很有气势，真干起来，却要了命。到了后半夜，看着看着，电脑就歪了，似乎要倒掉，王三牛赶紧伸手去扶，原来是看花了眼。

王三牛去洗手间洗了把脸，回到办公室，也不开灯，枯坐在电脑前。显示器上的各色人等来来回回走动，像二十世纪初的无声电影，他的思绪越飘越远。

他在认真地思考人生，是不是入错行了？也许自己根本就不是这块料，如果当初不是跟老王赌气，打死他也不会当警察。

王三牛是个粗壮的小鲜肉，老家在遥远的东北。别看他长得像一头公牛，在那粗犷的外表下，却包裹着一颗文艺的心。他弹得一手好吉他，热爱美女和音乐。大学毕业时，王三牛正在经历第三次失恋，感觉这个世界一点都不美好，忽然很想去丽江当流浪歌手。这个念头刚一冒出来，就被老王无情地掐死在萌芽状态，他说：“等老子死了，就没人管你了，随便你去哪儿流浪都行！”

老王是他的老爹，从小到大王三牛都这么叫。老王是装修工人出身，前些年赶上了好时代，从白手起家做到建筑公司老板，事业越做越大。家里就这么一根独苗，老王曾对王三牛寄予厚望，希望儿子将来继承自己的伟大事业。

王三牛却对做生意毫无兴趣，天天在家跟老王冷战，正好看到东风市发布招警公告，一气之下就报了名。王三牛参加过的考试无数，就数这次最顺利，居然一考就中了。

在王三牛的人生蓝图中，从未出现过“警察”二字，他觉得有点滑稽，又有一丝复仇的快感。只要能脱离老王的魔掌，做牛做马也行，总之离得越远越好。何况东风市地处江南水乡，自古以来就是出美女的地方，去了不吃亏，去了不上当。

老王不禁大跌眼镜，没想到这小王八蛋居然会去当警察。由他去吧，两害相权取其轻，当警察怎么也比流浪歌手强点，让他出去吃点苦头就知道我老王的好。老王和小王各怀鬼胎，有史以来第一次达成共识，一拍即合。王三牛就屁颠屁颠地南下报到去了。

在穿上警服之前，王三牛还不叫王三牛，老王原本给他起了个正儿八经的名字——王犇。去年夏天，他刚加入南湖分局刑警队时，局里召开新民警座谈会，李局长念到他的名字时突然卡住了，不知道“犇”字怎么读，好一阵尴尬。李局长似乎很敌视这个“犇”字：“你这个名字不接地气，以后怎么密切联系群众，不如叫王三牛得了。”

从此以后，局里就没人记得他的真名了。王三牛也觉得局长水平高，并不讨厌这个新名字，就是有时觉得有点对不住老王。

王三牛原本是打算混个一年半载就走人的，当初慌不择路，现在后果严重了。有生以来接的第一个案子即将变成悬案，太不吉利了，这将成为自己职业生涯中的一大污点。多少年以后回首往事，他将会为接下这个案子而悔恨。

书到用时方恨少，王三牛现在有点后悔入警培训时没有认真学习，不应该把注意力都放在几个漂亮的女学员身上。真是倒霉透了！以前跟着江枫办案，完全体会不到这种压力——对啊，干吗不问问老大？他使劲拍了下脑门。

王三牛拿出手机，从电话簿里调出江枫的名字，刚要按下拨号键，大拇指悬在半空中停住了，想了想似乎不妥。江枫现在也是泥菩萨过河，这时候再给人家添堵，不厚道吧？

7月20日，案发第八天。

转眼又到星期五，下班时间已过，嘈杂的分局大楼安静下来。除了几个手上有案子要办的，其他民警都欢度周末去了，万志强却没这么好的福气，被李局长叫去谈话了。

李局长递给他一张报纸，上面是一篇整版报道：《重磅！本市发生恶性金店抢劫案，政协委员被砍成重伤生死未卜！》。

万志强扫了一眼标题就放下了，这种报道见得太多，他觉得自己都会写了。“他们爱怎么写就怎么写，现在还有几个人看报纸啊？”以前万志强看见记者就装孙子，最近几年在新媒体冲击下，报纸的影响力大不如从前，想起这事万志强就觉得解恨。

“报社的微信公众号上也发了，你要不要看看？”李局长拿起桌上的手机。

“哦，不用。”

“手机的传播力太大了，关键是它影响到了有影响力的人，新来的政法委书记看到了。”李局长慢条斯理道，“韩书记刚给我打电话，问我破了案没有，你觉得我应该怎么回答？”

“案件正在侦查之中。”万志强大大咧咧道。

“下次再打来呢？”

李局长比万志强矮一个头，气势却完全把他盖住了。万志强发现李局长脸色不对，不吭声了。

“凶手光天化日在闹市公然抢劫金店，老板被打成重伤，连政协委员的人身安全都得不到保障，你叫老百姓怎么会有安全感，社会舆论会怎么评价我们的公安工作？”李局长很少这么板着脸跟他说话，看样子真是急了。

万志强心里很不服气，大道理谁不会说，嘴皮子功夫老子不比你差，有种你破个案子给我瞧瞧？他嘴上却十分恭敬：“李老板，您说得很对，的确是我们的工作没做好。我们正在想尽一切办法，不惜一切代价，争取尽快破案。您也知道，破案是有个过程的……”

李局长挥了挥手，像赶苍蝇一样打断他的话：“我不想听你的解释，我要的是结果，具体怎么做是你的事。”

“最近案子太多，人手不够。”万志强又开始诉起苦来。

李局长见他耍滑头，语重心长道：“老万啊，这个案子舆论影响太大，受害人身份又比较特殊，你破了一百起偷电动车的案子没人知道，这个案子没破人人都知道，有损你的英名啊。还有……”

李局长稍做停顿，压低声音道：“这是大案，力量上要有所倾斜，有什么困难我全力支持。做事要学会抓重点，懂我的意思吗？”

“我懂。”这倒像句人话，万志强暗想，站起来高声说道，“请领导放心，坚决破案！”

李局长满意地点了点头，这话他爱听。

万志强耷拉着脑袋回到办公室，把身体重重地扔进大班椅。刚才在李局长面前大言不惭地吹牛，其实是缓兵之计，勉强能对付几天，时间一长，牛皮终究是要吹破的。

想起那个劫匪，万志强就恨得咬牙切齿。让我抓到，非扒了你的皮不可！万志强对犯罪分子的刻骨仇恨，完全是发自肺腑的。他的想法非常朴素，自觉地把南湖区看作是自己的责任田，你在别的地方杀人放火我管不着，在我的地盘作案，就是跟我过不去。谁敢跟老子过不去，老子就让他过不下去。

“7·13”金店抢劫案从案发到现在，已经过去一个星期。专案会开过好几次，却走进了死胡同，所有线索都断了，凡是可能出现的最坏情况统统都遇到了。“王三牛这个灾星！”万志强越想越来气，抓起了桌上的话筒。

一根烟没抽完，王三牛就敲门进来了。

“说说，案子有什么进展？”万志强扔给他一根烟。

“没啥进展。”王三牛软绵绵地回答，好像三天没吃饱似的。

“你这几天干什么去了？”

“还在反复查看案发前金店内的监控录像。”

“看出什么了吗？”

“没有。”

“不要过分依赖技术手段，传统的侦查方法也要用上，多出去摸排走访。”

“嗯，我知道。”王三牛像个考砸了的小学生，拼命地点头。

“接下来你打算怎么办？”

“不知道。”王三牛的声音越来越小，连头都不敢抬，那支烟捏在手里一直没敢点着。

万志强见王三牛那个尿样，实在忍无可忍，站起来敲着桌子大吼道：“你给老子精神点，别像个霜打的茄子似的，破不了案，老子拿你是问！”

“光……万大，您就是把我剐了，也无助于破案啊。把我这条小命留着，好歹能给您当个出气筒，帮您消消气不是？”王三牛估计也是彻底绝望了，摆出一副死猪不怕开水烫的架势。

万志强紧绷着脸，恶狠狠地盯着他，总算忍住没笑出声来。遇上这样一个屌人真是没辙，万志强暗自叹息。王三牛缩在椅子上，几天下来人黑了不少，双眼布满血丝，胡子拉碴，原本一丝不苟的板寸头也变成了鸡窝。

万志强不禁动了恻隐之心，又点着了一根烟，口气也软了下来：“东北佬，那你说咋整，咱总不能在这里混吃等死吧？”

“我倒是有个办法，就是有点不厚道，不知行不行得通……”王三牛瞟了一眼万志强，马上垂下眼帘，欲言又止。

“什么办法？”万志强双手按在桌面上，身体不由自主地前倾。

“把我老大叫回来。”王三牛鼓起勇气说。

“江枫？”万志强眼前一亮。

“对。”王三牛点点头，“他来了肯定有办法。”

“你这是嫁祸于人，自己屁股上的屎，想叫别人给你擦？”万志强不想让部下一眼就看穿自己的心思，只好装腔作势。

“我也是为了破案，行不行您说了算，反正您是领导。”王三牛很老练地把皮球又踢了回去。

万志强重新靠在椅子上，陷入了沉思。他不是没动过这个念头，问题是，江枫现在是高潮洲派出所的人，别的单位还好商量，周所长怎么可能放人？

五年前，万志强在半路上把江枫抢走，已经跟周所长结下了梁子，这回总不能去人家里再抢一次吧？上次是拦路抢劫，这回就是入室抢劫，罪加一等。万志强就算再没人性，也不敢再干这种人神共愤的事了。

“江枫现在不是咱们的人，我想要也要不到啊。”万志强左手搭在光头上，来回抚摸，脸上露出为难之色。

“这事好办。”王三牛说，“让李局长出面协调，以专案组的名义把江枫借过来，破了案再还回去。周所长不敢不放人。”王三牛好像在密谋一桩猪崽生意，胸有成竹。

“你小子破案没本事，肚子里坏水倒是不少。”万志强的眉头刚舒展开，马上又皱了起来，“问题是……江枫愿意回来吗？”

“不试试怎么知道？”王三牛摸出打火机，点着了烟。

.7.
夜访

夕阳衔山，水天相接。

一个矫健的身影奔跑在堤顶公路上，在地上投下长长的影子。

江枫穿着灰色沙滩短裤，白色跑步鞋，光着膀子，露出一身饱满的肌肉。落日的余晖，洒在宽阔的肩膀上，将他麦色的皮肤照得熠熠生辉。厚实的背上挂着大颗的汗珠，晶莹剔透，沿着脊柱沟往下淌，砸在地上，摔成八瓣。

片警的工作虽然枯燥，好在高潮洲风景优美。从派出所出门右转，穿过一条简易的石子路，大约走一公里就能上湖堤。每日清晨和傍晚，只要天气晴好，江枫就会在堤顶公路上跑五公里。

当年知青们垦荒时种下的法国梧桐，如今已长成参天大树。遒劲的树枝在空中交叉，形成天然顶棚，远远看去就像一个绿色隧道，仿佛能穿越时空，通向另一个未知的神秘世界。它们又像是一对对恋人，隔着十多米宽的马路，互相凝望了半个世纪，终于紧紧拥抱在一起，再也不分开。

江枫沿着堤顶公路向前奔跑，大口大口地呼吸着清新的空气，偶尔会有荷花的清香闯入鼻腔。

跑累了，就找块石头坐下休息。“咕……咕……咕咚……”葱茏茂密的灌木丛中，传来不知名的鸟叫声。这里的确像世外桃源，远离闹市，半个小时见不到一辆车，负离子充足，是天然的氧吧。

正值丰水期，湖面上烟波浩渺，远处升起了薄雾，隐约能看见白帆点点。微风裹挟着淡淡的腥味，掠过湖面，轻轻地拂过脸颊。江枫顿时感到神清气爽，不禁想，在此地终老一生也不错，与世无争，看日出日落，潮涨潮退，多好。

身上的汗干得差不多了。江枫站起来，左右看了看，四处无人，迅速把自己脱得精光，一头扎进湖水中。游了半个小时，他才恋恋不舍地上岸，穿好衣服。走到派出所门口，老远就看见兰登摇着尾巴欢快地跑上来。

兰登是一条大黄狗，一身金灿灿的黄毛，只有嘴巴是黑的。一个多月前，江枫在湖堤上晨跑时，它正趴在马路边痛苦地呜咽，右后腿受了伤，鲜血淌了一摊。江枫把它抱起来，带到卫生所包扎好伤口，却找不到主人，只好带回了派出所。名字是江枫起的，来自《达·芬奇密码》里的主人公，符号学教授兰登。江枫希望它像兰登教授一样博学多才，思维敏捷。

兰登已经完全康复，四肢健壮，毛光水滑，像个健美先生。它还是个超级吃货，几乎不吃素，却喜欢吃蛋糕。不论别人吃什么，它都那么痴痴地看着你，口水直下三千尺。

星期五下午，5点钟过后，派出所就变得空荡荡的。双休日不值班的民警都下班回家了，赶回城里陪老婆孩子过周末。所里只剩下三个人一条狗：除了兰登，还有江枫、协警员小曹，以及食堂做饭的陈阿姨。

太阳却不急着下班，像一个不甘退休的老干部，还想留在办公室多发挥点余热。知了在树上有气无力地叫着，原本就冷清的派出所，此时显得更加寂静。小曹窝在宿舍没出来，不用问，肯定是在打“王者荣耀”。

江枫在户籍室门口的台阶上坐下，厨房里飘出洋葱炒鸡蛋的香味。兰登又贴上来一通亲热，然后扑通躺翻在地，四脚朝天，露出柔软的肚皮。江枫知道，那是要人给它挠痒痒。

汪星人的世界没有尔虞我诈，内心世界都在身体上表露无遗，坦诚得让人汗颜。开心时，它就拼命摇动尾巴；紧张时，就缩着身子，夹紧尾巴；警戒时，就屈下前腿，后腿蹬地，弓着身子，前低后高，嘴里还发出呜呜的警告声，像一辆蓄势待发的跑车。

江枫摸着兰登的头说："你长得这么帅，哪天给你找个女朋友吧，喜不喜欢？"

兰登趴在地上，吐着舌头，歪着脑袋看着江枫。兰登喜欢与人对视，仿佛听懂了他的意思，目光灼灼地看着江枫，欢快地摇动尾巴，两只爪子拼命往他怀里蹭。江枫大笑起来，拍着兰登的脑门说："你也别高兴太早，女朋友是天底下最奇怪的动物，哪天被甩了，不要哭鼻子哦。"

没来由就想起了林小砚，连回忆都变得微甜，转瞬心底又泛起苦涩。如果没有去年平安夜那起案子，结局会怎样呢？江枫把目光投向远方，天边的落日像一个大蛋黄，留给大地最后一抹明艳。

"开饭啦——"系着黄色围裙的陈阿姨站在厨房门口，双手叉腰，扯着大嗓门叫喊，仿佛在向全世界庄严宣布一项重大决定。每次开饭前，是她一天中最有成就感的时刻。

"走，吃饭去。"江枫向兰登招了下手，从台阶上站起来，拍掉屁股上的灰尘，向厨房走去。兰登像个跟屁虫似的，摇着尾巴紧跟在江枫身后。

晚上人少，饭菜也简单，两菜一汤：红烧肉、洋葱炒鸡蛋、紫菜蛋花汤。江枫夹了几块肉，放进兰登的不锈钢饭盆里。小曹此时懒洋洋地走进来，手里拿着手机。江枫端起碗，刚扒了两口饭，桌上的手机就响了。来电显示是110指挥中心的号码，每次值班时，江枫都会把值班室的电话转接到手机上。

江枫放下筷子，说：“喂。”

“刚才一名男子报警，说在他家的洗衣机里发现外星人，请你们派人出警，地址是……”

江枫马上打断她，说：“美女，你是新来吧？”

“上了三天班了。”

“没关系，我教你，把电话转给120，让他们派精神科医生去。”

“嗯，我试试。”

刚挂掉不到两分钟，手机又响了，这次是有效警情：银城花园小区发生打架斗殴事件，现场有人受伤。

江枫一边接电话，一边把目光转向身边的小曹，左手拇指做了几下按键动作，示意他拿手机记录。江枫报出一串号码，小曹在手机上记下了报案人的电话。

“出警！”江枫向小曹挥了下手，站起来。

“吃完饭再去吧，最多三分钟。”小曹刚尝到饭菜香味，舍不得放下碗筷。

“一秒钟也不行。”江枫抓起钥匙和手机，快步向门外走去。

警车停在院内，车头朝外，随时准备以最快的速度赶往现场。小曹打着车时，江枫已穿戴整齐，佩戴好“六小件”和执法记录仪，警服和出警装备都在警车上，方便随时取用。

银城花园小区离派出所不远，十分钟就到了。警车停在小区大门口，江枫拿出手机拨打报案人的电话道：“你好，派出所，请问刚才是你打电话报警吗？”

“是我报的警。”听声音是个中老年妇女。

“我们已经到了小区门口，你在哪个位置？”

“怎么才来？”中老年妇女的口气明显表示不满。

“对不起！我们接到电话就在往这边赶了。”江枫低声解释，“麻烦你告诉我具体位置。”

“18幢1单元602室，快点。”她像是指挥手下的佣人，说完就挂断了电话。

江枫和小曹一路小跑，拐弯抹角找到18幢，一口气冲上楼，累得气喘吁吁。

门是虚掩的，两个面红耳赤的女人正在激烈交锋，互相用最恶毒的语言亲切问候对方的亲属，并表达了衷心希望对方立即死去的美好愿望。看见警察进来，二人才暂时休战。

两个女人，一老一少。年纪大的五十岁左右，穿红色旗袍，小肚子高高隆起，像在腰上套了一个红色游泳圈，仿佛随时准备跳入风浪中搏击。年轻的二十岁刚出头，穿黑色碎花连衣裙，个子很小，苍白的瓜子脸上毫无血色，一甩头长发就会挡住半边脸，晚上出来会很吓人，江枫不禁想起恐怖电影《午夜凶铃》里的贞子。

江枫在心里称她们为“游泳圈”和“贞子”。

江枫环视室内，两室两厅的房子，看上去新装修不久，陈设比较简单。除了这两个女人，并没看到其他人，两个女人吵架，居然打110报警。江枫哭笑不得，却不能发作。

江枫问：“谁受了伤？”

游泳圈说：“没人受伤。”

江枫问：“是你报的警吗？”

游泳圈说：“是我。”

江枫问：“你为什么报警说有人受了伤？”

游泳圈不耐烦了，说：“我不说严重点，你们怎么会重视？”

一直没说话的贞子开口了：“警察同志，你来得正好，给我们评评理。”贞子说话的声音很轻柔，语速也不快，弱不禁风的样子。

听二人七嘴八舌地讲完，江枫大致明白了事情的来龙去脉。

游泳圈是这套房子的房东，贞子是房客。半年前，贞子租了这套房，每月租金是一千二百元。租房合同签的是一年，贞子住了半年后想退房，要游泳圈退还一千二百元押金。游泳圈以贞子违约为由，不肯退押金，因此发生争执。二人吵得很凶，并未动手打架，自然也不会有人受伤。

江枫厘清了头绪，对二人说：“这是经济纠纷，不归派出所管，你们应该到居委会去调解。”

游泳圈说：“有困难找警察，不是你们承诺的吗？”

“是。”江枫被迫点头，“如果调解不成，你们还可以向法院起诉。”

“我有那闲工夫去法院打官司，那要你们警察干什么？”游泳圈细长的眉毛文得很黑，眼神中满含杀气。

游泳圈逻辑混乱，蛮不讲理，江枫却不知道从哪里反驳，只好在心里默念：“我爱我们的倒霉工作，也爱这千疮百孔的世界！”这句话是从林小砚那儿学来的，已成了他的人生座右铭。

既然来了，那就想办法调解吧，前提是要先把事实弄清楚。江枫决定分开询问，先叫游泳圈去卧室暂时回避，让贞子留在客厅。江枫本能地对贞子多些好感，除了说话温柔，看上去也比较通情达理，相对容易做工作。

“既然签了一年合同，你提前退房就是违约，人家可以不退押金的。”

“房子质量有问题，我们不敢住了。”

“有什么问题？”江枫再次环视四周，没看出什么异样。

贞子说：“房子刚装修完，我和老公就住进来了。现在我头发掉得很厉害，每天早上起来，枕头上全是头发。我和我老公撒出来的尿也很黄很臭，开始我们以为是吃坏了东西，后来感觉是肾出了问题。亲戚朋友进来，都说味道很重，肯定是房子甲醛超标。”

江枫注意到她的头发确实有点稀薄，是不是住进来之后掉的就不得而知了。江枫又用力吸了吸鼻子，没闻到什么味道：“你怎么能确定是甲醛超标？”

贞子看了看左右，压低声音说：“我老公现在那个也很快了。”

“哪个？”江枫不由得向她靠近了点。

“我和我老公还这么年轻，肯定有时候会亲热一下，他一般很快……就……那个了。郁闷死了。”贞子十指绞在一起，看了一眼江枫，马上就把头低下去了，“你懂的。”

你们小两口床上的事，我怎么会知道？江枫心里愤愤不平，却必须装出一本正经的样子，说：“以前也是这样吗？”

“以前没这么快。”贞子声若蚊蝇。

不能这么问下去了，再问就要被这个女人带到沟里去，江枫猛然惊醒。江枫又把游泳圈叫到客厅，向她解释贞子退房的理由。

游泳圈说：“别信她！明明是她自己家的房子提前装修完了，不想住了，才找了这个借口。”

又出了新情况，战争再次爆发，江枫夹在这两个女人中间，感觉脑袋快要炸了。

“都给我闭嘴！”江枫大吼一声，他从来没这么大声对女人说话，“这么着，明天上午9点，双方都到派出所来调解。”一时半会儿是说不清了，只好先用缓兵之计。

回来的路上，天色已彻底暗下来。江枫坐在副驾驶座上，按下车窗玻璃，灼热的风吹进来，车上的空调半个月前就罢工了。江枫把警服衬衣脱掉，露出宽阔的肩膀，一想到明天还要跟这两个女人继续纠缠，不禁感到头晕。

“甲醛超标会引起早泄吗？”江枫扭头问正在开车的小曹。

“这种事别问我，没经验。”小曹直接顶了回去，像受了侮辱似的。

“慌什么慌，又没说你早泄。”

“那也别跟我打听。”

“总得想个办法解决问题吧？”

“也不难办，慢慢拖呗。”小曹轻描淡写道。

“怎么拖？”

“让她们到派出所多跑几趟，跑烦了，自然就不会再来了。该解决的问题，她们自己还是会想办法解决的。”

“这恐怕不好吧。”江枫对小曹寄予厚望，没想到他居然想出这么个馊主意。

“要不然怎么办？”小曹瞟了江枫一眼，“你觉得跟这两个女人说得清道理吗？”

“说不清。”江枫遥望窗外漆黑的夜空，再次陷入绝望。

“这种民间经济纠纷，本来就不属于派出所的管辖范围，有些人偏偏喜欢赖在我们身上。用上面的话讲，这是滥用警力，浪费宝贵的警力资源。”小曹在派出所干了三年协警，经验丰富，“以后你还会遇到更奇葩的事，比方说没钱买种子化肥的，老婆跟别人跑了的，儿子不养爹娘的，都跑来找派出所，你能解决吗？”

“还是你有经验，以后多教教我。”江枫顿时释然。江枫原来觉得小曹沉迷于游戏，不务正业，没想到人家张张嘴就能当自己的师傅。今后一定要戒骄戒躁，好好跟人家学习，踏踏实实把工作做好。

“枫哥，你是名侦探，我哪敢教你啊。”小曹笑道，语气却非常诚恳，“咱们这地方不比刑警队，一年遇不到一个大案，都是些鸡毛蒜皮的小事，慢慢你就适应了。”

“我现在就是个片警，以后别提什么侦探了。”

听到“名侦探”三个字，江枫明知小曹并无半分嘲讽的意思，心还是仿佛被针扎了一下。他暗暗检讨，看来自己的心态还是没有摆正，到了什么山上，就得唱什么歌。办刑事案件必须事实清楚，证据确凿，容不得半点差错。派出所和刑警队的工作对象和性质完全不同，如果还用办刑案的思维来调解民事纠纷，就像开着一辆保时捷去拉货，完全不搭调。

警车拐进派出所大门，江枫发现院内多了一辆现代越野车，兰登守在车门外“汪汪”直叫，样子很凶。江枫把兰登叫住，车门打开，下来一个粗壮的小伙子，向江枫直冲过来：“妈呀，吓死我了！”

“王三牛！”江枫大感意外，上去就给了他一拳，笑道，“别怕，兰登不咬好人。”

王三牛瞟了一眼兰登，不由自主地又往后退了一步：“小时候被狗撵过，有心理阴影，一朝被狗咬，十年怕井绳啊！”

“你的语文是体育老师教的吧？”

“自学成才。”

江枫摸了摸兰登的头，说：“一边玩去。”兰登很懂事地摇着尾巴走开了。江枫转身问王三牛：“要来怎么不先打个电话？”

“我查了今天是你值班，所以就省了两毛钱电话费。”王三牛说话还是那么不正经。

“这么晚，有事吗？”江枫低头看手表，已经晚上8点多了。

“没事就不能来吗？”王三牛不客气地反问，“突然想你了，下了班就直接开车过来了。”

“好小子，我以为你把我这个老大忘了。”

“哪能啊，老大。”王三牛一脸无辜。

“还没吃饭吧，正好我也没吃。”江枫向王三牛的车走去，“走，我们去街上找个饭馆。”

“不用那么麻烦，泡碗面就行。”王三牛站着没动。

“那怎么行。”江枫的口气不容商量，“你难得来一趟，到了我的地盘，怎么可以随便？”江枫转身又对小曹说：“这是刑警队的兄弟，我们出去叙叙旧，有事打我电话。”

小曹说：“放心，你们去吧，这里有我呢。”

交代完毕，江枫上了王三牛的车。车子开动，江枫问：“最近案子多吗？”

“还行。”王三牛含糊其辞道。

“光头强还好吧？”光头强是万志强的外号，队里的弟兄背后都这么叫。

“唉，别提了。”王三牛摇头叹息，“自从你走了之后，光头强越来越狂躁，动不动就骂人，我怀疑是更年期提前光顾。”

“说心里话，我刚到派出所那几天，听不到光头强发脾气，耳根太清净，还真有点不适应。”

“老大，你这个症状叫斯德哥尔摩综合征。这是病，得治。”

二人哈哈大笑。

在江枫指引下，王三牛把车开到一家小饭馆门口停下。乡下小街，本来就冷清，这时老板已经准备打烊了，正在抹桌子打扫卫生。饭馆内空荡荡的，没有别人，二人随便找了张条桌坐下。老板娘拿出两套消毒餐具，一碟瓜子，摆在桌上。

王三牛看着江枫说：“你黑了。”

“晒的。所里没什么事，每天在湖堤上跑跑步，打打拳。”江枫拿起筷子，对着碗口的密封薄膜用力戳下去，发出砰的一声闷响。江枫只穿了件背心，结实的肌肉突出来。

“难怪肌肉练得这么发达，迷倒了不少村姑吧。”

“村姑没有，村婆倒是不少。”江枫不全是开玩笑，现在的农村哪留得住姑娘，年轻漂亮的都到城里去了。

不多时，酒菜上齐：红烧鳝段、卤水白鱼、老鸭烧肚片、炸泥鳅、油淋空心菜，全是湖区特产，外加一箱啤酒。王三牛连吃了几天方便面，闻到香味，狂咽口水。他看着那箱啤酒，不禁面露难色，说：“酒就少喝点吧，等下回去我还要开两个小时车。”

“晚上别回去了，睡我床上。咱哥俩两个多月没见了吧，今天不醉不归。”江枫起开了两瓶啤酒，先给了王三牛一瓶。

王三牛只好老老实实地给自己倒满，举杯道：“老大，我敬你。”

喝完第一杯酒，江枫说：“现在你可以说了，到底找我什么事？”

王三牛讪笑着挠了挠后脑勺：“我就知道瞒不过你。”

“乌漆麻黑的，你连声招呼都不打就跑来了，鬼才相信你是想我了。如果你是去见女网友，我倒是会相信。”江枫指了指他身边的黑色公文包，“有拎着案卷来看老大的吗？”

真相被戳破，王三牛反而不着急，点着一根烟，用力吸了一大口才说：“妈了巴子，确实遇到麻烦事了，要请你帮忙。”

“如果需要派出所协助调查，包在我身上，必定全力协助。”

“尿性！老大，你总是这么罩着我。”王三牛有点感动，一仰脖子又干了一杯。王三牛抹了抹嘴，把金店抢劫案的案发经过，以及调查取证情况简要说了一遍。

江枫听得并不专注，耐着性子等他说完，已经喝掉了三杯啤酒：“你说的这个案子，和我们高潮洲派出所有关系吗？”

“实话实说，没有一毛钱关系。”王三牛摇了摇头。

“那你找我干吗？”

“想请你回去破案。”

“破案是你们刑警队的事，我一个小小的片警，就是想帮也帮不上啊。”江枫连眼皮都没抬。

“这不是问题。”王三牛急忙说，“来之前我请示过光头强了，只要你同意，李局长会亲自出面协调，把你借调到专案组。”

“尝尝这个，纯天然的野生黄鳝，城里有钱都买不到。”江枫往王三牛碗里夹了一块鳝段，然后举起了酒杯，“这个世界百分之九十的问题，就在于每个人都少喝了两杯。来，喝酒！”

“老大，别扯犊子了！”王三牛坐着没动，直直地看着江枫。

“吃完饭你就回去吧，明天我还有个纠纷要调解。”江枫又想起那两个难缠女人，一筹莫展。

“我知道，你还是放不下那件事。”王三牛说，“那件事不是你的错，换作是我，也会和你一样。”

“用不着你来安慰我，我早就忘了。”江枫又给自己的杯子里倒满酒。

“你没忘！”王三牛红着眼睛，大声打断，“老大，那件事已经过去了，人不能总活在过去。你以前总是告诉我，凡事往好处想就会越来越好。”

“士别三日，当刮目相看啊，都学会教育人了？”江枫斜着眼睛看他，脸上已有了几分醉意。

湖区的蚊子个个膘肥体壮，像B52轰炸机一样轮番轰炸。王三牛穿着短袖T恤，只听到耳边嗡嗡作响，手臂上很快起了一片红包。

看见王三牛的窘样，江枫说：“高潮洲的蚊子也是野生的，野性十足。”

王三牛试探道：“你不会是想在这鸟不拉屎的地方喂一辈子蚊子吧？”

江枫笑道：“这里其实挺好的，风景优美，空气清新，没有汽车尾气，吃的都是有机食品。除了蚊子大一点，哪点不比城里强？”

王三牛没词了，默默地拿过一瓶酒，给自己满上。一箱啤酒很快就变成了空瓶，江枫叫老板又搬了一箱来。喝到后面，也不用杯子了，一人一瓶，嘴对嘴喝。

不知喝了多久，两个人脸上都已通红，目光迷离。

王三牛还没死心，想做最后的努力。他拿起黑色公文包，拉开拉链，把案卷拿出来。案卷约有两公分厚，用黑色长尾夹夹住，案子没结，随时要往里面增加材料，还不能用棉线装订。

王三牛把案卷递给江枫，说：“老大，你就看看也行，我好回去向光头强交差。”

“说了不关我的事，别烦我！”江枫头也不抬，手背一挡，用力往外拨开。王三牛刚好松手，被他一挡一拨，案卷就飞了出去。原本就吃力的长尾夹在空中断裂，叠得整整齐齐的纸张顿时分崩离析，纷纷扬扬撒落一地。

王三牛重重地叹息一声，摇摇晃晃地离开座位，弯腰去捡案卷。

江枫虽然喝高了，但脑子并未糊涂。这是一起抢劫案的案卷，地上的每一张纸都是宝贝，将来要作为定罪量刑的证据呈送检察院和法庭，少了哪一张都是重大事故。

江枫也蹲下去帮忙，一张一张捡起来，掸掉上面的灰尘和瓜子壳，抚平叠好。两个人都不说话，默默地捡拾纸张。

江枫拖开一把椅子，钻到桌子底下，捡起一张A4纸。眼角余光从纸上扫过，他突然像中了风似的，整个人就不会动了，目光死死盯着那张纸："王三牛，这是什么？"

"画像。"王三牛正在另一张桌子底下，回头瞟了一眼江枫手里的A4纸，继续低头干活。

"这个人是谁？"江枫大声追问。

"抢金店的劫匪。"猫在桌子底下的感觉不好受，王三牛干脆一屁股坐在地上，腾出右手捏了捏发酸的肩膀，继续说，"根据目击证人的描述，我们请专家画了这张像，可惜戴了口罩，整张脸都被遮住了，没什么卵用。"

"口罩是从哪儿来的？"

"我咋知道，你问劫匪去吧。"王三牛没好气地顶了回去。

"你不觉得这上面的图案有点怪吗？"

"哪里不对劲？"王三牛用奇怪的眼神看着他，猛地反应过来，问道，"你见过？"

"烧成灰都记得！"江枫目光如炬，感觉全身的血液都沸腾了。

.8.

重返现场

站在空荡荡的金店内，江枫全身已被汗水浸湿，白色T恤紧贴在胸前。

来福珠宝店已关门停业，贵重货品也已全部撤走。警方已对现场进行过全面细致的勘查，并已拍照摄像固定。几组玻璃柜台和收银台仍保留在原来的位置，地面没有打扫，空气中弥漫着灰尘的味道。

江枫来回走动了几圈，仔细观察每一处细节，边看边向王三牛询问，了解案发时的情况。张丽洋也跟在身后，偶尔做些补充。张丽洋是案发现场最重要的证人，江枫第一次看现场，特意把她叫了过来。

7月21日，江枫正式借调到“7·13”金店抢劫案专案组。

李局长深知抓重点的重要性，与偏远的高潮洲派出所相比，刑警队显然是重中之重。李局长在大会小会上总是强调，要努力提升公安机关的服务水平，心里却门清，破案才是公安的主业。公安局如果破不了案，其他工作做得再漂亮，也是捡了芝麻丢了西瓜。

李局长连夜下令把江枫调到专案组，所长周俊宇虽然很不情愿，却也无可奈何。

江枫昨晚已反复看过案卷，早上到专案组报到后，马上就赶去案发现场。吃透现场至关重要，堪称侦查第一关。同一件事物，每个人的认知角度和侧重点会有所不同，记录时就会出现细微偏差，甚至有可能丢失重要信息。除了到现场亲身感受，还有些关键细节，江枫觉得有必要当面核实。

江枫把案卷放在玻璃柜台上，问张丽洋：“你看见凶手了吗？”

张丽洋说：“当时我正好面朝大门站着，然后看见一个高高瘦瘦的男子冲进来，但是大半边脸都被口罩遮住了，看不清长什么样子。”

江枫翻到案卷的模拟画像，问：“是这个口罩吗？”

“是的。”张丽洋点了点头道，“口罩上是一只大飞蛾，我从没见过这么恐怖的口罩，所以印象很深。”

“凶器呢？”

“凶器我倒是看清楚了。”张丽洋皱了下眉，“奇形怪状的，就是不知道是什么。”

“是刀吗？”

“不像。”

“铁棍？”

“不像。”

“锤子？”

“也不像。”

江枫又翻到凶器的图像，说：“你能确定凶器就是这个样子吗？”

“这个我不会记错，就是这样的。”张丽洋非常肯定地点头。

江枫微微点头，合上案卷，向门外走去。

站在金店门口，正好能看见对面的华润万家超市。今天是星期六，超市门口进进出出的人很多，穿着红色马甲的大妈正在忙碌地指挥倒车。门前的马路上交通混乱，行人与机动车抢道，互不相让。

上午10点刚过，气温已经升到很高了。江枫用手背擦了擦额头上的汗，大口地呼吸几口新鲜空气，金店内没有窗户，里面就像一个蒸笼。外面多少还有点风丝，即使是热风，起码让人感觉到空气在流动。

江枫抱起胳膊，环视四周。

九天前，也就是7月13日，凶手持凶器闯入来福珠宝店，打伤老板邓文豪后逃离现场，然后就像空气一样消失了。整个作案过程只有几十秒钟，虽然遭遇反抗未能抢走财物，但依然不失为一次完美的行动，干净利落，不留痕迹。从作案手段、时间以及作案地点的选择来看，此人不会是一个平庸的对手。

飞蛾！江枫脑海里又浮现出那只诡异的飞蛾。三个月前的那一幕，他一刻都没有忘记过。

4月21日下午，在如月湖公园抢走饭饭的凶手，也戴着一模一样的口罩。口罩正中间是一只巨型飞蛾，就像一只飞蛾封住了人的嘴巴，狰狞恐怖。面包车发了疯似的向江枫冲过来，在两车擦肩而过的电光石火之间，江枫根本无法看清对方的长相，那只飞蛾却深深地印在了脑海里。

江枫以为再也见不到这只飞蛾，做梦都没想到，它居然会出现在“7·13”金店抢劫案的案卷中。昨天晚上，江枫再次见到它，不禁热血沸腾。

这种口罩非常罕见，专案组做了大量排查走访工作，协查通报发了，网店也搜过了，都没找到同款口罩。这只奇特的飞蛾，对于凶手是否有着特殊的意义？两起案件有没有可能存在某种关联，或者根本就是同一个人作案？

能否找出这只恶魔，江枫心里其实一点底都没有，但是无论如何，他必须试一试。

回到办公室，江枫打开电脑里的监控视频，一头扎了进去。这时候最需要安静，王三牛没敢打扰他。

晚上11点，王三牛从外面买完夜宵回来，发现江枫还靠在椅子上，聚精会神地盯着电脑显示屏，似乎连坐姿都没换："老大，先填下肚子，吃饱了喝足了再看。这些监控我都看了一个礼拜了，急也没用。"

江枫目不斜视，没搭理他。王三牛走过去一看，吃了一惊。电脑上正在显示的并非监控画面，竟然是电影，一看就是二十世纪九十年代香港警匪片的画风：

两个蒙面匪徒正在抢劫金店，一个匪徒持枪警戒，五六个店员双手抱头蹲成一排，全都吓得瑟瑟发抖。另一个匪徒抡起铁锤砸碎玻璃，抓起一把金链子，迅速塞进包里……

王三牛笑了，说："放松一下也好，妈的，老子看到那些监控就想吐，食欲全无。"

江枫按下暂停键，站起来蹬了蹬腿，伸了伸胳膊，说："看了几部，都差不多，大同小异。"

"警匪片不就是那些套路，还能变出啥花样？"王三牛不拿自己当外行。

"有几个细节可能被我们忽视了。"江枫喃喃自语。

"你看得真投入。"

"我是说案子。"

"漏掉了什么细节？"王三牛似乎反应过来了。

"现在不好说。"江枫抓起车钥匙，大步向门口走去，"跟我走。"

"去哪儿？"

"来福珠宝店。"

王三牛瞟了一眼墙上的挂钟，又深情地看了看没来得及打开的三个快餐盒：“吃饱了再走吧？”

江枫走到门口，又折了回来，从桌上摸到两本《读者》杂志：“打电话通知张丽洋，我们马上到她家楼下去接她。”

半个小时后，途胜开到小区门口，张丽洋已经站在路口等。二人把张丽洋接上车，向金店方向开去。

张丽洋拿出钥匙，打开卷闸门，再推开玻璃门进去。灯光全部打开，依稀还能感受到这里昔日繁华的景象。江枫环视室内，问：“小张，这里面的摆设都没动过吧？”

“没动，都在原来的位置。”张丽洋说，“店面已经转租出去了，过几天就要重新装修，听说是开饭店，这些旧家具都用不上。老板娘有个亲戚是在乡下开超市的，刚好用得上，明天就会来拉走。”

张丽洋似乎想起了什么，说：“这些东西还有用吗？我叫他明天不要来了。”

江枫说：“没事，过了今晚就可以了。”

王三牛问：“老大，你想干吗？”

江枫说：“我们三个还原下案发时的情景。”

“怎么还原？”

“类似于法制电视节目里的情景再现。”

按照江枫的指挥，三人分别站好方位。王三牛扮演凶手，站到大门外，手里拿一本杂志卷成筒，作为凶器。江枫扮演金店老板邓文豪，站在收银台里面，手里也拿一本杂志，作为自卫武器。张丽洋扮演自己，站在玻璃柜台后，脸正对着大门。

各就各位，江枫对张丽洋说：“现在由你来当指挥。如果我们做的动作不对，你马上指出来，重新来过。我们要模仿得和案发时一模一样，明白我的意思吗？”

“明白。”张丽洋咬着嘴唇点头，虽然明知道是情景再现，还是忍不住有点紧张。

“可以开始了。”江枫站在收银台后面大声说，“王三牛，冲进来，要快！”

第一遍：

王三牛右手持“凶器”冲到收银台前，嘴里说着：“抢劫，都不许动！”同时左手伸向抽屉，做了一个抓钱的动作。张丽洋看得仔细，马上叫停：“凶手没说话，也没有抓钱的动作，他是直接向邓总冲过来的。”

第二遍：

王三牛冲到收银台前，二话不说，举起手里的“凶器”向江枫头顶击打，江枫顺势躺在地上。张丽洋再次叫停：“不对，邓总发现凶手进来，先用铁管打中了凶手的胸部，然后自己才受伤。”

第三遍：

王三牛手持“凶器”快速冲到收银台前，江枫抄起“铁管”捅了一下王三牛的胸部，王三牛随即举起“凶器”击打江枫头顶，江枫顺势倒地。张丽洋说：“对了，当时的情况就是这样的。”

江枫从地上爬起来，拍掉身上的灰尘，问张丽洋：“凶手冲进来后没说过话吗？”

张丽洋说：“一句话都没说。如果他开口说了话，我就听得出口音，起码分得清是外地人还是本地人。”

江枫问：“除了凶器之外，凶手还有没有带别的东西，比如锤子，或者一个背包？”

"没有。"张丽洋摇头，"我就是看到他戴着口罩，手里拿了一个奇怪的凶器，其他什么都没带。"

"不会记错吧？"

"我当时正对着大门，看得很清楚。"张丽洋非常肯定地点头。

"你做得很好，辛苦了。"

"应该的。"

"麻烦你先到门外等一下。"

"好。"

张丽洋出去了，店内只剩下王三牛和江枫。王三牛迫不及待地问："老大，有什么新发现？"

江枫抱起了胳膊，答非所问道："我从没遇到过抢金店的案子，没什么经验，好在警匪片里这种情节很多，说不定能给我们一点启发。"

"所以你就想通过看电影来破案？"

"对。"江枫点头。

"电影都是瞎编的，你不会当真吧？"王三牛脸上露出深深的忧虑。

"无论小说还电影都是虚构的艺术，但是虚构不代表可以乱来，必须保持艺术的真实。故事情节起码要合理，逻辑上解释得通，人们才愿意暂时相信这个故事，并继续看下去。"

"好吧，那你说说看，电影里是怎么抢金店的？"

江枫指着玻璃柜台说："凶手的首要目标是最值钱的金子，进来就直奔柜台，要么砸碎玻璃自己取，要么逼店员把金子拿出来。而在这起案子中，凶手却是直奔收银台去的，这点就不正常。"

"我觉得很正常。"王三牛说，"收银台有现金，抢到金子还要去销赃换成钱，多一道流程就多一分风险，凶手很聪明，抢现金更加安全快捷。”

“这不叫聪明，是犯傻。”江枫反驳道，“别忘了，现在很多顾客都是刷卡或者手机支付的，收银台里可能现金不多，弄不好要扑空，直接抢金子不是更稳当？”

“也许凶手没意识到这一点，万一发现现金不多，再去抢金子也不迟啊。”

“问题是凶手是空着手出门的，既没抢钱也没抢金子，就这么走了。”江枫直视王三牛道，“你不觉得奇怪吗？”

“这有啥奇怪的。”王三牛大大咧咧道，“俗话说横的怕愣的，愣的怕不要命的，他没想到会遇上一个要钱不要命的老板，抄家伙就跟他拼命了，只好落荒而逃。”

江枫笑了：“邓文豪被击倒在地，已经失去反抗能力，凶手完全掌控了局面，为什么不继续抢？”

“说到底还是心理素质不过硬，缺乏随机应变的能力。”王三牛似乎在为凶手功败垂成感到惋惜。

“好吧，就算你说得有道理，我们暂且不争论这些。”江枫摆了摆手道，“所有警匪片里抢劫金店的情节都差不多，凶手通常会蒙面，携带凶器。除此之外，还有两样道具是必备的：锤子和背包。锤子是砸玻璃用的，背包是准备装现金和金子的，导演必须这么拍才显得真实。”

“是有点不对劲。”王三牛挠了挠后脑勺道，“凶手既没带锤子也没带包。”江枫说。

“就算凶手不想要金子，不打算砸玻璃，起码要准备一个装现金的包吧？”

王三牛不禁点头道："嗯，这个失误确实有点大。"

"不是失误。"江枫缓缓地摇头道，"从作案过程、逃跑方式，以及作案时机的选择来看，凶手心思缜密，准备非常充分，每一个步骤都是精心谋划好的。各种准备都做得那么细致，偏偏把最重要的两样工具忘了，怎么可能出现这么低级的失误？"

"那他到底想抢什么？"王三牛彻底蒙了。

"一个人持凶器冲入金店，就一定是要抢劫财物吗？"

"不劫财，难道是劫色？"王三牛觉得张丽洋长得还行，另外两个其实不咋地。

"什么都不抢。"江枫看着他的眼睛说。

"吃饱了撑的，逗我们玩？"

"凶手根本不是来抢劫的。"

"他想干吗？"

"杀人！"

.9.

奇怪的凶器

7月22日，案发第十天。

刑警队大队长的办公室仿佛刚被小偷洗劫过，兵荒马乱的样子，空气中弥漫着刺鼻的烟屁股味道。万志强身体略微前倾，目光聚焦在江枫脸上说："谋杀？"

江枫点头道："综合目前掌握的情况来看，凶手真正的目标并非财物，应该是金店老板邓文豪，这是一起精心谋划的故意杀人案。"

万志强点上一根烟，重新靠在了椅背上，陷入了沉思。

江枫重新归队，万志强顿觉身上的担子轻了不少。如果说自信是一种选择，那么信任就是一种习惯。江枫不在的这段日子，他总觉得力不从心，就像汽车引擎少了一个缸工作。万志强深信，江枫的到来之日，就是此案出现转机之时。可是他没料到，江枫一来就扔出这么大一颗重磅炸弹，炸得他有点措手不及。

直到那根烟烧掉了大半截，万志强才不紧不慢地说："凶手如果真想杀人的话，按说越低调越好，最好是月黑风高时找个人少的地方下手，保险系数更高。光天化日在公共场合动手，风险太大，凶手不会想不到这一点吧？"

"白天在金店行凶杀人，的确是要冒很大的风险，凶手心里应该很清楚。"

"那他为什么要这么做？"

“也许是为了防范一个更大的风险。”江枫沉吟道。

“说下去。”

“如果他用常规的思路作案，从现场就能看出是杀人案，警方就会按照故意杀人案的思路去侦查，全面调查受害人的社会关系，凶手担心迟早会查到自己头上。所以，他要想方设法隐藏真实犯罪目的，把杀人案伪装成抢劫案，扰乱警方的侦查视线，这样一来他就安全多了。凶手冒险在金店动手，只不过是两害相权取其轻。”

“高明！”万志强豁然开朗，忍不住敲了下桌子。

金店这个行业非常特殊，里面存放的都是贵重物品，最重要的安全任务就是防抢防盗。当一个手持凶器的蒙面人冲进正在营业的金店时，几乎所有人都会首先想到抢劫，凶手正是利用了人们这种思维定式，演了一出戏。

抢劫属于典型的侵财型案件，通常没有特定的嫌疑对象，专案组起初就是按照抢劫案的侦查思路去调查的，结果走入了死胡同。杀人案就不同了，凶手与被害人之间往往会存在某种关联，嫌疑人的范围要小得多。

凶手最想隐藏的东西，对于警方而言，就是最有价值的线索。

万志强又问：“杀人动机是什么呢？”

“现在还不清楚。”江枫摇头道，“如果我没猜错的话，很可能是熟人作案。所以凶手才不惜代价要隐藏犯罪目的，一旦真实犯罪目的暴露了，他就很危险了。”

万志强满意地点了点头，这一点他的想法和江枫一致：“邓文豪能醒过来吗？”

“我还没来得及去医院，听王三牛说希望很渺茫，可能会变成植物人。”

“死不死活不活的，真他妈吊人胃口。”万志强又点上了一根烟，“凶器你怎么看？”

“那个东西的确很奇怪。”江枫微微皱了下眉，“我问过很多人，都说没见过。”

“继续查，总不可能是地里长来的吧！”万志强信心十足，久违的霸气又回来了。万志强站了起来，双手撑在桌面上，脸上绽放出兄长般的笑容，露出两颗大板牙：“江枫，你来了我就放心了。”

“嗯。”江枫微微点头。

万志强望着眼前这个年轻人，内心充满了欣慰。快三个月没见，江枫身体更结实了，原本麦色的皮肤晒得更黑了，明亮的目光依旧锐利而坚定，只是眉宇间多了一份沉静。那件事似乎并未对他造成太大的打击，年轻人总是要历练的，经历一些事情不见得是坏事。

“对了。”江枫忽然道，“昨天我查阅案卷时发现一件有趣的事。”

“什么？”

“7月13日案发那天，刚好是邓文豪的生日。”

“这么巧！”万志强当即愣住，“凶手怎么会知道他的生日？”

“也许是巧合吧。”江枫笑道，“如果不是，那这个案子就越来越有意思了。”

江枫刚走到门口，忽然被万志强叫住。

“烧不死的鸡就是凤凰。”

“嗯，凡事往好处想就会越来越好。”江枫嘴角现出一抹浅浅的笑容。

回到办公室，江枫拿出手机，再次凝视凶器。

第一次见到这张图片，江枫也不禁傻眼，从没见过这个奇形怪状的家伙，难怪王三牛叫它“四不像”。那是个半圆筒状的铁家伙，长约三四十公分，像一截从中间剖开的毛竹。两头又很奇怪，一头是尖的，另一头有细圆的短柄。

图片发到了刑警队的微信群里，这帮人早就习惯了猜谜语，马上开动脑筋发挥各种奇思妙想，却没一个说得出名堂来。一个老刑警说：“兴许是哪个行业的专用工具呢？”这句话倒是提醒了王三牛，他马上去调查走访。

王三牛走访了五金商店、铝合金店、铁艺店、汽车修理店、建筑工地，甚至打了墙上的小广告电话，把一个疏通下水道的人骗过来问，所有人都说没见过这个东西。王三牛顶着烈日跑了一整天，累到吐血，一无所获。

江枫盯着手机发呆，它到底是个什么玩意儿?

任何物品都可以成为杀人工具。

如果是没有预谋的激情杀人，由于嫌疑人事先毫无准备，基本上会就地取材，拿到什么就是什么。菜市场凶杀案的凶器可能是一把砍骨刀；建筑工地发生斗殴，一方可能会捡起一块砖头拍向对方的脑袋；如果案发现场在汽车修理厂，凶器也许会是一把大号扳手。临时起意的杀人案中，凶器与现场环境紧密相关。

如果是预谋杀人，情况就有所不同。由于有足够的时间去准备，要么先去买一把刀，要么就是身边最容易获得的工具，这跟嫌疑人的身份和职业有关。杀人的工具有无数种，凶手为什么单单选中了这个“四不像”，它能否反映出凶手的职业特征?

江枫把手机横过来倒过去，从不同的角度反复看，恨不得钻到手机里面去，还是一头雾水。假如它是一种工具的话，应该属于一个非常冷门的行业，查找的难度会比较大。但从另一个角度看，越冷门的东西越有价值，一旦验明正身，就可以把嫌疑人圈定在一个极小的范围内。

查明杀人动机，是破案的另一个关键。杀人动机无非就是那么几种：财杀、情杀、仇杀、激情杀人。凶手既然不是来抢劫的，财杀首先可以排除。激情杀人通常是临时起意，事先不会有预谋过程，更不会蒙面和准备凶器，这一项也可以排除。剩下的只有情杀和仇杀了，这两种情况都要从受害人的社会关系入手。

理清了思路，江枫明确了两个侦查方向：一是从凶器、口罩、摩托车等作案工具入手，以物找人；二是全面调查受害人邓文豪的社会关系。

当日下午，江枫决定去见邓文豪的妻子刘艾月。王三牛之前见过刘艾月，电话打通后，她说在医院。

见面地点约在医院附近的一家咖啡厅，刘艾月在二人对面坐下。

金店老板娘刘艾月身材高挑，目测至少在一米七以上，在娇小玲珑的南方女性中，算得上是鹤立鸡群了。她穿一身碎花连衣裙，长发披肩，皮肤白皙，脸上看不到半点皱纹，体形也保持得很好。江枫暗暗称奇，如果不是事先知道她年近四十，顶了天也只敢往三十岁猜。

“这是我们刑警队的名侦探江枫。”王三牛指着江枫介绍道，“局里对这个案子非常重视，特意加强力量，案子现在由他主办。”

江枫脸上有点不自在，王三牛的套话说得越来越溜了，张嘴就来，连草稿都不用打。这种本领可能是与生俱来的，江枫永远都学不会。

“辛苦你们了。”刘艾月说话轻声细语，声音也很好听。

“应该的。”江枫点头道，“喝点什么？”

“不用，我带了水。”

“邓文豪现在情况还好吧？”

“不好。”刘艾月脸上愁云密布，“在重症监护室，还没脱离生命危险。”

“医生怎么说？”

“我找过好几个专家来会诊，他们说这种脑干损伤造成的深度昏迷，前三个月最关键，昏迷的时间越长，醒来的可能性就越小。”

“你老公正当壮年，身体底子好，恢复起来会很快的。”江枫安慰道。

“但愿吧。”刘艾月轻轻叹息一声，从棕色的LV包里拿出一小瓶矿泉水，拧开瓶盖，抿了一小口。那个牌子的矿泉水，江枫在超市里见过，一小瓶卖八元。

“家里出了这种事，你也要注意保重身体。”江枫说。

“谢谢！”刘艾月报以感激的微笑。

“你天天往医院跑，小孩有人照顾吗？”

“还好两个小孩都上学了，家里请了个阿姨洗衣服做饭。这段时间，我娘家的父母都搬到我家去住了。”拉了几句家常，刘艾月似乎对这个新来的警察有了几分好感。

“那就好。”江枫点头道，“你家的金店开了多久？”

“有十多年了。”刘艾月略加思索道。

“经营方面的事情，你有没有参与？”

“生意上的事情一直都是他管，我从来不过问。”

“你老公有没有和什么人结过仇？比如说同行竞争，或者与顾客、店员发生过什么纠纷没有？”

“应该没有吧，我不知道。”刘艾月想了想说，“说出来不怕你笑话，我老公其实是个和事佬，遇到什么麻烦事，他宁愿多花钱自己吃亏，也不跟别人争。”

“他和谁有大额债务往来吗？”

“没有。”刘艾月非常肯定地说，“这方面他一向很谨慎，从不欠别人的钱，也不会借钱给别人。”

原来是个小气鬼，江枫暗想。“我们查到，7月13日案发那天刚好是你老公的生日。”

“那天晚上本来是要给他祝贺生日的，酒店包厢都定好了，谁想到会发生这种事。”刘艾月又叹息一声，忽然想起了什么，“这些跟案子有关系吗？”

“我们尽量多了解一些情况，也许对破案有帮助。”江枫端起面前的玻璃杯，喝了口茶。绿茶泡得太久，叶片已发黄，味道发涩。

“你们结婚多久了？”

“差不多十年。”

“邓文豪是否与其他人有过感情纠葛？”江枫补充道，“我指的是婚外情。”

“没有。”刘艾月马上摇头。

“确定没有，还是你没发现？”

“有区别吗？”

“为了不遗漏任何线索，我们要把所有可能性都考虑进去。”江枫耐心解释。

“那我只能说没发现，不过我相信他不会和别的女人有什么关系。女人的直觉是很准的，如果他有那方面的苗头，我肯定能看出来。”

“我明白了，谢谢！”江枫点点头，从包里拿出一张名片，

"这是我的电话，如果邓文豪醒了，请务必在第一时间通知我们。"

"好吧。"刘艾月伸出两根手指，很不情愿地接过名片。

"这点很重要，拜托了。"江枫再次强调，"如果你还想起其他的事情，随时可以告诉我们。"

"你只要说一次我就记得。"刘艾月再也不掩饰内心的不满。

谈话结束，刘艾月先走了。外面天色已黑，路灯都亮起来了，门前马路上的车流已堵成了一条火龙，江枫和王三牛决定在咖啡厅吃完饭再走。在等餐的间隙，王三牛嘟囔道："皇天不负有钱人。"

江枫笑着问："又受了什么刺激？"

"邓文豪那个矮冬瓜，长得丧权辱国，没钱能娶到这么漂亮的老婆？"

"这可不一定，说不定人家结婚的时候还是个穷小子，跟钱没关系。"

"倒也是。"王三牛说，"第一次看见刘艾月，你猜我想到了什么？"

"鬼知道你心里想什么。"江枫端起茶杯，静静地看着王三牛，不知从他嘴里又要冒出什么不着边际的话来。江枫只比他大五岁，二人的思维却常常不在一个频道上，仿佛是两个完全不同的物种。

"武大郎和潘金莲。"王三牛说。

"你这张破嘴也太损了。"江枫大笑，忽然想起了什么，话到嘴边又咽了回去。

.10.
排查

大暑过后，就进入一年中最热的时期。接下来几天的工作，都是排查被害人邓文豪的社会关系。

排查的对象主要是和邓文豪有生意往来的关系人，在金店工作过的几个员工也都见了面。发现几个可疑的点，有的已经排除，有的要等待进一步求证。这是一项枯燥乏味的工作，但是丝毫不能大意。

破案和创业有点相似，都是不断试错的过程。往不同的方向去试，证明错了的方向，等于是告诉团队所有人，此路不通，大家再往能通的方向去使劲。小成本试错，实际是凝聚共识，明确方向的过程，同样是巨大的收益。

金店老板邓文豪还有一个特殊身份——市政协委员，这方面目前还不了解，江枫决定去市政协走一趟。上午10点，江枫走进政协办公大楼，自报身份后，一个姓罗的女孩子把他领到了秘书长办公室。

走进秘书长陈绍国的办公室，马上就感受到浓郁的文化气息。墙上挂着一幅六尺对开的书法作品，草书，龙飞凤舞，江枫一个字都不认得。靠窗的位置放了一张仿古书案，一把四出头官帽椅，书案上摆着毛笔和练字用的水写布。看来政协的工作不是太忙，江枫暗想。

江枫出示证件后，在办公桌对面的黑色真皮沙发上坐下。陈绍国笑道："我在政协工作十多年，还是头一次接待警察。"陈绍国五十多岁，保养得很好，白白胖胖，眉宇间并无官员脸上常见的倨傲，倒是有些文人气质，笑容也很真诚。

江枫简要说明案情后，陈绍国脸上露出惊讶的表情：“我在报纸上看到过这个案子，没想到当事人是我们的委员。”

江枫微笑道：“所以今天才来打搅您。”

陈绍国拉开抽屉，找出一个蓝色封皮的小本子，又拿起桌上的老花镜戴上，一页一页翻开仔细查看。大约过了三四分钟，陈绍国指着其中一页说：“没错，确实有邓文豪这个人，是经济界别的委员，你想了解什么？”

江枫微微欠身道：“我想了解他在咱们政协的工作表现。”

陈绍国摘下老花镜，说：“委员在我们这儿其实没有多少工作。”

“您以前是否知道一些关于邓文豪的事情？无论哪方面的都行。”江枫刚才看见他翻通讯录，对这个问题并不抱希望，但是程序性的问题还是要问。

“不瞒你说，我也是刚刚才知道有这个委员。这一届政协共有四百多名委员，都是来自全市各行各业的精英，从企业家到农民、文化艺术界人士、宗教界人士都有。除了每年一届的政协全体大会，我们平时和委员们的接触其实非常有限。”

江枫恍然大悟，难怪陈绍国不熟悉。他接着问：“邓文豪是什么时候当上政协委员的？”

“应该是在四年前。”陈绍国思忖道，“政协委员的任期是五年一届。现在这届委员是四年前产生的，年底又要换届了，除了极少数老委员可以继续留任，大部分都要换新人。”

“那政协委员平时是怎么开展工作的呢？”江枫对政协工作一无所知，正好借此机会补课。

“小伙子，你这个问题有点大啊。”陈绍国坐在藤椅上往后靠了靠，似乎在考虑该从哪里说起，“政协有三大职能：政治协商、民主监督和参政议政，具体落实到委员身上，就是开展调查研究，反映社情民意，向政府部门提出意见或建议。简单说吧，政协委员开展工作的主要形式就是写提案。”

“提案是什么？”江枫凝视陈绍国的眼睛。

“看来我们的宣传工作做得还不够啊。”陈绍国爽朗地笑道，“提案就是政协委员写给政府部门的工作建议书，比如说哪里该修条路啦，什么地方要建个公厕啦，呼吁一下计划生育政策该调整啦，凡是关系到国计民生的事情都行，不论大小，包罗万象。”

“是不是每个委员都必须写提案？”

“怎么说呢？”陈绍国说，“每年开政协会我们都会督促委员写提案，有的委员勤奋点，责任心强，年年会写提案，也有写得少或不写的，这方面没有强制性要求。”

江枫点了点头，大致明白了：“邓文豪应该写过一些提案吧？”

“这个要查档案才知道，每年收集到的提案我们都要存档的。”陈绍国似乎明白了江枫的意图，“你是不是想查阅邓文豪的提案？”

“不瞒您说，这起案子比较棘手。”江枫苦笑道，“现在只有死马当活马医了，凡是和他有关的资料，我们都希望尽可能地多了解，说不定能帮我们打开思路。”

“这事好办。”陈绍国抓起办公桌上的座机话筒，拨通了一个号码，说道：“小罗，到我办公室来一下。”

几分钟后，小罗敲门进来，就是开始领江枫进来的那个女孩子。陈绍国交给她一张写有邓文豪名字的便条说：“你去找下提案委的刘主任，把邓文豪委员这几年写的提案全部找出来，就说是我说的。马上就要，警察同志在这里等。”

小罗出去了。陈绍国拿出纸杯，给江枫泡了杯绿茶。江枫抿了口茶，问：“政协委员写那么多提案，能起作用吗？”

“有时候有用，有时没用。”

“这是为什么呢？”江枫露出疑惑的表情。

“政协委员只有建议权，没有决策权，具体的决策实施还是要靠各个职能部门去做。有的委员建议多盖一所学校，教育部门说没钱盖不了，你能怎么办？大多数委员还是很有责任心和使命感的，不管有用没用，该提的照样要提。所以我们政协流传一句话：不说白不说，说了也白说，白说也要说。”

江枫笑了，政协委员过得也没传说中的那么惬意。

“当然了，任何事情都要辩证地看。动动笔杆子、耍耍嘴皮子多简单，真要把一件事情干好，哪有那么容易。就比如交通堵塞问题，委员们年年都在提，交通却一年比一年堵。你能怪交警没干实事？让那些动嘴皮子的人去干可能更糟。”

这句话真是说到江枫心坎里去了。他说：“陈秘书长，像您这么开明的领导再多一些就好了，我们这些基层做事的人再苦再累也舒心啊。”

陈绍国似乎很受用，靠在椅子上开心大笑起来道：“我也是从基层干起来的，知道做事不容易。”

“委员写提案有没有可能会得罪人？”江枫突然想到一个问题。

“这种可能性也不是没有。”陈绍国端起紫砂杯，呷了口茶说，“假如我是公安局长，你老写提案批评公安工作没做好，案子破不了，社会治安混乱，我见到你肯定不给你好脸色，这也是人之常情啊。委员们写提案确实会有这种顾虑，怕得罪人。”

江枫跟着笑了，目光转向墙角处仿古花架上的君子兰，叶片肥厚，绿意盎然。他说：“这君子兰养得真好，我以前也养过，活不过半年必死无疑，以后再不敢养了。”

“花其实和人一样，要舍得在它们身上花心思，你们年轻人事多，哪顾得上这些花花草草。”陈绍国笑得更加灿烂了，养花的确是他最得意的手艺，整栋大楼里的人都得向他请教。

二人聊得正起劲，小罗拿着几份文件进来了。陈绍国随便翻了几下，就交给了江枫，说：“邓委员还是很有责任心的，每年都写了提案。”

江枫接过文件，认真阅读起来。

关于加大普陀岩塔保护力度的提案

普陀岩塔始建于明嘉靖五年（公元1526年），至今已有将近500年历史，是我市重要的人文历史景观，曾是东风市八景之一。该塔是当地百姓祈福驱邪的圣地，也是我市佛教文化兴盛的重要历史见证，二十世纪八十年代就被列为第一批省级文物保护单位。

文物是文化传承的重要载体，也是不可再生的宝贵资源。普陀岩塔由于年久失修，遭到自然侵蚀和人为破坏严重，为贯彻“保护为主、抢救第一、合理利用、加强管理”的方针，建议如下：

一、加大文物保护宣传力度。为确保文物安全，更好地发挥文化遗产在经济社会发展中的作用，可以利用电视、报纸、网络等渠道，新闻、标语、宣传单等形式，宣传普及文物知识，大力营造人人爱护文物的良好社会氛围。同时应大力宣传《文物保护法》，增强广大市民的文物保护意识和法制意识。

二、对文物本体进行全面维修。普陀岩塔由于年代久远，长期受日晒雨淋，塔身岩石风化严重，部分字迹和图案已模糊不清，若不及时进行加固修复，有倒塌消失的危险。建议文物主管部门组织专家研讨，本着“修旧如旧，保持原貌”的原则，科学制订维修方案。同时积极争取上级文物保护专项资金，尽快启动维修保护工程。

三、加大文物保护执法力度。普陀岩塔现在维也纳酒店大院内，被现代化欧式建筑四面包围，酒店2号楼距离文物本体最近处不足三米，侵占了文物保护范围。酒店其余建筑均位于该文物保护单位的建设控制地带内，且未按照《文物保护法》规定严格控制建筑高度、建筑风格。建议相关部门切实加大文物保护执法力度，严格执法，对于违规建筑应坚决拆除。

提案人：邓文豪

江枫翻开后面几页，快速浏览了一遍，再把材料叠整齐。邓文豪总共写了四个提案，从落款日期来看，自从他当上政协委员后每年都写一个。前后四年写的四个提案竟然是同一个内容，都是建议加大对普陀岩塔的保护力度，三点具体建议也相同，只是文字表述上有细微差别。

江枫复印提案后起身告辞道：“陈秘书长，谢谢您，多有打搅！”

陈绍国站起来说：“江警官客气了，政协是委员们的娘家，委员的事就是我们的事。”陈绍国从桌上的名片盒里抽出一张名片，说，“这是我的电话，你随时可以来找我。”

“我们一定全力以赴，争取早日破案。”江枫双手接过名片，再次道谢。走出门外，他想起陈绍国暖心的话，心中不禁生出许多羡慕，有娘家的感觉真好，难怪人们都想找个组织依靠。

下午5点过后，江枫和王三牛到了维也纳酒店。

维也纳酒店是个园林式酒店，院内绿树掩映，各种热带植物随处可见，几栋白墙圆拱的欧式建筑点缀其中，错落有致。二人向一个女服务员打听后，步行了几百米，在一片小竹林中找到了普陀岩塔。

走近一看，江枫不禁有点小小的失望，眼前这座塔并没想象中的那么高大雄伟。

普陀岩塔为多层楼阁式石塔，塔身七层，高约七米。最下面是条石砌成的四方形基座，塔身呈八角形，每层均由整块红砂岩雕刻构筑而成，塔身表面有阴刻的佛经文字。最高的第七层塔身有内凹式佛龛，内刻观音坐莲佛像。塔顶上为葫芦形塔刹。

江枫绕着岩塔来回转了几圈，用手机拍了几张照片。在他固有的印象中，佛塔应该是像六和塔那样高大雄壮的，而这座塔还不到两层楼房高，在四周高大的欧式建筑映衬下，尤其显得单薄寒酸，就像一根红色石柱插在杂草丛中，仿佛一阵风就能吹倒。塔身岩石表面风化也很严重了，有些图案和文字已经变得模糊不清。

“真他妈想不通，一个卖金子的为啥对这个破塔这么上心？”王三牛使劲挠着后脑勺，仿佛这样就能脑洞大开似的。

江枫抱起了胳膊：“你觉得邓文豪的提案会让谁不高兴？”

王三牛想了想说：“提案中暗指文物保护不力，文物局长肯定非常不高兴。”

“还有呢？”

“另一个恨他的就是酒店老板了，邓文豪建议拆除违章建筑，这是要断人财路啊。不过……”

“接着说。”江枫看着他，鼓励道。

“如果仅仅是为了一个提案，就要把写提案的人从肉体上消灭，似乎说不过去啊，除非是疯子。”

“你分析得有道理。”江枫点头赞许，“我们不要纠结这个塔，换个角度想一想，邓文豪为什么要坚持四年写同一个提案？”

“这个简单，图省心呗。”王三牛脱口而出，“每年到了开会的时候，就把上一年的提案拿出来重抄一遍，交上去完成任务。”

“你这个思路倒是挺清新的。”

“我以前就老干这种事。”

“你还干过哪些坏事？”

“读中学的时候，每年寒假，老师都会布置我们要写多少篇作文，过年玩都玩不够，哪有心思写作文啊，每到开学前就急得睡不着觉。后来我就想到一个妙计，把我原来写过的作文重抄一遍交上去，老师也没工夫细看，从没露出过马脚。”王三牛脸上写满自豪，仿佛一个经历了战火考验的老兵在新兵蛋子面前回忆往昔峥嵘岁月。

“亏你想得出来，让你老师知道了恐怕要气得吐血三升。”

“没那么严重。”

“你想过没有，就算邓文豪想偷懒应付，写什么内容不好，偏要写一个关于文物方面的提案？一个金店老板为什么对文物这么感兴趣？”江枫连珠炮似的发问。

“这有啥奇怪，人的爱好本来就是千奇百怪的。我在大学里认识一个教授，一米八五的纯爷们，最大的爱好就是织毛衣。”王三牛答不上来，又不想服输，只好扯淡。

“隔行如隔山，对于一个外行，这种提案其实不好写。”江枫看着王三牛的眼睛说，“不服气你写一个试试？”

王三牛赶紧晃脑袋，说：“杀了我都写不出来。”

二人正讨论热烈，一个拎着橡胶棒的中年保安走了过来，用警惕的眼神上下打量他们，问："你们干吗？"

王三牛随口应道："随便看看。"二人都身穿便装，并不想暴露身份。

保安黑着脸说："一个破塔有什么看头，看完了快走，被老板看见，我又得挨骂。"

王三牛说："大哥，你们老板管得也太严了吧，有钱就了不起吗？"

"有什么办法，端了人家的碗就得受人管。"保安似乎憋了一肚子怨气，突然被王三牛拔掉了气门芯，气体不停地往外泄。

"怕我们偷塔？"王三牛存心逗他。

"几块烂石头，你们想偷也搬不动。"保安比先前和气多了，赔着笑脸说，"老板交代过了，只要有人来看塔，就要多加留意。我也没办法，请体谅我的难处。"

"走吧。"江枫给王三牛递了个眼色。

.11.
直觉

早晨把两个小孩送到小学门口放下之后，刘艾月打算直接去医院。学校门口已经车满为患，双向车道都堵死了，两个满头大汗的交通协管员在卖力地指挥，作用却不大。想掉头是不可能的了，刘艾月开着白色奥迪A6跟随车流慢慢往前拱，准备在前面找到路口后掉头。

自从出了那件事之后，生活节奏就全被打乱了，刘艾月每天都在医院和家里两头跑。老公躺在医院生死未卜，她必须表现出一个妻子应有的担当，这既是做妻子的本分，也是做给别人看。人言可畏，她不想给别人留下话柄。

刘艾月比邓文豪小六岁。十年前，刘艾月经人介绍认识了邓文豪，不到半年就结了婚。郎有财，女有貌，在别人眼里这是一桩美满的婚姻。起初她也是这么想的，邓文豪长得虽然矬了点，但是头脑灵活，会赚钱，对她百依百顺，嫁汉嫁汉穿衣吃饭，还有什么不满足的呢?

婚后刘艾月生了两个女儿，邓文豪一心想要一个儿子，无奈天不遂人愿，她却再也怀不上了。邓文豪虽然有些失望，但看到一双聪明伶俐的女儿，后来也就绝口不提了。邓文豪的精力都扑在生意上，一有空闲就呼朋唤友喝酒打牌，在家里的时间日渐稀少。钱越赚越多，夫妻间的共同话语却越来越少，有时两个人躺在一张床上一夜无话。三年前他们就分房睡了。

家里请了保姆，一双女儿都上了学，生意上的事不需要刘艾月操心，她有大把的时间需要打发，追韩剧、练习瑜伽、报插花班……却无法填补内心深处的寂寞。都说空虚比毒品还厉害，她感觉自己就像一只关在金丝笼中的百灵鸟，渴望飞翔，却又贪图笼中的安逸。现在这样不是挺好吗，你还想怎样呢？她总是这样安慰自己，直到那天傍晚噩耗传来。

从案发到现在已过去半个月，警察来过好几拨，似乎还没找出头绪。刘艾月现在最关心的不是能否破案，而是邓文豪的健康状况。她已心力交瘁，这种日子不知何时才是尽头，光是想想都让人绝望。从医生模棱两可的话语中，她渐渐意识到邓文豪醒来的可能性不是很大，如果长年累月这么躺着，还不如……

LV包里的手机响了，她左手抓稳方向盘，腾出右手拿出手机。

“刘女士，你好！我是刑警队的江枫。”

“你好！”

“今天有空吗？我想再和你聊聊。”

“还有什么事？”

“电话里说不方便，见面聊吧。”

“我正在去医院的路上，要不你到医院来吧。”

“行，我马上到。”

刘艾月想起那天和江枫见面的情形，那个年轻人看起来不到三十岁，举手投足却极其沉稳，好像从他嘴里说出来的每一个字都是经过深思熟虑的，尤其是那双明亮的眼睛，目光似乎有穿透人心的力量，总是让她不由自主地产生压迫感。她本能地想躲避那双眼睛，却无处可躲，只要案子不破，今后恐怕经常要与警察打交道了。

车子终于找到路口掉了头，路面稍微畅通了些。刘艾月忍不住想，该问的都问过了，他还想了解什么呢，莫非发现了新线索？

医院的电梯比北京的地铁还要拥挤，一把轮椅加上十几个人，把小小的电梯厢塞得密不透风。白色的电子数字显示到了九楼，刘艾月从人群中艰难地挤出来，一走到护士站，就看见江枫斜挎着背包站在那儿。

江枫迎了上来，说："不好意思，又来麻烦你。"

刘艾月挤出笑容，说："不麻烦。"

"你有什么事要先办吗？"

"没事，我们先谈吧。"

"要不我们去那边坐，说话方便。"江枫指着走廊最西端，那里有两排蓝色的塑料椅子，正好没人。

走到走廊尽头，二人在蓝色椅子上并排坐下，中间隔了个空位。

"这两天情况有点好转吗？"江枫指的是邓文豪。

"还不是老样子。"刘艾月淡淡地回应。

"邓文豪平时有些什么爱好？"

"抽烟、喝酒、打牌。"刘艾月如数家珍。

"这三样大部分男人都喜欢，有没有更高雅一点的？"江枫补充道，"有的企业家喜欢健身、户外运动，或者收藏艺术品、文物什么的，邓文豪有这方面的爱好吗？"

"他这个人平时比较懒，不爱动，饮食又不节制，所以才胖成这个样子。我老劝他多运动，要注意减肥，他根本听不进。"在保持体形方面，刘艾月确实对他非常失望。

"收藏呢？"江枫歪着头问。

"我老公只喜欢存钱，对收藏没什么兴趣，也没听他提过。"

"这就奇怪了。"江枫喃喃自语道，从挎包里拿出几张复印件，“这是邓文豪写的提案，他好像对文物方面比较关注。”

“结婚这么多年,他从来不跟我谈工作上的事。”刘艾月接过复印件快速浏览后,一脸惊讶地说,“真看不出,他还能写出这种材料。”

“邓文豪在案发前有没有什么反常的地方?无论哪方面的都行。”

“反常的地方……”刘艾月手托着下巴思索起来，“出事的头一天下午，他说要去见一个老同学，出门时说好了在外面吃晚饭的。晚饭之前他突然又回家了，因为做饭的阿姨煮的饭不够，还抱怨了两句。以前没听说他和哪个同学来往过，那天他回来后好像还有点心事的样子。”

“老同学？”江枫顿了一下，“知道名字吗？”

“不知道。”刘艾月摇头，“男人在外面应酬的事，我从来不问的。”

“几点钟出的门？”

“两三点吧，记不准。”刘艾月苦笑道，“可能是出事之后我变得疑神疑鬼了吧，其实也算不上什么反常的事。”

江枫目光看向地面，似乎在做一个重大决定。他清了清嗓子，看着刘艾月说：“最后一个问题，可能会让你感到难为情，但是我不得不问，请务必如实相告，不要有任何隐瞒。如有冒犯，还请见谅。”

“你问吧。”刘艾月十个手指绞在一起，心里不由得紧张起来，不知道他到底想问什么。

“你是否有过婚外情……”江枫似乎在斟酌词句，“或者说，邓文豪在这方面有没有误会过你？”

刘艾月没想到他会问出这么无礼的问题，脸上有些挂不住了：“你这个问题很不礼貌，我可以不回答。”

“对不起，为了尽早破案，我非常希望你能如实告知。”江枫低头致歉，但并不退让。

“我和我老公的感情很好，彼此信任，这方面从未发生过任何误会。”刘艾月浅浅地坐在椅子上，脸色越来越难看，仿佛随时准备拂袖而去，“我这么说，你能明白吗？”

“我明白了，谢谢！”

“没事我先走了。”不等江枫同意，刘艾月已站了起来。

“请稍等。”江枫也站了起来。

“警官，我觉得你不应该在我这里浪费时间，要想办法尽快抓到抢劫犯。”

“你说得对。”江枫说，“我们怀疑，你老公可能认识凶手。”

“啊！”刘艾月的眼神晃动了一下，“这怎么可能？”

“在未查明真相之前，一切皆有可能。”江枫直视她的眼睛。

下午快下班时，队里同事小韩就在各个办公室串门，拉人晚上聚餐。小韩考入了省发改委，即将结束四年的警察生涯，下周就要去新单位报到。在奔向新生活之前，小韩要举行告别晚宴，请弟兄们出去大醉一场。其他人都踊跃参加，江枫找个借口推辞了。

自从借调回刑警队之后，江枫就全身心扑在案子上，到现在还没和母亲吃过一顿饭。母亲一个人在家里冷清，难得今天不用加班，他想回家陪陪母亲。

母亲接到江枫在路上打来的电话，就欢天喜地地张罗开了，做了七八个菜，都是江枫爱吃的。开了一瓶红酒，母子二人对酌，免不了又要听母亲语重心长的谆谆教诲，什么赶紧找个女朋友啦，工作别太卖命啦……好在江枫早已谙熟母亲的出招套路，一一轻松化解。

江枫吃得有点撑，摸着圆鼓鼓的肚子走进卧室，倒在床上一动不动，像刚吞下一整只山羊的巨蟒。躺了一会儿，江枫起来看书，这是他独特的休息方式，只有沉浸在书的世界里，才不会去想那些乱七八糟的案子。

江枫读书很杂，荤素不忌，三教九流、天文地理、文学艺术无所不包。江枫还记得警院教授说过的话，每一个警察都应该成为杂家，尤其是刑警，因为你不知道将来会遇上什么案子，也不知道哪些知识会派上用场。他读书倒是没这么功利，就是喜欢。

一篇《中国人财务自由的九个阶段》曾经刷爆朋友圈，从菜场自由、饭店自由……直至买房自由、国籍自由。江枫认真对照过，发现自己只实现了买书自由，想看什么书就买什么书，不用看价钱。买书自由带来的直接后果就是书柜爆满，多余的书只好堆在地上，与人争夺空间。

江枫找到一本《错案》，这本由法国律师勒内·弗洛里奥1968年写的书，现在来看仍不过时。多年前江枫就认真拜读过，里面贴满了花花绿绿的标签纸。他翻开了书，再次温习。

“法庭会给一个无罪的人判刑吗？”

《错案》在开篇是这样回答的：“这种事情确实存在，而且比人们想象的要多。”

书中列举了大量真实案例，有的是作者参与调查过的案件，有的是在法国历史上轰动一时的大案，如“里昂信使案”“拉隆希尔中尉案”“尊贵夫人泰蕾兹诈骗案”。弗洛里奥以案说法，用小说一样的语言和叙事手法，把那些曲折离奇的案件层层剥开，以严谨的科学态度加以分析，得出令人信服的结论。

法官也是人，并非全知全能的上帝，常人会犯的错误，他们也难以避免。不确切的资料、可疑的证据、不诚实的被告、虚假的证言，以及错误的鉴定结论，都可能导致法官做出错误的裁判。

一个看上去很诚实的妇女，由于亲属一个接一个莫名其妙地死去，她顺理成章地继承了全部遗产，然后不出意料地受到邻居怀疑。警察局接到报案后，开棺验尸，发现尸体内含有大量砒霜。那个妇女很快被捕，并被法庭判以重罪。直到她被关押五年后，有关部门才发现，那块墓地周围的地下水中含有砒霜。由于地下水的侵蚀，才导致尸体内检出砒霜。

好书就是能让人流畅地阅读，又能引发思考。世界这么大，无奇不有，千奇百怪的事情每天都在发生，当人们还在用老经验和惯性思维去分析时，就容易走到错误的边缘。

合上书本，时间已到深夜，江枫毫无睡意。

今天早晨再次见到刘艾月，谈到邓文豪时，她的眼神举止总是流露出鄙夷，可能她自己都意识不到。

邓文豪遇袭会不会和妻子刘艾月有关？这样的猜测其实毫无根据，更多的是来自直觉，也许是漂亮女人更容易引起注意吧。人们看到漂亮女人总会多看几眼，投入的注意力越多，自然想法也更多。警察为了破案，会把各种千奇百怪的可能性都考虑进去，八卦心理甚至比普通人更严重。

直觉是一柄双刃剑，有时能绕过一切障碍直达事件的核心，有时又会错得离谱。警察的思维一旦被直觉左右，就容易形成思维定式，然后选择性地收集材料，以证明自己的推理是正确的，对于反面证据则视而不见，错案多半就是这么造成的。

江枫暗暗告诫自己，在怀疑别人的同时，更要对自己时刻保持怀疑。

刘艾月对警察三番五次的调查似乎有些反感，但今天并非一无所获。刘艾月提供了一条重要信息：邓文豪在案发前一天下午去见了一个老同学，回家后心事重重。这个人是谁，会不会与案件有关呢？管他有枣没枣，先打一竿子再说。

按正常的习惯，邓文豪出门前应该会先给对方打一个电话。下午，江枫调出了邓文豪的手机通话记录，由于时间范围较小，找出这个“老同学”的号码并非难事。随后，这个手机号的机主信息也查出来了，机主姓名是仇皓。

江枫拿起手机，写下明天的日程安排：“见仇皓。”

.12.

古玩店老板

7月28日。

早晨6点，手机闹铃准时响起，窗帘拉开，外面已天光大亮。仇皓起床洗漱完毕，走到阳台上的神龛前，点上三支香，对着关公像拜了三拜，然后拎起一个蓝色运动包出门。

从电梯门口路过时，电梯刚好停在16楼，电梯门打开，橘色的箭头指示向下。仇皓没有进电梯，继续向楼梯间走去。走到楼下，他找到自己的丰田霸道，打开车门上车，向东风大桥方向驶去。

运动包里装的是泳裤。东风大桥往南约一公里有一处水域，那里水流平缓，水质清澈，沙底，地势像海滩一样平缓，是绝佳的天然游泳场，一年四季都有游泳爱好者的身影。只要没什么事，仇皓每天早晨都会去那里游泳。

丰田霸道在空旷的马路上穿行，两旁的树枝被风吹得左右摇摆。今天的风很大，江面上肯定风大浪急，那样才游得过瘾。仇皓的心情不禁有些雀跃，双手搭在方向盘上，仿佛身体已经在水中漂浮。

7点半，仇皓游完泳回到小区，把车停在王矮子牛杂汤店门口。他是这家汤店的老主顾，店老板看见仇皓进来，也不多问，直接给他端了一碗牛杂汤粉过来。牛杂汤粉是店里的特色招牌，远近闻名，以牛骨、牛血、牛肠为主要原料，加入花椒、干辣椒、姜等，熬成高汤，再浇入装好米粉的蓝边大碗里。

早晨运动之后胃口特别好，仇皓抄起筷子大快朵颐起来。汤味鲜香麻辣，米粉入口爽滑，他迷恋这种味道，据说味蕾会连接着记忆，似乎有点道理。

刚夹起一片牛肠，放在条桌上的手机响了，来电显示是个陌生的手机号码。很少接到这么早的电话，仇皓稍微犹豫了一下，放下筷子，按下了绿色通话键。

“你好，请问是仇皓吗？”手机里传来一个年轻男子的声音。

“是我，哪位？”

“我是南湖公安分局刑警大队的民警，我叫江枫。”

“警察？”

“是的，想找你了解点情况。”

“什么事？”

“电话里不方便说，要不见面谈吧。”

“我今天有点忙。”仇皓略微迟疑道，他其实没什么事。

“不好意思，占用你的宝贵时间，不过我们希望尽量安排在今天见面，时间地点由你定。你看什么时间方便？”警察说话的口气非常客气，却透出不容拒绝的威严。

“好吧，9点钟到我店里来吧。”

“麻烦你说下地址，我记录一下。”

报完地址，仇皓挂断了电话。再次拿起筷子，仇皓已感觉不到牛杂汤粉的味道，味蕾仿佛在瞬间关闭。匆匆吃完，仇皓走出汤店。不用多想了，肯定是货真价实的警察，骗子绝不会主动提出见面。警察这时候找上门来，应该就是为了那件事吧，他边想边向丰田霸道走去。

去古玩店的路上，已到了上班高峰期，宽阔的马路几乎变成露天停车场。下个月仇皓就将迎来三十九岁生日，早已过了躁动不安的年纪，他并不着急，跟着车队缓缓地向前挪动，脑海里又浮现出邓文豪矮胖的样子。

7月12日下午，仇皓正在店里午休，躺在沙发上刚眯了一会儿，就被手机铃声吵醒。

“喂，哪位？”

“听不出来吗？”

“邓文豪。”仇皓马上反应过来。

“老同学，忙什么呢？”邓文豪发出爽朗的笑声，时隔多年被故人准确地识别出声音，似乎大大地满足了他的存在感。

“不忙，在店里休息。”

“不忙的话，我去你那儿坐坐？”

“好啊，欢迎！”仇皓并不希望他来，但刚才已经说了不忙，再也找不出合适的借口。

半个小时后，邓文豪掀开玻璃丝门帘，走进影青阁。邓文豪穿一件黑色真丝T恤，挺着大肚子，脖子上挂着粗大的金链子，让人想起二十世纪九十年代的暴发户。

寒暄完毕，仇皓坐到仿古茶桌前泡茶。古玩店面积不大，装饰得古色古香，邓文豪也不客气，背着手走到博古架和玻璃柜台边，东瞧瞧西看看，像工商局的人做检查。

“真没想到，你还在干老本行。”邓文豪在仇皓对面的将军凳上坐下，一脸感慨的样子。

“别的我也干不了。”仇皓尖瘦的脸上露出苦笑。

“生意还行吧？”

“你都看见了，这市场上一大半都关门了，我能好到哪儿去，能混口饭吃就不错了。”

邓文豪哈哈大笑道："老弟，这话你对别人说可以，蒙我可不行。三年不开张，开张吃三年，古玩店要是像超市那样人来人往，那还不得请两个人来帮你数钱。"

"做梦都不敢想。"仇皓看着那张中年发福的脸说，邓文豪本来就长得矮，一发胖就像一个肉球。

"你呢？"仇皓问。

"我开了家金店，下次想买珠宝首饰找我，给你按进价。"邓文豪拿出一张烫金名片。

"谢谢！我恐怕用不上。"仇皓淡淡地笑道。

"你当然没兴趣了，全天下的女人没有不喜欢金银珠宝的，老婆还是要哄哄的。"经营金店这么多年，邓文豪自信对女人的了解并不比她们的丈夫少。

"我一人吃饱全家不饿，逍遥自在，谁也不用哄。"

"这样啊。"邓文豪有些惊讶，"一直没结婚，还是……"邓文豪犹豫了一下，"离婚"两个字到底没说出口。

"混得不错啊，都进入政界了，市政协委员，官职不小吧？"仇皓指着名片上"东风市政协委员"几个字说，他不想多谈自己的私事，这张名片正好帮了忙。

"哪是什么官，也就是挂个虚名，开开会，举举手。你就别笑话老同学了。"邓文豪嘴上谦虚着，大圆脸却笑得很灿烂。

"今天怎么想起老同学来了？"仇皓不相信他是单纯来叙旧的。

"你猜我听到什么了？"

"猜不到。"仇皓拎起茶壶，把刚泡好的茶注入茶海，并未表现出强烈的兴趣。

"老大出事了。"

“出了什么事？”仇皓的手悬在半空中，望着邓文豪的眼睛。

邓文豪身体前倾，压低声音说：“老大死了。”

“这种玩笑别乱开。”

“你还不知道？”

“我怎么会知道？”

“我也是前两天听说的，就在我们上次见面后不久，他就被人杀了。”

“凶手抓到了吗？”仇皓问。

“抓个屁，到现在还没破案。”

“这两天我老是心神不宁，会不会跟那件事有关？”邓文豪脸上露出深深的忧虑。

“不可能吧。”仇皓摇头道，“都过了这么多年。”

“你后来见过老大吗？”

“没有，那天之后再也没见过。”

又闲聊了几句，邓文豪站起来说：“时间不早了，我要回去了。”

“难得来一趟，吃了晚饭再走吧。”仇皓嘴上客气着，人已站了起来，摆出送客的姿态。

“改天吧，我回店里还有事。”邓文豪喝光杯子里的茶，走出古玩店。

上午8点钟不到，车子开进了瀚墨街古玩市场地下停车场。仇皓没有进电梯，沿着宽阔的机动车道往上步行。假如自己是办案警察，会问哪些问题呢？他边走边思索，还有一个小时，必须提前想好。这种换位思考的方法非常管用，有时能发现一些意想不到的问题。

走到店门口，仇皓拿出钥匙开门，抬头看见门框上的楹联：

“夏鼎商彝传流千古，秦砖汉瓦罗列一堂。”仇皓哑然失笑，古玩市场已今非昔比。

东风市有三个大的古玩城，瀚墨街古玩市场是规模最大的一个。市场依托旅游景区而建，刚开业时吸引了数百家古玩商入住，名人字画、文房四宝、古玩家具应有尽有，盛极一时。这几年形势大变，古玩字画也像高尔夫球场、高端餐饮业一样步入了寒冬。

如今瀚墨街古玩市场门可罗雀，一派萧条景象，一大半商家都已关门歇业，侥幸生存下来的也是苦苦支撑，仇皓的影青阁算是幸存者之一。影青阁以经营古旧陶瓷为主，兼营核桃、手串等文玩，以前还有两名店员，半年前他把店员都辞了。

9点过后，影青阁进来两名年轻男子，一高一矮。走在前面的二十七八岁的样子，麦色皮肤，中等身高，肩膀很宽。跟在他身后的是个粗壮的小伙子，黑皮肤，板寸头，面露凶相。二人进店并不看货架，目光在店内搜索，显然是在找人。仇皓立即迎了上去。

“是仇老板吧？”走在前面的男子露出友善的笑容，目光却很锐利。

“二位是……”仇皓已大致猜到他们的身份。

“我是江枫，早上给你打过电话的。”江枫出示了证件，指着王三牛说，“我的同事，王三牛。”

仇皓把二人引到茶桌前坐下，拿出茶具烧水泡茶。王三牛摸出一包烟，抽出一支递给仇皓。仇皓笑着摆了摆手说：“戒了。”

王三牛摸出打火机，点着了烟：“戒了好，吸烟有害健康。”

“健康倒没想过，吸不吸烟的早晚都要死。”仇皓说，“主要是太麻烦，有一次半夜断烟，失魂落魄地跑到大街上四处找烟，被两个巡逻警察拦住盘问了半天，第二天我就把烟戒了。”

王三牛头一次听到这么奇特的戒烟理由，大笑起来道："没想到警察还有戒烟的功效。"

"我不想被什么东西束缚一辈子。"仇皓给二人的杯子里注满茶水。

江枫拿出一张照片问："仇老板，这个人认识吗？"

仇皓瞥了一眼说："邓文豪，我们是高中同学。"

"他出了点事。"

"你们是为金店那个案子来的吧？"

"既然你知道，我就不再重复了。"江枫拿起茶杯呷了口茶道，"你最近见过邓文豪吗？"

"见过，他到我店里来过一次，就坐在你现在这个位置上。"

"哦，是哪一天？"

"7月12日下午。"

"仇老板的记性真好。"江枫笑道。

仇皓怎么会听不出质疑声："邓文豪的金店7月13日被抢，当晚电视新闻就播了，他刚好是案发前一天来见我的，所以我记得很清楚。"

"原来是这样。"江枫点了点头，拿出一个黑色记事本说，"能麻烦你说说你们见面的经过吗？"

仇皓想了想说："那天下午，我正在店里休息，接到邓文豪的电话，他说要来我这里坐坐，大约过了半个小时，他就来了。"

江枫说："你们聊了些什么？凡是你能想起来的都可以说。"

"就是喝茶叙旧，十几年没见感情都淡了，也聊不到一起去。他说他开了一家金店，以后我想买金银首饰可以找他，给我按进价。他还给了我一张名片，上面印着市政协委员的头衔，可能是怕我不知道他混得比我好吧。聊了大约不到半个小时，他就走了，没想到第二天就出事了。”由于事先打过腹稿，仇皓自信不会说错。

“你们不经常见面吗？”

“高中毕业之后，我们就失去了联系。两三个月前我们在街上偶然碰到，当时我有点急事要办，留了个手机号就分手了。实际上我们只见过这两次，第二次就是他到我店里来的那次。”

“7月13日下午，也就是案发的那天，你到过哪些地方？”

“你们觉得我像抢劫犯吗？”仇皓指着自己，笑着问道。

“仇老板，别误会。”江枫连忙摆手，笑道：“不瞒你说，我们现在也是无头苍蝇，只好把所有相关信息都收集一遍。就算破不了案，也好给上面一个交代，我们都做了这么多工作，没有功劳也有苦劳。受害人是你同学，你肯定也希望早日破案抓到凶手，对吧？”

“那是当然。”后生可畏，仇皓不禁对眼前这个年轻人暗自佩服，自己起码比他大十岁，言语交锋却占不了半点便宜。也许人家早有预案，遇到这种情况，对所有人都是这套说辞。每个人都有自己擅长的领域，如果今天谈的是古玩，主动权肯定在自己这边。

“夏天生意淡，那天下午3点多，我就关店回家了。晚上在家看电视，刚好看到邓文豪的金店被抢。”仇皓觉得自己表述得很清楚了。

“有谁可以证明吗？”

“没有。”

“家里人也可以。”江枫提醒。

“我家里除了我没有别人。”

“哦。”江枫似乎感到意外。

“邓文豪现在还好吧？”仇皓问。

“医生说他康复得很好，快的话，下个礼拜就能开口说话了。”

“那就好。”

“邓文豪说不定认识劫匪，要真是那样的话，我们的苦日子就熬到头了。”江枫又诉起苦来，目光注视着仇皓。

“这么热的天，真是辛苦你们了！”仇皓迎着江枫的目光，“现在社会治安确实太乱，早日抓到劫匪，我们老百姓也有安全感。”

“我们辛苦是应该的，给你添麻烦了，不好意思。”江枫合上记事本，起身向前店的博古架走去，“参观下你这里的宝贝。”王三牛也拿起手机跟着站起来。

“我们这种小店哪有什么宝贝，就是混口饭吃。”仇皓希望这两个人早点走，却不能说出口，只好硬着头皮跟在身后。

江枫指博古架上的一个蓝色瓶子说：“这个我认识，元青花梅瓶。”

“仿品，装门面用的。”仇皓解释，“真品是国宝，就算我有，国家也不准卖。”

听说是国宝，江枫立即兴奋起来，急着招呼同伴：“王三牛，给我拍个照，发到朋友圈准能把他们都镇住。我不说，谁知道是真是假。”

不等江枫摆好姿势，王三牛就举起手机连按快门。仇皓背着手站在江枫身后，不禁暗笑，到底是年轻人，不管从事什么职业，活泼好动的天性还是改不了。王三牛说光线太暗，没拍好，变换角度又拍了几张。

拍完了照，江枫心满意足地走到门口，拿出一张名片给仇皓，说：“仇老板，以后如果你想起了什么，随时可以打我的电话。麻烦你了！”

“客气了，欢迎常来。”仇皓把二人送到门口，心里祈祷最好不要再来了。

警察走后，仇皓才发现腋下全湿了。他把刚才的对话在脑子里又回放了一遍，警察的问话都在预料之中，确认自己没说错什么，心情渐渐放松下来。

仇皓走到博古架前，凝视刚才那个仿古梅瓶，脑海里猛地划过一道闪电——还是低估了这两个毛头小子！

二人从古玩店出来后，直接去了张丽洋住的小区。

江枫坐在后排，目光望向车窗外，超过约定的时间十多分钟了，张丽洋还没下来。王三牛手搭在方向盘上，扭头说道：“要不再打个电话催一下？”

“不急，再等等。”女人出门前可能都是这么磨蹭的吧，化妆、挑选衣服都是要花时间的，江枫猜测。

张丽洋终于从小区大门口走出来，眼睛四处张望，江枫按下车窗玻璃向她招手。张丽洋上了车，江枫拿出手机，打开相册里的照片给她看，问道：“这个人你见过吗？”

照片上光线偏暗，构图有点诡异，只拍到江枫的半边脸，嘴角上扬，似乎笑得很开心。江枫身后的男子却被拍到了正面全身，那个人比江枫高，脸上尖瘦，正笑盈盈地看着江枫的后背。

张丽洋看了看摇头道：“没见过。”

江枫说：“不急，看清楚了再说。”

王三牛却急不可耐道：“美女，你觉得照片上这个人和抢金店的凶手是不是有点像？”江枫想制止已来不及了，狠狠地瞪了他一眼，给辨认人以指向性的暗示是大忌。

张丽洋果然顺竿往上爬，说道："身材是有点像，高高瘦瘦的。"

"还有什么长得像的地方？"底细已被王三牛泄露，江枫只好挑明了问。

"然后发型也蛮像的，头发都很短。"张丽洋歪着头，像在自言自语。

"头发可以不用管，重点注意他的体形和神态，比如身高、胖瘦、脖子、肩膀等部位，看有没有相似的地方。"江枫耐心地启发，仅凭发型认人是最不可靠的，一个人要改变发型简直太容易了。

张丽洋微微蹙眉，目光重新在手机上聚焦，再也不开口了。王三牛等了半天，不耐烦了，问道："到底像还是不像，说句话啊？"

"有点像……然后又不像。"张丽洋缩着脖子低着头，不敢看王三牛的眼睛，像做错了事的孩子。

江枫心里有数了，接过手机说："难为你了，先去忙吧，有事我们再联系你。"

"那我走了。"张丽洋如释重负，推开车门下车。

王三牛按下汽车启动键，手上转动方向盘，嘴上也没闲着："有点像，然后又不像。"王三牛尖声尖气地模仿女人的声音，惟妙惟肖，立马又转到东北爷们的浑厚男中音，"说了跟没说一样，全是屁话。"

江枫觉得他是一个被警察耽误了的双簧演员，强忍住笑意道："也不全是屁话。"

"咋说？"

"至少她没有把仇皓排除。"

"你觉得这个人有问题？"

"不好说，我们现在掌握的信息太少。"江枫若有所思。

回到分局，江枫身上的汗还没干，就被万志强叫到了办公室。万志强惬意地靠在大班椅上，两腿张开伸得笔直，一根烟斜叼在嘴里：“案子现在查得怎么样？”

江枫说：“这几天都在查邓文豪的社会关系，有一些可疑线索，但是需要进一步排查。”

“作案工具呢？”万志强吐出一团烟雾，“以物找人可能更快捷。”

“这方面暂时没有进展。”江枫见他高兴得合不拢嘴，猜测可能有喜讯。

“看看这个。”万志强身体坐直，把一张照片推到江枫面前。

这是一张实物照片，外表形状与“7·13”案的凶器一模一样。江枫不由得心跳加快，问道：“它叫什么？”

“洛阳铲。”

事实证明，瞎猫的确有碰上死耗子的时候。

刑警队有个叫郑浩强的民警。郑浩强的大学同学魏帆从西安来东风市出差，老同学来了，郑浩强要尽地主之谊，打电话向万志强请假。万志强正被一堆案子压得焦头烂额，心情不爽，答应得并不痛快，好说歹说，总算批了半天假。

老同学见面，喝酒叙旧，自然有说不完的话题。怀念完了大学时光和班上几个漂亮女生，二人又谈起各自的工作见闻，郑浩强就说起东风市最近发生的一起案子，说到那件奇怪的凶器，查了半个月，全队上下几十号人都不知道是什么东西。

郑浩强一脸庆幸道：“幸亏这个案子不是我办，不然都没时间接待你。”

魏帆好奇心顿起，说：“给我看看。”郑浩强就拿出手机，找出图片给他看了。谁知魏帆满脸不屑道：“我以为是什么了不得的东西，说得那么神秘，你们这帮警察也太没见识了吧？”

“警察又不是神仙，哪能样样神通。”郑浩强本能地为自己和同行辩解，忽然两眼放光，“你见过？”

“洛阳铲，我怎么没见过？”

“洛阳铲——”郑浩强对这个名字很陌生，“是铲什么的？”

“不铲什么，是一种盗墓工具。”

细问之后，郑浩强才知道，为什么魏帆会说得那么肯定了。魏帆的父亲是在文物考古队工作的，魏帆小时候见过洛阳铲，还拿它当玩具玩过，再熟悉不过。

郑浩强马上给万志强打电话。万志强一听，用打雷般的嗓门说：“你不用来上班了。”

“啊！”郑浩强吓了一大跳，“我做错什么了？”

万志强兴奋得口不择言，急忙纠正：“我是说你不用急着上班，替我好好招待你那位同学，吃饱喝足玩够了再来上班。”

踏破铁鞋无觅处，得来全不费工夫！

洛阳铲，神秘的凶器终于现出原形。这个意外的发现，验证了江枫之前的猜测，它的确是一个冷门行业的工具，比预想中的还要冷门。这就意味着，嫌疑人的范围将大大缩小。

.13.

深不可测

29日上午，烈日当空。

途胜停在东风市博物馆大门外，江枫和王三牛并肩向办公楼走去。太阳晒得人无处躲藏，光是走过从门卫室到办公楼不到二百米的空地，二人就已被烤得外焦里嫩，头顶冒烟。

东风市作为历史悠久的老牌火炉城市，绝非浪得虚名。有个段子说暑假来临，一名非洲留学生坐在路边哭泣，众人围观，问他为何哭得如此伤心，是不是想家了。黑人小伙边抹眼泪边点头，哽咽着用生硬的中文道：“妈呀，这里太热了，我想回家避暑。”这个段子引起无数市民共鸣，后来真有人考证过，非洲某些国家的夏季确实比东风市要凉爽。

馆长办公室的门虚掩着，江枫敲门进去时，发现里面还有陌生人，说：“茅馆长，您忙，我们等会儿再进来。”

“不碍事，进来坐。”茅跃进向旁边的黑色三人位沙发指了指。江枫和王三牛在沙发上坐下。

穿着中式对襟衬衫的茅跃进，鼻梁上架着老花镜，手里托着一个精致的青花小碗，左看右看，像是在鉴定，神情却又不是特别专注。办公桌对面，一个退休老干部模样的人正襟危坐，腰挺得笔直，双手放在膝盖上，目光惴惴地盯着茅跃进的脸，像一个在等待法官宣判的被告人。

茅跃进摘下老花镜，抬起头对老干部说：“您这个带有年款，应该叫永乐青花压手杯。”

“对，对，对！”老干部喜笑颜开，连连点头。

“您是从哪儿得来的？”

“好多年前，还是我在农村下放时淘来的。”老干部一脸神秘道。

“花了不少钱吧？”

“不多。”

“哦，那就好。”

“茅老，您觉得这东西是老的吗？”老干部毕恭毕敬地问，像一个好学上进的中学生，他看上去要比茅跃进大十几岁。

“不好说。”茅跃进面无表情道，“永乐青花压手杯，目前发现带有年款的，全世界只有三个。”

老干部顿时两眼放光，道：“我家还有一个，跟这个一模一样！”

茅跃进笑道：“那您留着吧，好好保管。”

“谢谢您！茅老。”

“不客气，慢走。”

老干部小心翼翼地把宝贝包好，欢天喜地走了。茅跃进挪动椅子，坐到了江枫对面，说：“不好意思，让你们久等了。经常会有收藏爱好者闯到我办公室来，赶也赶不走，只好应付一下。”

“没关系，正好我们也长长见识。”江枫笑道，“连我都听明白了，刚才这位老先生的宝贝是赝品。那种压手杯全世界只有三个，他一人就占了俩，从概率上算也不可能是真的。您为什么不直接告诉他？”

“小江，你有所不知。”茅跃进说，“这些人买的不是古董，而是一个梦，天天做梦都想捡漏，我不能打碎他们的梦。比如今天这位老先生，就算我明说是假的，他也不会信的，弄不好还会跟我急。用你们年轻人的话说，你永远叫不醒一个装睡的人。”

看破却不说破，茅跃进的涵养已到了深不可测的地步，江枫暗自心惊：“古董的存量不变，增量为零，东西就那么多，天灾人祸损毁一批，自然消失一批，收藏爱好者却越来越多。有钱又怎样，哪能人人都买到真货？”

“真货也分几种。”茅跃进说，“我认识一个银行的行长，去年他说新得了一个明万历的青花将军罐，放在家里镇宅，叫我给他掌眼。将军罐摆在客厅最显眼的位置，我看了一眼说，赶紧扔掉，扔得越远越好！他头上的汗都出来了，说这是晚明的东西，几个大师都看过了。我说，我没说它不真，是叫你扔掉。行长问，既然不假，为啥要扔？”

“对啊，真的为啥要扔掉？”一直没说话的王三牛问。

“这位是……”茅跃进的目光从王三牛脸上扫过，移向江枫。

不等江枫介绍，王三牛抢着说：“大师，您好！我叫王犇。三横王，三头牛的犇，叫我王三牛就行了。江枫是我师傅，他常跟我说起您，说您老厉害了。”

王三牛猛拍马屁，茅跃进连忙摆手，笑呵呵道：“千万别叫大师，现在街上的大师比驴都多。”“大师”“干爹”这些词都毁掉了，茅跃进痛心疾首，却无可奈何。

“您刚才还没讲完呢。”王三牛心里惦记着那个将军罐。

茅跃进接着说道：“我告诉行长，这玩意儿是古人装骨灰用的，你家里放什么不好，非要摆个骨灰罐？他当时半信半疑，过了半个月给我打电话，问我还记得那个将军罐吗，已经出手了。虽然亏了几万，他还是很开心，说这叫嫁祸于人。”

江枫和王三牛哈哈大笑起来。

茅跃进说："小江，怎么晒得这么黑了，办案这么辛苦啊？"

江枫说："这几个月户外运动多点，跑步，游泳，晒黑了。"

"年轻人多锻炼好，别像我，喜静不喜动，一身毛病。"

"下次我邀你去游泳。"

"不行，不行，浴缸都能把我淹死。"茅跃进慌忙摇手，忽然想起一件事，"对了，那天你走得急，给你准备的纪念品还留着呢，还记得吧？"

"那天发生了个案子，后面又出了点状况。"江枫怎么会不记得，那天是4月21日，东风市博物馆举办开馆仪式，江枫当天下午到馆里参观国宝，紧接着就发生了如月湖公园抢婴案。三个月大的男婴饭饭被凶手当街抢走，案子至今未破，小孩生死不明。

茅跃进推开了窗户，然后从抽屉里摸出一包三五牌香烟，抽出一根给王三牛，自己夹了一根在手上："小江，你是大忙人，无事不登三宝殿，今天有何贵干啊？"

"我也有个东西，想请您掌掌眼。"

"哦，什么宝贝？"茅跃进以为江枫会拿出一件古董，没想到是一部深空灰色iPhone 8 Plus。

江枫在屏幕上点了几下，找出一张图片给茅跃进看，问道："这个您认识吗？"

"洛阳铲。"茅跃进瞟了一眼手机就把目光移开，脸上的表情似乎在说，拿这个就想考我，也太小儿科了。

王三牛说："听说是盗墓用的？"

茅跃进看了一眼王三牛说："小王，你说得对，也不全对，不过洛阳铲的确是一个盗墓贼发明的。"

"那它的历史一定很悠久吧？"江枫听得一头雾水，只好顺着茅跃进的话往下说。

“与中国几千年的盗墓史相比，洛阳铲的历史其实非常短，至今不到一百年。”茅跃进顿了顿说，“你们怎么突然对洛阳铲这么有兴趣，是不是又有文物被盗了？”

“那倒没有。”江枫说，“这其实是一个案子上的凶器。”

“凶器？”茅跃进眯起了小眼睛。

江枫苦笑道：“不瞒您说，案子是半个月前发生的。刚开始没人认识这件凶器，只好管它叫‘四不像’，我们也是昨天才知道这是洛阳铲，要是早来向您请教就好了，也不用兜那么大一个圈子。”

“洛阳铲的确很神奇，没想到它还能成为凶器，这倒是头一回听说。”茅跃进半信半疑，欲言又止。

王三牛有点迫不及待，赶紧给茅跃进递烟。茅跃进摆了摆手，拿出自己的三五香烟，他只抽这个牌子的烟。王三牛马上又拿起打火机给他点烟，问道：“茅馆长，您就别吊胃口了，快给我们讲讲吧，这洛阳铲到底是干啥用的？”

茅跃进哈哈大笑，美美地吸了一口烟：“二位不嫌我啰嗦，我就简单说几句吧，说错了不负责。”茅跃进本来就是话痨，清了清嗓子，话匣子打开，便如黄河泛滥一发不可收拾。他说出了一段洛阳铲的传奇身世。

1923年，在中国历史上并不是特别显耀的年份，太阳底下无新事，颠三倒四还是那些狗血的剧情：孙大炮又打回广州了，北洋政府又政变了，大总统又跑了，哪里的工人罢工运动又被镇压了……舞台上演员不停地换，剧本一成不变，折腾得人都昏昏欲睡。

这一年，洛阳发生了一件大事和一件小事。大事是，河南省长公署由开封迁至洛阳，洛阳成为河南省会。当地人们欢欣鼓舞，以为从此以后，洛阳就坐稳河南老大的位置了。与此同时，一个土里巴叽的农民偷偷摸摸地干了一件小事，这件事情太不起眼，以至于要到半个世纪之后，人们才能完全认识它的价值。

河南省洛阳市瀍河回族区瀍河回族乡邙山脚下，有个叫马坡村的回族聚居村。1923年，马坡村出了一个叫李鸭子的人，他的第一职业是农民，半公开的第二职业是盗墓。当时军阀混战，大家都忙着抢钱抢粮抢婆娘，杀人放火都没人理，哪有闲工夫管这些事。趁着天下大乱的好年景，李鸭子无意中赶上了盗墓事业的风口。

有一天，李鸭子去附近的集市赶集，逛累了，蹲在马路边抽旱烟。李鸭子看到对面包子铺的人在地上打洞，洞很小，那人手里拿一个小工具，先打进地下，再拔出来，就能带出一些土。如此不断重复，洞就越打越深。

李鸭子是个爱动脑子的人，瞧着瞧着就灵光一闪，假如用这种方法来探测地下的土层，以后找墓定位不就方便多了吗？比“分金定穴”那些虚头巴脑的东西可靠多了。李鸭子还是个实干家，有梦想就去做，他马上找到铁匠，按照自己设计的样式打制出了实物——世界上第一把洛阳铲诞生了。

李鸭子吧嗒吧嗒抽着旱烟，瞅着这个怪模怪样的黑家伙，心里一点底都没有，不知道这玩意儿到底有没有用。李鸭子没想到，这个小发明不仅管用，而且大大地管用。

铁匠打制的实际为洛阳铲的铲头部分，长三四十公分，半圆筒形，中间是空的，为U形凹槽。接上特制的木杆和绳索，就能打入地下十几米深处，铲子提起来之后，中空的凹槽会把地下的泥土带上来。

这样不断向地下深钻，通过对土壤的结构、颜色、密度和成分进行分析，就能知道地下的情况。如果是被人翻动过的熟土，说明地下可能有墓葬或古建筑；如果含有陶瓷、铁、铜、金、木等物质，就可以推断地下藏品的性质和布局。经验丰富的盗墓者，仅凭洛阳铲碰撞的手感，便可判断地下的情况。

早期的洛阳铲接木杆，由于木杆太长，目标太大，不方便携带，后人不断对它进行改良，用螺纹钢管代替木杆，每截钢管长半米左右，可层层相套，任意伸缩，就像钓鱼竿一样。

现代的洛阳铲基本由六大部件组成：铲头、配重杆、加长杆、吊环、安全绳以及携带包，方便携带和拆装。经过上百年的演变，洛阳铲已发展成庞大的家族，用途也越来越广泛，除了用于考古，在建筑、公路、地质勘探等领域也大显身手。

洛阳铲简单实用，既是盗墓利器，也是田野考古的必备工具，在世界范围内也是最好的考古工具之一。二十世纪七十年代，中国考古代表团访问阿尔巴尼亚时，赠送的礼物就是一把洛阳铲。

李鸭子肯定想不到，他发明的这个盗墓小工具，居然有一天会走出国门，扬我国威。多年以后，在李鸭子的家乡洛阳，人们以此地为洛阳铲的发源地为荣。

茅跃进干了一辈子文物工作，学问渊博，就像一册会行走的百科全书。江枫和王三牛完全被吸引住了，想不到一个小小的洛阳铲，背后竟藏着这么神奇的故事。

江枫回到正题：“茅馆长，您看这个洛阳铲是做什么用的呢？”

“你这个是洛阳铲的核心部件，即铲头，另一头套接螺纹钢管，可以加到很长。从铲头的形状来看，这个应该是破砖铲。”

“破砖铲？”江枫从名字上大概能猜到，但不敢确定。

“按照具体的使用环境和用途细分，铲头可以分为土铲、破砖铲、泥沙铲以及筒子铲四大类。普通的铲头遇到砖瓦类的硬物无法下钻，破砖铲的顶端设计成倒三角形尖头，可以打碎小石块和砖瓦。”

江枫点了点头，拿出邓文豪写的政协提案复印件，说：“茅馆长，麻烦您再看看这个。”

茅跃进重新戴上老花镜，仔细读完后说：“写得真好，保护文物刻不容缓，这个人是专家吧，我怎么没听过这个名字？”

江枫说：“是一家金店的老板，与文物界毫无瓜葛。”

“不可能吧？”茅跃进脸上露出惊讶的表情道，“提案中有大量文物方面的专业术语，怎么看都不像出自外行之手。”

办公室的门忽然被推开，闯进来两个老人。一个是先前带“永乐青花压手杯”来鉴定的老干部，另一个是满脸怒容的老太太，看情形像是两口子。

老太太进来就抓住茅跃进的手，差点就要下跪，说：“求求你们，别再骗我们家老头子了！”

茅跃进慌忙把她托住，说：“大姐，别激动，有话慢慢说。”

老太太说：“我家里到处都是没用的坛坛罐罐，连床底下都塞满了，他那点退休工资全扔里面了，还骗我说，随便一样东西就能卖几百万。现在家里连买菜的钱都没了，也没见他换一分钱回来，这日子怎么过啊？”

“女人懂什么？”老干部对老伴不屑一顾，底气十足道，“我那对永乐青花压手杯能卖很多钱，茅老都说了是真的，不信你当面问吧！”

“啊！”茅跃进惊得下巴差点掉下来，“我什么时候说了是真的？”

老干部急了："今天早上，就在这里说的，你怎么不认账呢？"

茅跃进四处搜寻，目光落在江枫脸上，灵机一动说："正好刑警同志也在，帮破破案。小江，我说了是真的吗？"

"确实没说。"江枫实话实说。

老干部脸上挂不住了，愤怒地质问茅跃进："那就是假的了，为什么要骗我？"

茅跃进再次望向江枫，说："我说了是假的吗？"

江枫继续摇头道："也没说。"

老干部张口结舌杵在原地，可能是感觉智商欠费了，这个年轻警察当时确实在场，说的也是实情。老太太马上来劲了，指着他的鼻子说："死棺材，我说你走火入魔了，还不信。天天做梦发大财，快醒醒吧，回去就把你那些破烂都砸了！"

"贱人，你还有脸说我！"老干部脸涨得通红，脖子上青筋暴露，像头发怒的公牛，"我的钱花出去，起码能看到那么多东西。你倒好，叫你别炒股，偏不听。你那点退休工资全扔水里去了，连个响声都没有，你有什么资格说我？"

江枫和王三牛都把脸转向窗外，一手按着肚子，一手捂着嘴巴不敢笑出声，差点憋出内伤。

"好了，二老都别争了。"江枫深吸两口气，上去打圆场，"文物收藏和股市投资都没错，钱是身外之物，生不带来死不带去，花得开心就好。只要二老健健康康，长命百岁，比什么都强，是不是？"

江枫在派出所工作了两个多月，别的没学会，和稀泥的功夫倒是大有长进。老两口估计是吵累了，正在等台阶下，互相交换一下眼神，不打招呼就走了。

茅跃进说：“你上次来，第六个梅瓶还没来得及讲解，我带你们去国宝厅看看吧。”

“下次吧。”江枫说。他的心思还在案子上，对国宝并无兴趣。

回到分局，江枫拿起手机，再次凝视那个“四不像”。从昨天开始，它已经有了响亮的名字——洛阳铲。凶器查明了，下一步的主攻方向也就明朗了。

江枫把这几天查到的线索汇总，提炼出三组关键词：

邓文豪、保护文物提案；

凶器、洛阳铲；

仇皓、古玩店老板。

把这些关键词进行碰撞，很容易就能找出共同点：都和文物有关。

7月12日，也就是案发前一天，邓文豪去古玩店见过仇皓。7月13日下午案发时，仇皓自称在家休息，却无法提供不在场证明。

如果说这些线索全是巧合，未免也太巧了。

种种迹象显示，仇皓有重大作案嫌疑。他们之间到底发生过什么？动机又是什么？情杀还是仇杀？

是时候主动出击了。

.14.

鬼市

墓道很窄，伸开双臂就能触到两侧的墙壁。

仇皓拿着强光手手电筒四处搜索，想尽快找到出口。墓道的四面都由青砖砌成，顶棚砌成拱形，有四五米高。一滴水滴在脖子上，凉冰冰的，仇皓吓得跳起来。他把耳朵贴在墓壁上，屏气凝神倾听，除了自己心跳的声音，四周死一般寂静。

仇皓小心翼翼地踩着地上的青砖向前走，狭长的墓道蜿蜒向前延伸，仿佛没有尽头。感觉一直在下坡，不知走了多久，似乎已走到了地底深处。手手电筒的光线越来越微弱，空气也越来越稀薄，仇皓不由得加快了脚步，小跑起来，想尽快逃离这个密闭的恐怖地带。他不想悄无声息地死在这座古墓中。

两侧的墙壁突然向中间挤压靠拢，把前面的去路封死。仇皓赶紧掉头往回跑，却听到轰隆巨响，墓顶坍塌，另一头也已堵死了，弥漫的灰尘呛得他几乎窒息，绝望瞬间笼罩了全身……

仇皓大汗淋漓醒来，大口喘着粗气。

黑暗中，他心里刚闪过一丝庆幸，马上又绷紧了，赶紧翻身，伸手在床头摸索。摸到一瓶矿泉水，拿在手里掂了掂，沉甸甸，满的，一颗悬着的心才放下来。

五百毫升的矿泉水，必须放在枕头旁，确保伸手就能拿到，但是从来不喝。每次入睡前，他都要仔细检查，摸不到矿泉水瓶就会心慌恐惧。这是他入睡前的固定仪式，保持很多年了，他明知道这种恐惧毫无道理，完全是多余的，却无法戒掉。

梦境根本不用回忆，十多年来，他一直被这个怪梦纠缠。

心跳渐渐平稳，仇皓摸到了手机，电量显示已满，拔掉了充电线，时间刚过凌晨2点。醒了，就再也睡不着。仇皓靠在床头上坐起来，开了灯，橘黄色的灯光点亮房间，让他感到心安。他拿起遥控器打开电视，换了几个台，都是宫斗剧，提不起兴趣。他从床头柜上拿起线装版《长物志》，翻到折角的那页，读了起来。

凌晨3点，手机闹铃准时响起。仇皓起床洗漱完毕，走到阳台上的神龛前，点上三支香，对着关公像拜了三拜，然后从楼梯下楼，他白天都不走电梯，深更半夜更不会进去。仇皓在楼下找到车，向城南方向驶去。

仇皓在一条空旷的马路上靠边停车，穿过一个仿古牌楼，往前走了十几米，右拐，就看到另一番景象。一条狭窄的老街，两侧摆满了地摊，中间仅留一条小路供人行走，市场上人头攒动，昏暗的灯光摇晃。

这条街白天冷冷清清，半夜三更却热闹非凡，这里就是东风市的鬼市。

凌晨3点半，鬼市渐入高潮，能摆摊的地方都被人占满了，有的打开汽车后备箱就开卖了。所有摊位都没有灯光，买家验货必须自备光源，有的拿手手电筒，有的戴头灯，还有的拿手机照明。

鬼市只有你想不到的，没有买不到的，除了军火、毒品不卖，木器漆器、文房四宝、古籍字画、玛瑙玉器、陶器瓷片应有尽有。鬼市的交易规则也很简单，不买别问，问了就得还价。价钱双方接受立马成交，钱货两清，真假不包，离场概不负责。

关于鬼市名称的来历，有两种说法：一是说市场有鬼，来历不明、非法的东西多，来这里淘宝的人自然心怀鬼胎；二是说半夜开市，天亮即散，见不得光，就像鬼魂一样来无影去无踪。

鬼市只在每周六晚开市，究竟是何时冒出来的，何时形成规模，无人说得清。鬼市上流传着各种真假莫辨的传奇故事：有人花二百元买了一张民国老房契，半年后转手卖了三十万；有人花五十元买了一个青花大盘，经专家鉴定是元至正青花瓷……

“老板，要不要看看，十元一件随便挑。”一个头戴矿灯的摊主向仇皓兜售，地摊上摆满了各种长着绿锈的铜钱和带有蓝色花纹的瓷片。仇皓充耳不闻，目不斜视，径直向前走去。仇皓在古玩行浸淫多年，地上那些破烂他看都懒得多看一眼，想在这种地方淘到真正的老物件，还不如去买体育彩票。

穿过大半条街，仇皓上了一辆银色五菱面包车。不到十分钟，仇皓从面包车上下来，再从原路返回。

目送仇皓的背影消失在熙熙攘攘的人群中，江枫和王三牛从黑暗中走出来。

江枫是土生土长的东风市土著人，却不知道这里还藏着一个如此繁荣的地下交易市场。王三牛咕哝道：“他半夜三更跑到鬼市来，啥都不买，上面包车是想干什么？”

“找车里人问问不就知道了。”江枫向面包车走去。

王三牛去拉车门，没拉开，江枫上去敲面包车驾驶室的玻璃。司机是个精瘦的中年男子，只把玻璃降下一条缝，警惕地打量二人，问：“你们找谁？”

江枫说：“找你。”

“找我？”那人错愕道，“小兄弟，认错人了吧？”

江枫拿出了警察证，举到他面前说：“警察，把车门打开。”

男子只好打开车门下车，他套着白色老头衫，沙滩短裤，脚上趿着人字拖鞋。王三牛上车看了看，里面没有别人，也没装货。

江枫问：“这是你的车？”

“是我的。”

“叫什么名字？”

“我叫老扁，这市场上的人都认识我，不信你们去问。”老扁赔着笑脸说。

“不用问了，相信你。”江枫问，“你是卖什么的？”

“不卖什么。”

“那你半夜跑到这儿来干什么？”

“我……”老扁顿时语塞。

“你半夜开个空车跑出来晃荡，肯定是准备装货，是想偷东西吧，你的同伙在哪儿？”王三牛不管三七二十一，先捏造个罪名套在他头上再说。

老扁苦着脸说：“警官，这市场上没一件真货，我偷回去也不值钱啊。”

江枫问：“刚才那个人找你是干什么的？”

“你是问仇老板……”老扁马上又闭嘴了，似乎发现说漏了嘴。

“少他妈啰唆，快说！”王三牛喝道，“我越看你越像做贼的，要是在这里说不清，就跟我们到局里说。”

“我说，我说。”老扁吓得一缩脖子，两手贴在裤腿上擦汗，“仇老板是想请我明天帮他拉一车货。”

江枫说：“你还是跟我们回局里说吧。”

“别，警官，我说。”老扁赶紧拱手求饶，“反正也不是什么大不了的事，我又没犯法。”

“说吧。”

“上个礼拜六晚上，有一个人来这里找到我，他有一件元青花梅瓶想出手，叫我帮他找买家，答应事成之后给我百分之五的提成。我联系了十几个圈内的人，叫他们今晚来鬼市看照片，只有仇老板一个人来了，其他人都没来，可能他们都认为瓶子是假的吧。”

“元青花？”江枫拧紧了眉头，“你见过那个梅瓶吗？”

“没见过，他只给了我一张照片。”老扁摇头道。

“光凭一张照片，你就敢帮人卖东西？”

“那个人说了，想看实物的可以到市博物馆去看，他手上那个与博物馆展出的元青花梅瓶是同款。”老扁狡黠地笑了笑，“从照片上看是一模一样，老实说我也觉得这个牛皮吹得有点大，不可能是真的。这种事反正是姜太公钓鱼愿者上钩，管他是真是假，只要能出手，我就能拿到中介费。”

这倒是大实话，江枫微微点头道：“照片呢？”

老扁回到车上，拿出照片交给江枫。江枫打开了手机上的手电筒，照片上的梅瓶的确与他在博物馆见过的挺像。三个月前，市博物馆新馆开张那天，江枫去国宝厅参观过，脑子里还有点印象。

江枫问：“那个委托人叫什么名字？”

“我也不知道。”老扁说，“我只见过他一次，干我们这行的虽说不犯法，但也见不得光，都没留电话。反正我每周六晚上都在这里，他想找我随时能找到。”

“仇老板今天和你说了什么？”

“也没说什么，他就是反复看照片，问卖家想卖多少钱。”

“你怎么回答的？”

“我说卖家没报价，先看照片，有兴趣再看货议价。”老扁说完又补充道，“仇老板好像有点兴趣。”

“嗯。”江枫点了点头道，“驾驶证拿出来。”

老扁站着不动，苦着脸说：“警官，我知道的全都说了，绝无半句假话。”

王三牛瞪着眼睛喝道：“妈的，叫你拿驾驶证，听不懂吗？”

老扁吓得一哆嗦，只好再回车上把驾驶证找出来。驾驶证上的名字叫李灿玉，江枫拿手机拍下名字和身份证号码，把驾驶证还给了他。江枫记下了他的电话，扬起手里的梅瓶照片，说："李灿玉，这张照片我留下，有事再找你。"

"行，行，没问题。"老扁点头如捣蒜，可能他还在担心会被带到局里去问话，心里的一块石头终于落地，赶紧发动面包车走了。

时间到了后半夜，来鬼市赶集的人渐渐离开，王三牛的肚子已经咕咕作响了："老大，我知道一家的小龙虾很地道，离这儿不远，要不要去试试？"

"走吧，我也饿了。"江枫心情大好。

自从查明作案凶器之后，专案组就把仇皓正式纳入侦查范围，盯了一个星期，总算有点收获。

二人并肩向街口走去，两边的地摊上摆满了各种文玩古董，琳琅满目，乍一看还以为走进了博物馆的库房。王三牛看到一个铜香炉，古色古香，在昏暗的灯光下越发显得神秘。王三牛蹲下，把香炉拿在手上看。

江枫一把将他拽起，说："假的，别浪费时间。"

王三牛不服，说："万一被我捡到漏呢？"

"你为什么不去银行捡钱？"江枫嗤之以鼻，"人人都想来捡漏，人家天天在这儿挖坑，还想捡你的漏呢。"

"你说这鬼市上全是假货，那为什么像仇皓这样的专家也来呢？"

江枫顿时怔住，仇皓应该心知肚明。假如卖家出手的真是与博物馆的梅瓶同款，那就是国宝级文物，怎么可能会在这种地方出手？江枫又想起，在仇皓的古玩店里也有一组仿古梅瓶，和博物馆展出的国宝一模一样。

仇皓似乎对那组元青花梅瓶有着非同寻常的兴趣。

江枫苦苦思索，猛地看到一个熟悉的背影，在人群中一闪而过——茅跃进？

.15.
失散的梅瓶

8月6日，每逢周一，是博物馆闭馆的日子。

下午4点多，国宝厅空荡荡的，灯光只开了一半。仿佛刚结束了一场盛大的演出，落幕后的舞台，静谧中透出几许神秘。展厅正中央，五个元青花梅瓶伫立其中，它们是这个舞台当仁不让的主角。

茅跃进背着双手，微弓着身子，专注地盯着面前的元青花云龙纹带盖梅瓶，已进入物我两忘的境界。橘黄色的灯光照射在瓶身上，散发出沉静的光泽，像一个洞察世事的长者，拈花微笑，含而不露。

茅跃进围着展柜缓缓地转动，完全感觉不到脚步在挪动，直到目光在瓶身上三百六十度扫描完毕，再走向下一个。全部看完，从头再来，仿佛永远都看不够。

这五个元青花梅瓶，是东风市博物馆的镇馆之宝，茅跃进看过无数次了，每一个瓶子上的图案细节都背得出来。他热爱文物，就像鸭子喜欢水一样。每当心情不好的时候，只要看见这些宝贝，所有的烦恼和委屈就都烟消云散了。

茅跃进节假日几乎不休息，在外人看来，他是为事业献身的工作狂。热爱工作固然不假，另一个重要原因却不为外人所知，他和妻子感情一直不好，不愿回家。二人性格不合，爱好不同，三观不一致，仿佛是来自两个星球的物种，因为时空错乱误打误撞走到了一起。

当初为什么会和那个人结婚？几十年过去了，茅跃进想起这个问题依然感到莫名其妙。

茅跃进是那种感情不丰富的人，一辈子只谈过一次恋爱，结过一次婚。他几乎将所有的注意力都倾注在文物上面，对女儿的学习和成长很少过问，家里的事情都是妻子在操持。他也反思过，是不是对家人太冷漠了，却无力改变。茅跃进主动交出了工资卡，顺便把家庭责任也交出去了，他平时出去做讲座、给别人鉴定文物会有些收入，足够买烟和零花。

爱情多半是不成功的，要么未成眷属想死了，要么终成眷属烦死了，茅跃进属于后者。妻子是中学教师，几年前就退休了。年轻时，吵架是他与妻子唯一的沟通方式，不幸的是，到后来连这仅有的联络渠道也关闭了——吵架的兴趣都没了。

当初没有离婚，是考虑到对小孩的伤害太大，茅跃进早就想好了，等女儿成家后马上就离。他猜，妻子多半也是这么想的。真到了那天，他却惊奇地发现，竟连离婚的激情都没有了。夫妻二人加起来都一百多岁了，还能怎样，凑合过呗，混一天算一天。

女儿也对这个不负责任的父亲心生怨恨，几乎不和茅跃进说话。女儿大学毕业后远嫁到南方沿海城市，家里就只剩下茅跃进和妻子，二人见面无话可谈，反而尴尬。茅跃进干脆以馆为家，与其每天忍受那张冷漠的脸，不如去和他的那些宝贝做伴。茅跃进深信，每一件文物都是有生命和个性的，它们虽然不会说话，但是心灵可以互通。

今天是闭馆日，不接待参观游客。考虑到文物安全，展厅在设计装修时就把所有窗户都封死了，空调没打开，室内空气闷热。茅跃进平时不爱运动，也不锻炼身体，正好借机会出出汗。

眼睛有点累了，茅跃进点着了一根烟。看着这些宝贝，想起这些年走过的路，他心里闪过一丝安慰。

在新馆落成之前，知道这批国宝存在的人少之又少，有幸能目睹的更是凤毛麟角。东风市博物馆老馆建于二十世纪七十年代，建筑结构和硬件设施都不能满足国宝展出条件，为了确保这五个梅瓶的绝对安全，他们只能把国宝深藏于地下，并对外严格保密。

库房建在地下三米深的位置，由钢筋混凝土浇筑而成，墙体厚达一米，抗震防爆防盗。库房安全门有三把钥匙，由馆长、副馆长、保管员分别掌管，只有三把钥匙同时到齐，才能开启安全门。

每周两次的例行文物安全检查，只能由固定的专人进行，每次都要签名并登记进出时间。其他人要进入地库程序更加严格，必须经过层层审批，然后由三个掌管钥匙的人同时到场，才能打开地库的大门。

在铜墙铁壁的重重保护之下，这批国宝在地下一藏就是十几年。文物是安全了，茅跃进却开始思考另一个问题：难道要让这批国宝藏在地库中永不见天日？那它们存在的意义是什么？

正在此时，国家文物局开始大力提倡“加强保护利用，让文物活起来”，指示各级文化部门要充分发挥文物作用，让更多人享受文化成果。茅跃进热血沸腾，感觉到东风已到，此时不干，更待何时。

要让文物活起来，先要把文物亮出来。茅跃进下定决心，要拆掉这些铜墙铁壁，让每一个人都能目睹国宝的风采。可行办法只有一个：建设现代化新馆，将国宝移入展厅。

为了筹建新馆，茅跃进倾注了全部心血，这个过程并不顺利。他向上级主管部门打报告，陈述建设新馆的重要性和必要性，刚好那届的文化局长快到退休年龄，态度暧昧，既不反对也不赞成。茅跃进并不气馁，联合其他专家继续呼吁，四处奔走争取专项资金。领导换了好几茬，历尽波折，新馆终于建成，可新的问题又出现了。

在专家论证会上讨论布展方案时，围绕国宝展出的问题，有几个专家提出建议：那五个元青花梅瓶展出复制品就可以了，反正可以做到一模一样，这样既能满足人们的参观需求，又可以确保文物安全。对于这个“两全其美”的馊主意，茅跃进毫不留情地予以痛斥，坚决反对。

“安全出了问题谁负责？”一个头发花白的老专家质问。

“我负责！”茅跃进的回答掷地有声。

无论国宝损毁还是被盗，都是他这个馆长的责任，与别人无关。展出复制品其实是帮茅跃进减少责任和风险，既然馆长自己都不在乎，别人也就不跟他争了。最终，专家组采纳了茅跃进的意见，全部展出真品。

裤兜里的手机响了，把茅跃进的思绪拉回现实。茅跃进掏出手机，手伸到最远才能看清屏幕，是门卫室的保安老姜打来的。

“茅馆长，门口有两个人要见你，说是刑警队的。”

“你把他们带到二楼国宝厅来，我在这里等。”茅跃进看到老姜的电话，就猜到是江枫到了。午饭之前，江枫给茅跃进打了电话，约好下午过来参观。安防是博物馆的重中之重，即使是闭馆日，安保措施和开放日同样森严。楼下还有几道紧闭的安全门，保安不开门，外人根本进不来。

不到十分钟，就听到门外有人上楼梯的声音，老姜领着两个年轻人进了国宝厅。江枫和王三牛身着便衣，额头上都在冒汗。

“茅馆长，不好意思，闭馆日还来打搅您。”江枫爽朗地笑道，脸上带着歉意。

“不碍事，反正我也没什么地方可去，你们今天来得正好，没有闲杂人等。”茅跃进又转身吩咐老姜说，“麻烦你开下空调，灯光全部打开。”

老姜开了灯和空调，退出去了。

展厅内瞬间明亮起来，六个独立展柜一字排开，如同众星捧月。每个展柜都是直立的长方体，大小和三门冰箱差不多，白底蓝花的梅瓶当中站立，在灯光照射下，熠熠生辉。即使隔着厚厚的防爆防弹玻璃，人依然可以感受到它们强大的气场。

江枫说：“前几次走得匆忙，都没来得及听您细讲，今天刚好没什么事，就想到您这儿来补补课。”

茅跃进摊开手掌做了个“请”的手势，向最头上的展柜走去，江枫和王三牛紧跟其后。

“我们先看这个元青花云龙纹带盖梅瓶，短颈，丰肩，带盖，圆鼓腹下收，矮圈足稍稍外扬，纹饰为九层，画的是云龙纹，表面光洁滋润，造型饱满，雍容华贵。这五个梅瓶的造型和绘画风格都相同，是成套器物，只有瓶身表面画的图案不同，其中四个是云龙纹，另一个是缠枝牡丹纹。这套梅瓶从器型、绘画、胎土、釉色看都是元代的典型特征，属景德镇元青花的代表之作，存世量极少，是当之无愧的国之瑰宝。”

“看起来像花瓶嘛。”王三牛小声咕哝，天知道他听懂了多少。

“梅瓶是盛酒容器，所以上面会有个盖子，起密封作用。”茅跃进笑着解释。

“既然是装酒的，那就应该叫酒瓶，为啥叫梅瓶呢？”王三牛打破砂锅问到底。

“小王，你这个问题问得好！”像这么低级幼稚的问题，茅跃进回答过无数次了，说梦话都不会说错。出于对客人的礼貌，他每次都必须假装对这个问题感到很新鲜，仿佛是第一次回答："梅瓶最早出现于唐代，宋代俗称'经瓶'。梅瓶的口径很小，古人文雅，认为与梅之瘦骨相似，后来就称其为梅瓶了。"

江枫抱着胳膊，凝神倾听，不时地点头。他把目光投向了第六个展柜，里面是空的："第六个梅瓶在哪儿呢？"

茅跃进说："老实说我也没见过。"

江枫有些意外："那您怎么知道还有第六个？"

茅跃进没有直接回答江枫的问题，指着元青花云龙纹带盖梅瓶的底部说："你仔细看这里，瓶底写了个'乐'字。"

江枫走进展柜，顺着茅跃进手指的方向，弯下腰去看。梅瓶下面支了一面小小的反光镜，正好能照见瓶底露胎的地方，上面果然有个黑色的"乐"字，毛笔写的。江枫说："没错，是写了字，您不提醒，我还真没注意。"

茅跃进说："再往上看，这个瓶盖的内壁也有个'乐'字，现在没法打开瓶盖，所以看不到。你看古人多聪明，在看不见的地方写两个字就能起到标记作用，表示这个瓶盖和瓶身是配对的，在使用的时候就不会弄错，免得张冠李戴。另外四个梅瓶，也都在同样的位置写了字，分别是'射''御''书''数'。"

"有什么特殊含义吗？"江枫微微皱了下眉，他完全看不懂，感觉像是一套密码。

茅跃进说："'养国子以道，乃教之六艺'，这是《周礼·保氏》里写的。礼、乐、射、御、书、数，就是古代说的六艺。礼，是礼节，道德；乐，是音乐，基本的艺术修养；射，就是射箭，武艺；御，是指驾御，驾御战车或马车；书，是指书法；数，就是算数。古人认为，一个人掌握这六艺，就可以称得上全才。"

“什么六艺全才，”王三牛做恍然大悟状，“不就是德智体美全面发展的四有新人吗？”

茅跃进呵呵笑道：“可以这么说。”

“我明白了。”江枫微微点头，“六艺之中已经有了五艺，说明这套梅瓶应该是六个，现在展厅里的五个梅瓶分别对应的是乐、射、御、书、数，最后那个没现身的，就是礼字梅瓶。”

茅跃进向江枫投去赞许的目光，说：“没错，就是这个意思，很简单吧？”

依次把五个梅瓶都看完了，江枫又问：“那这五个梅瓶是怎么来的呢？”

“到我办公室去喝茶吧，我们慢慢再聊，反正国宝你们都看了。”茅跃进已站得两腿发酸，到底是上了年纪的人，岁月不饶人。

茅跃进又给保安老姜打了个电话，叫他上来关灯锁门。三人从展厅出来，穿过一片空地，向后面的一幢红色三层小楼走去。外面起了风，垂柳柔软的枝条在风中摇摆，人走出来顿觉凉爽。七八月的天气就像小孩子的情绪一样不稳定，江枫来的时候还晴空万里，转瞬间天空就乌云密布，眼看暴风雨就要来了。

办公楼在陈列展览大楼后面，相隔二三十米，茅跃进的办公室在二楼。

三人在茶几前对面而坐，茅跃进冲洗茶具，泡了一壶狗牯脑茶。喝完两杯茶，江枫说：“茅馆长，给我们讲讲梅瓶的来历吧。”

茅跃进点上一根烟，眯起小眼睛，打开了记忆的仓库：

“那是在十五年前，好像是在国庆节前后吧，具体日期记不准了。有一天上午，《东风日报》有个记者来馆里采访，我正在办公室接待记者，保安进来说，外面来了几个人，一定要见馆长。我就吩咐保安，让他们到我办公室来。”

“过了几分钟，保安领进来四个年轻人，看衣着打扮像农民工，都在二十岁左右。其中一个人手里提了两个蛇皮袋，拿出五个梅瓶，我一看就知道是元青花，高兴坏了。他们说是在工地上挖地基时挖到的，看起来像古董，应该献给国家，又不知道往哪儿送，所以就送到博物馆来了，还问我收不收。送上门的国宝，我能不收吗？”

茅跃进呷了口茶：“旁边的记者也很兴奋，无意中捡到一条大新闻，现场就采访起来。那几个人都不善言辞，简单谈了几句就说工地上有急事，放下瓶子匆匆忙忙就走了，留都留不住。”

江枫听得很仔细，他原来猜想，这批国宝的来历肯定非常传奇，没想到竟如此简单。江枫问：“挖到梅瓶的工地在哪儿？您去过现场吗？”

“说来惭愧，我当时的注意力全在瓶子上，连他们的名字都没记下，只留了一个传呼号。等我第二天反应过来，再打那个传呼时，那个号码就欠费停机了。”

“传呼？”江枫似乎在哪儿听过这个名词，却又想不起来到底是什么。

“对，就是传呼，又叫BP机。”茅跃进笑道，“你们年轻人可能不知道，那时手机刚出来没几年，买得起的人不多，大部分人都用传呼机。”

“后来找过那几个人吗？”

“后来传呼台都没了，上哪儿去找？”茅跃进苦笑道，“年初国宝正式展出之前，省电视台想策划一个‘十五年再聚首’的节目，电视上发了寻人启事，希望当年那几个献宝人主动与节目组联系，并呼吁知情人提供线索。结果一个都没找到，节目也没办成。”

“您刚才说，当时您办公室还有个记者，采访过那几个献宝人？”

“没错。”茅跃进点头道，“我记得是《东风日报》的记者，后来报纸上还发了一篇报道，我看过。”

“咱们馆里留了那份报纸吗？”

茅跃进摇头道：“这么多年了，办公室搬了好几次，找不到了。”

“那个记者叫什么名字？”

“早忘了。”茅跃进答得干脆利落，忽然问道，“你怎么突然关心起这几个瓶子来了，前两次来你好像都没这么浓厚的兴趣啊？”

“不瞒您说，前天晚上我在鬼市看到您了。”江枫不想撒谎，干脆打开天窗说亮话。

茅跃进愣了一下，很快就恢复了笑容，说：“不愧是刑警，我还以为自己做得够隐秘，你们不是在悄悄监视我吧？”

“我们是去调查一个案子，无意中看到您。”江枫笑着解释，从包里拿出一张梅瓶照片，递给茅跃进，“您看看这个。”

茅跃进戴上老花镜，仔细看了看，表情凝重起来，“你是从哪儿找来的？”

“前天晚上在鬼市找到的。”

“从照片上的纹饰来看，这个瓶子很可能与国宝厅展出的那组梅瓶是成套器型。”

江枫心里一惊，说：“您的意思是说，这可能就是咱们馆里缺失的那个‘礼’字梅瓶？”

“对。”茅跃进点头道，“不瞒你说，前天晚上我就是为这个瓶子去的，不过有点可惜，我没见到中间人。”

茅跃进说的中间人，自然是指开面包车的老扁。那天晚上老扁被江枫审问一通后，吓得屁滚尿流跑了，茅跃进去得晚，自然见不到人。

江枫基本弄明白了，问道：“像这种级别的文物出现在鬼市的可能性有多大？”

茅跃进说：“几乎为零。”

“那您为什么……”

茅跃进摘下老花镜，说：“前几天，一个朋友告诉我，有人想在鬼市出手一个梅瓶，据说就是那个未现身的‘礼’字梅瓶。他根本不信，也是随便说说而已，其实我也不信，但还是忍不住好奇想去看看。这么多年我一直在追查‘礼’字梅瓶的下落，都怪我当年太粗心，如果能找到那几个献宝人，也许它早就回归了。”

江枫拧紧了眉头，说：“这就奇怪了，我们正在调查的一个嫌疑对象，对这个‘礼’字梅瓶也特别有兴趣。”

窗外划过一道闪电，照亮了三个人的脸，紧接着就听到一声炸雷，震耳欲聋。

天昏地暗，狂风肆虐，雨声由远及近，像千军万马压过来。外面下起了暴雨，江枫和王三牛想走也走不了了。茅跃进把茶壶里的残渣倒掉，清洗茶具，换上新鲜茶叶，重新烧水沏茶。

王三牛说：“茅馆长，有个问题我憋了很久了，说出来您别笑话我。”

“但说无妨。”茅跃进挥动夹着烟的手，做了一个“请”的手势。他说话时半文半白，可能是研究历史文物看多了古书，不知不觉受了感染。

王三牛问：“文物和钱是什么关系？是不是越贵的文物越有价值？”

“你这个问题问得好。”茅跃进这回说的是真话，“用金钱来衡量艺术的价值，的确是非常庸俗的事情，但是到目前为止，全世界都没有找到比金钱更统一直观的衡量方法。我们不要小看钱的作用，金钱是人类历史上最伟大的发明之一，假如没有钱，可能我们还活在以物易物的原始社会。”

茅跃进穿着米白色中式对襟衬衫，可能是同文物接触时间长了，随着年龄增长，气质也越来越像一件古董，看不见半点锋芒，却有一种强大的气场。江枫听得心悦诚服，没想到茅跃进不仅学识渊博，对世事也看得如此通达。

王三牛刚才的问题，其实也是江枫心中的疑问，却不好意思问出口。王三牛心直口快，说话没那么多顾虑，这方面江枫自愧不如。

茅跃进的话匣子打开，就再也关不住了：“当然，钱在艺术面前永远是要低头的。钱跟钱相比，钱多的就牛，钱在手艺面前就牛不起来了，因为有钱也不一定能买得到手艺。手艺与艺术相比，手艺又差了好几个等级，手艺是可以通过刻意练习得到的，而艺术还需要灵感和创造力。你钱再多，在艺术面前也不得不谦虚。”

犹如醍醐灌顶，江枫感觉今天真是大开眼界。窗外雨打芭蕉，屋内红泥煮茶，正适合清谈。江枫见茅跃进谈兴正浓，赶紧拿起公道杯，给他面前的小茶杯续水，说：“文物和我们的生活好像关系不大，那保护文物的意义是什么呢？”

茅跃进问：“你们警察办案，最重要的是什么？”

江枫说：“当然是证据。”

“小江，如果我没猜错的话，你的名字是出自那首唐诗吧？”

“月落乌啼霜满天，江枫渔火对愁眠。姑苏城外寒山寺，夜半钟声到客船。”江枫几乎不经过大脑就能背出来，这是他学会的第一首唐诗，三岁就能倒背如流。

“张继这首《枫桥夜泊》还入选了日本的小学课本。”

“听说过。”江枫笑着点头，内心充满自豪，仿佛自己得到夸奖一样。

“你知道这首诗的另一个版本吗？”

“还有什么版本？”江枫还是头一回听说，心中不禁好奇。

茅跃进轻声吟诵起来：“叶落猿啼霜满天，江边渔父对愁眠。姑苏城外寒山寺，夜半钟声到客船。”

江枫在心里反复默诵，仔细比较，前两句不同之处竟有四字之多。

看着江枫错愕的表情，茅跃进说：“你可能在想，是不是哪个诗词爱好者杜撰出来的？”

“难道不是吗？”江枫反问。

“这四句诗题在金代的一个瓷枕上，全称为‘白地黑花题诗孩儿枕’，出自磁州窑。这个瓷枕现在陈列在上海博物馆，说明至少从金代起《枫桥夜泊》就存在另一个版本。所以，保护文物的一个意义，就是保存文化传承的证据。”

江枫心服口服，连连点头。

茅跃进又点着了一根烟，说：“在灿若星河的唐代诗人中，张继算不上大家，传下来的诗作不足五十首。但是仅凭这一首《枫桥夜泊》，他就足以不朽。别看我们每天都在忙忙碌碌，好像做了很多事似的，其实真正标定你人生价值的，就是那么一两件事。年底我就要退休了，如果能在我的馆长任上把‘礼’字梅瓶找回来，我这辈子就算圆满了，死而无憾！”

江枫大为感动，没想到茅跃进还有一个这么强烈的心愿。到了他这种年龄，完全可以像别的单位领导一样，不求无功但求无过，安安稳稳地混到退休，拿着退休金去享受人生。而他即使只剩下最后一班岗，依然对那个失散的梅瓶念念不忘，令江枫敬佩不已。

暴风雨来得急，走得也快，雨声渐渐变得稀拉，直至归于平静。

二人起身告辞，茅跃进挽留道："都这么晚了，吃了饭再走吧，我叫食堂多炒两个菜。"

江枫说："谢谢！不用了，我们还要赶回局里。"

"那就不送了，有空常来。"

"请留步。"

茅跃进嘴上说"不送"，还是坚持把他们送到了楼梯口。

江枫和王三牛从办公楼出来，向博物馆大门口走去，车子停在大门外的停车场。地上积水横流，路面湿滑，他们随时要注意避让地上的积水，走得并不快。

"这事透着古怪。"王三牛嘟囔道。

"哪里不对？"江枫猜到他想说什么，却不急于点破，正好听听他的看法。

"你想啊，人都是会有私心的。"王三牛小心地跨过一摊积水，"一般人挖到宝贝，通常第一个念头是想据为己有。就算没办法拿走，被迫要献出来，那也是一件光荣的事情。这四个人倒好，跑去献宝却躲躲藏藏，好像干了一件见不得人的事。"

"也许他们真有什么急事，才匆忙离开的吧。"

"就算当时很急，事后还可以去博物馆申请奖励啊，可是这几个人献完宝后就彻底消失了。留了一个传呼号，还欠费停机，哪有那么巧？摆明了是假号码。"王三牛把心中的疑问一股脑倒了出来，感觉呼吸都畅快了不少。

"那你觉得是怎么回事？"

王三牛忽然停下脚步，说："有没有可能茅馆长讲了一个假故事给咱们听？"

江枫想了想摇头道："这种可能性不大。"

二人穿过博物馆大院，从门卫室出来。汽车往分局驶去，江枫按下了车窗玻璃。暴雨过后，空气湿润而清凉，江枫望着大街上霓虹闪烁，心绪不定。

"7·13"金店杀人案查到现在，几条线索都指向了仇皓。今天专程来拜访茅跃进，本是想了解元青花梅瓶的背景，没想到头绪反而更多了，那五个元青花梅瓶的来历竟然疑点重重，又多了一个未解之谜。

失散的"礼"字梅瓶出现在鬼市，不管这个消息是真是假，引起茅跃进的关注完全说得过去，仇皓为什么对它充满兴趣？邓文豪、仇皓、洛阳铲、梅瓶，这四者之间是否存在某种关联呢？

.16.

老照片

“假如有一天我不干警察了，就去当图书管理员。读书不要钱，还给你发工资，世上没有比这更爽的工作了。”在路口等红灯时，江枫对副驾驶座上的王三牛说。

“那多么没劲。”王三牛直晃脑袋，目光望向车外。一到夏天，王三牛就觉得眼睛不够用，两个眼珠子像雷达一样扫描横穿斑马线的清凉美女。

“你别小看图书馆，那是个藏龙卧虎的地方，莫言、比尔·盖茨还有少林寺的扫地老僧，都是图书管理员出身。”

“不好玩，我不想当大人物。”王三牛不屑道。

“你想干吗？”江枫斜了他一眼。

“如果不当警察，我就去丽江当流浪歌手，喝酒、唱歌、晒太阳、泡妹子……自由自在，无拘无束，过猪一样的生活，简直幸福死了。”王三牛一脸陶醉。

“你为什么不叫王三猪？”

“我本来就是属猪的。”

“难怪。”江枫恍然大悟。

此行的目的地是市图书馆。时间过去十五年，茅跃进的记忆就像打上了马赛克的岛国爱情片，最关键的地方都非常模糊了。即使是他现在能想起来的部分，也不一定靠谱。人的记忆是当下生成物，而非对早年事件的客观反映，受主观影响很大。即使已经成形的记忆仍有可能被篡改，随着时间推移和当事人的境况改变，人们会轻易地无意识地修正自己的记忆，而自己并不知道。

幸好当时还有个记者在场，据茅跃进回忆，这名记者事后写了一篇报道，刊登在《东风日报》上。如果能找到这篇报道，说不定会有收获，江枫决定去碰碰运气。

过了早间出行高峰期，交通还算顺畅，半个小时后，就看到东风市图书馆的大门。车子停进大院，江枫背了一个黑色登山包下车，里面装了面包和水，是为中午准备的口粮。

图书馆很大，走进去就感受到浓厚的书香氛围，进进出出的人很多，几乎听不到走路和说话的声音，似乎都被一种强大的气场震慑住了。也许人只有到了知识的海洋，才能真真切切感受到自己的渺小和无知吧，江枫想。

接待他们的是过刊部的谢主任，一个五十岁左右的谢顶中年人，胸前挂着蓝色吊牌。江枫出示证件后说明来意：“十五年前的《东风日报》能查到吗？”

谢主任面无表情道：“解放后的报纸我们这儿全有，你想查阅哪天的？”

“从9月1日至11月30日，这三个月的报纸都拿来，麻烦你了。”茅跃进说是国庆节前后，稳妥起见，江枫决定把查阅范围扩大，前后各延伸一个月。

谢主任用奇怪的眼神再次打量他们，说：“好吧，先办手续。”

办完查阅登记手续，二人跟着谢主任上了二楼。穿过长长的走廊，走到最里面一间的门口停下，蓝色门牌上写着“中外文过报刊查阅室”。谢主任拿出一大串发出叮叮当当的响声的钥匙，从中找到一把，插进锁孔转动两圈，吱呀一声门开了。

房间面积不到二十平方米，里面摆了几张浅木纹阅览桌和一些椅子。立式空调打开，一股灰尘味道扑面而来，看样子很久没人进来过了。

谢主任说：“你们在这里等，我去拿报纸。”

大约过了半个小时，谢主任把报纸取来了——用小推车推进来的，推完一车又推了一车。

“这么多，真要人老命。”王三牛脸上的肌肉抽搐了一下，打从娘胎里出来，他读过的所有报纸加起来也没这么多。王三牛终于读懂了谢主任开始那个古怪的眼神，分明是最深切之同情。

发黄的报纸堆成小山，全部用棉线装订，码放得整整齐齐。王三牛不知道，十五年前智能手机还未普及，微博要到七年之后才出现，微信则是十年之后的事了。那是报业最后的黄金时代，路上穿红马夹的报纸投递员比现在的外卖小哥还多，各家报纸都在拼命扩版，每天的报纸都是厚厚一沓。

“现在咋办？”王三牛看着堆成小山似的报纸，脸上露出绝望的表情。

“老规矩，结硬寨，打呆仗。”这么大的查阅量，江枫也有点出乎意料，却不能露怯，“一人一半，宁慢毋快，每一篇都要仔细看，漏掉了咱们就得重来一遍。”

“这是要当人肉搜索引擎。”

“少磨叽，抓紧时间开工。”

二人各占了一张桌子，开始埋头苦读。

江枫翻开第一张报纸，头版全是时政要闻，第二版是整版房地产广告：“耀江丽景湾——这里的花园没有四季！均价一千八。”江枫不禁有恍若隔世的感觉，半年前他陪一个同事去那里看房，均价已过三万。

江枫看了一眼王三牛，他已完全进入工作状态，这人虽然牢骚不断，真要干起来却一点儿不含糊。江枫暗暗给自己鼓了鼓劲，深吸一口气，摒弃杂念，一头扎了进去。

时间静静地流逝，转眼就到了中午，啃完面包继续干。水喝光了，好在图书馆可以免费续水，不用出门去买，节约了不少时间。两个人的进度都差不多，快到下午4点时，还没看完三分之二。

“妈了个巴子！”王三牛噌地蹿到了椅子上，挥舞双手跳起了桑巴舞。

江枫知道有了，赶紧冲了过来。那是一张9月26日的报纸，第32版右下角登了一篇报道，标题为《四农民工向东风市博物馆献宝》：

9月25日上午，市博物馆迎来了四名特殊的客人，他们带来了五个青花梅瓶。经专家初步鉴定，这五个梅瓶为元代瓷器，属珍贵文物。四名献宝人均为本市农民工兄弟，据悉，他们在建筑工地开挖地基时发现这批文物，立即保护起来并主动送到市博物馆。该馆茅跃进馆长告诉记者，博物馆会将这批文物永久收藏，并呼吁广大市民，地下文物属国家所有，任何人发现文物不得私自侵吞，应妥善保护并及时报告文物主管部门。（本报记者 李刚）

逐字看完全文，江枫重新坐到椅子上，揉了揉酸痛的脖子，不禁大失所望。费了九牛二虎之力，就找到这么小一个豆腐块，加起来不到二百字，而且有一半是没用的套话，几乎没什么有价值的信息，里面报道的内容，茅跃进都说过了。

复印了报纸后，二人走出图书馆。

王三牛愤愤不平地说：“这个记者也太不像话了，假如我是社长，直接放他十年长假。就写了这么一丁点，妈的，还没老子的鸡鸡长。”

“别吹牛。”江枫瞪着眼睛看他，表示不信。

“这个记者太不负责任了。”王三牛把今天的失利都归咎于记者偷懒。

“新闻与古董刚好相反，一个是越新越好，一个是越老越有价值。过期的报纸基本等同于废纸，记者也没有未卜先知的本领，怎么知道十五年之后还有人看？”说着江枫突然停住脚步，“咱们还得去报社走一趟。”

“咋的，还看报？”王三牛已成惊弓之鸟，听见“报纸”二字就恐惧。

“找这个人。”江枫扬起手里的报纸复印件，指着记者李刚的名字说。

天气热得人都想一丝不挂。

江枫和王三牛从地铁站出来，立即被热浪包围，仿佛走进了太上老君的炼丹炉。正午的阳光火力全开，晃得人睁不开眼睛，王三牛不禁有些后悔，没有把车上的墨镜带来。地铁站口横七竖八地停着几十辆橙色的摩拜单车，二人各自拿出手机扫码解锁，踩着自行车，向目的地骑去。

他们上午先到了报社，找了好几拨人，才了解到李刚在十年前就退休了。问到李刚的电话后，江枫立即和李刚联系上了，约好下午3点钟见面。李刚住在一所高校老校区的教职工宿舍内，江枫在手机上查了地图，这个校区附近正好是地铁站1号线的终点站。

十多分钟后，就进了学校大门。一条正对着校门的林荫大道把校园分为左右两半，马路两旁是高大苍劲的法国梧桐，枝繁叶茂，把阳光遮得严严实实。从树龄和四周的建筑风格看，学校的历史可能有上百年。

穿过中心大道，向右转，马路随即变窄，一路都是向上的缓坡，骑行变得更加吃力。骑到坡道的尽头，就看到几栋灰色的老式宿舍楼。此地绿树掩映，极为幽静，江枫支好自行车，用手背擦了擦额头上的汗，不禁心生羡慕，真是个养老的好地方。

走到402室的门前，江枫按响了门铃。朱红色的防盗门开启一条缝，露出一张老年人清瘦的脸，目光和善。

“您好！请问是李刚老师吗？”看到他的样子，江枫已猜到八九分。

“是我。”

“我叫江枫，刑警队的，上午给您打过电话。”江枫把证件递了进去。

“进来坐吧。”李刚取下门锁上的安全链，拿出两双拖鞋。

李刚个子不高，身材瘦小。二人刚在客厅的仿红木沙发上坐下，李刚就端出了冰镇西瓜，热情招呼道：“小伙子，天气热，吃点西瓜解暑。”

江枫颇感意外，赶紧起身致谢道：“谢谢，您太客气了！”江枫外出走访办案，早就习惯了当事人充满戒备或冷漠的脸色，像这么热情的还是头一回遇到。

江枫拿起一片西瓜，顺便环视四周，两室两厅的房子，面积不大，室内的装修风格看起来年代久远，但是收拾得井井有条。“李老，您这里环境真好，简直是世外桃源。”第一次进到陌生人家里，先夸一夸人家的房子，会让你和主人的沟通变得更加顺畅，这是一个前辈告诉他的经验。

李刚在旁边的单人沙发上坐下："房子是老伴单位分的，我也是看中了这里清静，舍不得卖，就留着自己住了。儿子在新区买了洋房，几次动员我搬过去和他们一起住，我才不愿跟年轻人混在一起，免得互相看不顺眼。"

"您还坚持读书看报？"江枫注意到电视柜上高高摞起的报纸，分门别类，叠得整整齐齐。

"我订了七八种报纸，每天都要看，就是眼睛不如以前了，看久了会疼。"

"其实您可以用手机看新闻，更方便。手机上还有很多音频节目，坐着听躺着听走着听都行，还不费眼。"

"改不掉啦。"李刚脸上带着些许自嘲，"我在报社干了一辈子，退了休也没什么事，每天不看看报纸、闻不到墨香味心里就不踏实。你们年轻人肯定会觉得我们这些老家伙顽固不化吧？"

"怎么会？像李老这么敬业的老报人越来越少了。"

江枫一口一个李老，李刚显然大为受用，脸上的皱纹都挤到一起去了。

吃完西瓜，江枫从包里拿出报纸复印件，问道："李老，这篇报道您还有印象吗？"

李刚走进书房，拿出折叠老花镜，再回到座位上，认真阅读起来。过了几分钟，李刚抬起头，目光越过镜框看着江枫，说："有点印象。"

"当时是什么情况？"

"那年市里新调来了个宣传部长，文人出身，对传统文化特别重视。报社马上召开选题策划会，贯彻落实部长的重要指示，准备写一组关于东风市历史文化的稿子。我是跑文化口的老记者，各个文化口子都熟悉，所以这个任务就落到我身上了。”可能是官样文章写多了，李刚说话时偶尔夹杂着官腔。

“所以您就去了博物馆采访？”

“是的。”李刚点点头，“那天上午我去市博物馆采访，当时还在老馆，馆长亲自接待了我，名字记不起来了。采访进行到一半时，来了四个农民工捐赠文物。他们带了五个青花梅瓶来，说是在工地上挖地基时挖到的，馆长非常兴奋，说是元代的东西。我也很兴奋，立即敏锐地意识到，这件事很有新闻价值。我马上采访那几个农民工，他们却互相推来推去，都不愿接受采访，然后他们留下梅瓶就走了。”

江枫笑道：“难怪稿子写得那么短，昨天我们在图书馆刚看到这篇报道时，还以为您偷懒呢。”江枫扭头看了王三牛一眼，心说错怪好人了吧。

“后来我才知道，那五个梅瓶都是国宝级的文物，连故宫博物院的专家都来鉴定过了。当你正在经历一件历史性大事件时，你本人其实是不知道的，要过很长时间才能认识清楚。那么好的一个新闻素材，我没抓住，让它从我眼皮底下溜走了。真可惜！”李刚一脸惋惜。

江枫身体微微前倾，问道：“您觉得他们是因为害羞不愿接受采访，还是想隐瞒什么？”

“可能是有什么难言之隐吧。我平常采访时，害羞的人也接触过不少，只要花点时间耐心引导，还是能顺利采访的。当时我就觉得这几个人有点怪怪的，所以对这件事情印象比较深。”

“这四个人的长相，您还有点印象吗？”江枫对这个问题不抱任何希望。

李刚缓缓地摇头道："过了这么多年，完全不记得了，我们接触的时间很短，总共不到半小时。我只记得都是二十来岁的小伙子，很年轻。"

"那您有没有留下他们的住址、电话等联系方式？"记者采访与警察调查走访本质是一样的，都是为了寻找真相，工作方法上自然会有共通之处。江枫换位思考，如果自己是记者的话，就算当时没法采访，也会尽量留下当事人的联系方式，方便以后补充采访。

"应该会留的。"李刚身体某个部位的开关仿佛被触动了，揉着太阳穴，低头冥思苦想起来，"想起来了，我确实留了一个号码，写在照片背面。"

"照片？"江枫的目光瞬间明亮。

"我给他们拍过一张合影。"

"您别急，慢慢说。"

"他们四个人急着要走，我说既然你们不愿接受采访，拍张照片总不难吧。他们不好拒绝，就勉强站成一排，和梅瓶照了一张合影。这张照片我本来是打算登在报纸上的，但是洗出来效果不好，就没登出来。"

"能找到这张照片吗？"十五年的时间跨度太大，江枫明知道这种可能性约等于零，还是抱着买彩票的心态试一试。

"我找找看，应该丢不了。"李刚沉吟道。

"那真是太好了！"江枫大感惊奇，感觉这老头就是少林寺的扫地僧，深不可测。

李刚从沙发上起来，走进书房。江枫和王三牛也跟了进去，李刚的书房更像是档案室，一面墙是到顶的实木书架，里面整整齐齐地码放着各种书籍资料。另一面墙是白铁皮做的档案柜，分门别类，都编了号。靠窗的位置摆了一张鸡翅木仿古书桌，上面摆着李刚年轻时的照片。

看着这满满一屋的资料，江枫叹为观止，说："您收集了这么多资料，真不简单。"

"我年轻时有一个梦想，打算退休后在家写小说，因此把所有的采访资料都收集起来了。"

"那您现在肯定是著作等身了。"

"说来惭愧，都是开了头，没有结尾。现在身体和脑力都一天不如一天，这辈子也就这样了，认命吧。"李刚一脸落寞道，"你们年轻人，有梦想马上就去做。千万别学我，蹉跎岁月，一事无成。"

"谨听教诲。"江枫连忙点头。

李刚从门口搬出一把红色人字梯，扶着梯子就要往上爬。江枫有点担心，说："李老，让我来吧。"

"放心，我这老胳膊老腿还行。"李刚笑道，"你上来也没用，找不到。"

"您慢点。"

李刚小心翼翼地爬上去，江枫在下面扶着梯子，心想他可能是退休生活太寂寞了吧。人只有感觉到被需要时，才能找到自己的价值和存在感。有一天，当你发现，没有你的世界依然运转自如，甚至比以前更好时，也许会无限失落。

李刚打开顶层的铁皮柜，抽出一个蓝色塑料档案盒，从梯子上一步一步退下来。吹掉档案盒上的灰尘，打开，从一堆照片中抽出一张四寸彩照。"没错，就是这张。"李刚满意地点点头，把照片交给江枫。

江枫走到窗户旁，那里光线更强，王三牛立即凑了上去。照片背面用黑色钢笔写了一个“127”开头的传呼号，二人哑然失笑。

再翻到照片正面，四个青年男子站成一排，前面的茶几上摆着五个梅瓶。照片已发黄，画面还算清晰，四个人都站得很随意，中间两个人一高一矮，高个子眼睛往下看，矮个子脸朝着左边，似乎是被人强行拉在一起拍的照。

江枫紧盯着中间两张青涩的脸，感觉似曾相识，虽然时隔十几年，但是面部轮廓和神态并未改变。江枫抬起头，蓦地与王三牛的目光相撞，二人不约而同地点头——中间这两个人分明是仇皓和邓文豪。

.17.

幽会

“快……快……我要死了！”

刘艾月两腿架在仇皓肩上，肆无忌惮地大呼小叫起来，呼吸越来越急促。仇皓闷声不响，专注地加速冲刺，很快就把她送上了云端。仇皓感到一阵头晕目眩，鼻腔里发出几声闷哼，一头栽倒在床上。

刘艾月把手放在仇皓结实的胸膛上来回摩挲，心满意足地看着床上的男人，脸上的潮红还未退去：“今天怎么这么厉害，差点被你弄死。”

仇皓笑了笑，不置一词，全世界的男人都希望得到女人这样的夸奖。

“为什么不说话？你好像心事重重的样子。”

“哦，是吗？”仇皓打着哈哈，刚才太投入，脑袋还是空的。

“你总是那么神秘，不愿讲就算了。”刘艾月不满地噘了噘嘴，“放心，我不会打探你的隐私。”

仇皓摸了摸她的头道：“说了你也不会明白的。”

互不干涉对方的生活，保持安全距离，这是他们之间的默契。刘艾月是个寂寞的漂亮女人，有一张性感的大嘴，身材保持得很好，看上去比实际年龄小得多。仇皓对她谈不上喜欢，也不讨厌。

仇皓从床上坐起，裹上浴袍，走到房间入口处的吧台倒了一杯凉开水，然后在靠窗的沙发椅上坐下。厚实的驼色窗帘，把屋内与外面的世界隔绝，让他感到安心。白色的床单上湿了一块，刘艾月已酣然入睡，发出均匀的呼吸声。

女人的直觉很可怕，仇皓以为自己隐藏得很好，没想到心里那点事还是被她看出来。

那天晚上从鬼市回来，仇皓刚入睡就被电话吵醒。

“妈的，你怎么把警察引来了？”老扁劈头盖脸问。

“警察？”仇皓大惑不解。

“你刚走几分钟，就来了两个警察，把老子当贼一样盘问。”

“是不是一胖一瘦两个二十多岁的年轻人？”

“你都知道了，还装什么傻？”老扁怒气未消，“你干了什么事与我无关，反正老子什么都不知道。这单业务我也不敢做了，以后咱们别再联系了，老子可不想吃牢饭。”不等仇皓回话，老扁就把电话挂断了。

仇皓惊出一身冷汗，顿时睡意全无。毫无疑问，自己被警察跟踪了，他仔细回想第一次与警察见面时说过的话，并无漏洞，警察为什么这么快就盯上了自己？不管怎么说，以后出门必须更加小心，今天晚上开车出门，他故意在街上绕了几圈，确定没人跟踪才踏进宾馆。

天没亮仇皓就醒了，身旁的刘艾月睡得很沉。仇皓没叫醒她，穿好衣服，轻轻地带上房门。走廊很长，四通八达，像迷宫一样，厚厚的烟灰色地毯踩上去让人感觉重心不稳，仇皓曾在这里迷过路。他小心地辨认墙上的指示牌，穿过长长的走廊，绕过电梯口，从安全通道走到地下停车场取车。

上午9点，仇皓走进影青阁。打扫完毕，他在茶桌前坐下，泡了杯绿茶。

他告诉自己要稳住，却总是心神不宁。警察既然已经找到了老扁，那天晚上的事肯定是瞒不住了，他们还掌握了什么呢？警察迟早会再来的，对于这点他不抱任何侥幸，必须提前想好对策。

正思忖间，有人掀开门帘进来，仇皓记得那张干净、充满朝气的脸，是上次来过的警察。仇皓立即打起精神，起身笑脸相迎。

“刚好在附近办事，没找到人，顺便到你这儿来看看。”江枫目光明亮，笑容灿烂地说。

“欢迎！”

江枫在圈椅上坐下，从包里掏出一串深紫色的珠子，说：“上周六在鬼市淘到一个手串，说是小叶紫檀，开价一千五，砍价砍到二百，我心里还是有点打鼓。仇老板是行家，帮我掌掌眼，看我买得值不值。”

仇皓把手串拿在手里，也没怎么细看，直接放到鼻尖下闻了闻，说：“假的，这个是用紫檀柳冒充的，最多值一百块。”

江枫懊恼道：“我掂在手里感觉挺沉的，以为差不了，没想到还是被坑了。”

“紫檀柳的颜色、纹路与小叶紫檀极为相似，密度也差不多，入水即沉，用常规的方法很难区分。不过要辨别也不难，这两种木材的味道不一样，下次你想买小叶紫檀，记得用鼻子闻就行了。”

“早向你请教就好了。”

“其实那天我也去了鬼市。”仇皓不相信刑警会有那么多闲工夫，没事跑到店里来请他帮忙看手串，与其等警察来发问，干脆自己先把这层窗户纸捅破。

“这么巧，你们做古玩生意的应该会经常去吧？”

“很少。”仇皓摇了摇头，“那种地方鱼龙混杂，全是地摊货。我是听说有人想出手一个元青花梅瓶，才跑去看的。”

“哦，看到了没？”江枫身体微微前倾。

"和你一样，也被坑了。"仇皓自嘲道，"只看到一张照片，一看就是假的，耽误我半夜没睡觉。我也是鬼迷心窍，早该想到，真正的元青花怎么可能会在鬼市出现？"

"连仇老板这样的专家都会上当，那只能说明这个梅瓶对你的吸引力太大，才导致判断力下降。换成别的东西，估计就骗不到你了。"

江枫明着赞扬，背后却暗藏机锋，仇皓怎么会听不出。

"也许吧。"仇皓打着哈哈，"江警官也不会经常去鬼市吧？"

"我是头一回去，活该被坑。"

"我同学的案子有点眉目了吗？"仇皓不想继续纠缠这个问题，适时转换了话题。

"一点头绪都没有。"江枫摇头苦笑，"可能以后还要多麻烦你。"

"其实我对他了解不多。"

"毕业之后你们会经常联系吗？"

"这个问题你上次问过了。"仇皓笑着提醒。可能这就是警察的问话技巧吧，他猜想。同一个问题隔一段时间再问，如果回答者说谎的话，一不小心答得前后不一致，就会露出破绽。

"你好像是说过，看来我真是忙晕了。"江枫尴尬地笑了笑。

"没关系，我再说一遍。高中毕业之后，我和邓文豪只见过两次，第一次是两三个月前在街上偶遇，第二次就是在他出事的前一天，那天下午他到我店里来喝过茶。"仇皓再次检查刚才说过的话，自信并无漏洞。

"对了，你们是在哪儿读的高中？"

"十七中。"高中是仇皓的最高学历，他永远都记得。

"毕业多久了？"

“二十年了，一眨眼就过去了，时间过得真快。”仇皓的目光有些游离，仿佛在喃喃自语。

江枫走后，仇皓走到博古架前，凝视那个仿古元青花梅瓶。

当他第一眼看到照片时，心里就怦的一下，直觉告诉他，就是它！他从未想过，有生之年还有机会见到这个梅瓶。然而，不到两个小时，梦就碎了。警察一介入，那个卖家再也不会出现了。

邓文豪会醒过来吗？警察说邓文豪认出了凶手，可能是在故布疑阵吧。

仇皓走进洗手间，拧开水龙头，双手捧起自来水胡乱地往脸上浇。水花溅在镜子上，他用手去擦，却怎么也擦不干净，镜子里模糊的人影在扭曲变幻，突然变成邓文豪那张松弛的大圆脸。

仇皓惊得后退一步，转而咧嘴一笑道：“邓文豪，你难道不该死吗？”

.18.
少了一个

第二天上午，江枫和王三牛到了东风市十七中。

因为是暑假，校园比平时安静得多，老师也是轮流排班。接待他们的是副校长熊伟峰，江枫简要说明来意后，熊伟峰一脸惊喜道："你们算是找对人了，我当年就是那个班的班主任。"熊伟峰五十多岁，头发自然卷，鼻梁上的近视眼镜往外翻，可能是镜片的度数不够。

"熊校长，没想到你记性这么好。"江枫心中暗喜，并不是每次出门都那么倒霉，偶尔也会有好运降临的时候。来之前他还有点担心，就算找到了当年的任课老师，可能也记不起来了，毕竟过了这么长时间。

"仇皓和邓文豪是我带的最后一届毕业生。"熊伟峰端起办公桌上的大号紫砂杯，喝了两大口，"说来也怪，我当了那么多年教书匠，那些认真学习的尖子生基本都忘了，反倒是几个问题学生令人难忘。"

"看来人还是不能太老实。"江枫笑着感叹。

"这两个人是不是干了什么坏事？"熊伟峰刚问出口，似乎觉得不妥，"好像我不应该打听吧？"

"一个小案子。"江枫不想说得太细，只好含糊其辞，"我们这次来，主要是想了解下这两个人在校时的表现。"

熊伟峰立即收敛笑容，坐直了身体："我把樊老师也叫过来吧，当年是我们两个搭班，我教数学，他教语文，有两个人互相补充会更清楚点。”熊伟峰抓起办公桌上的座机电话，拨通了一个号码。

副校长的办公室宽敞明亮，绿意盎然，发财树、绿萝、万年青长得郁郁葱葱，里面布置得跟小花园似的。江枫想起政协秘书长陈绍国的办公室，看来养花种草是中老年男人的标配。江枫不讨厌花花草草，却没耐心去照料，养过一些全都夭折，心里常怀内疚。也许年纪大了心境就会转变吧，不知道自己将来变成了大叔会不会有这种雅好，他想。

正思忖间，樊老师进来了，搬了一把椅子在旁边坐下。樊老师是个精瘦的中年男子，尖尖的下巴，脸膛黝黑，看上去比熊伟峰小几岁。听说对面坐着的是警察，樊老师有些拘谨。

江枫说：“熊校长，要不咱们先从仇皓聊起吧？”

熊伟峰双手抱着茶杯：“我教过那么多学生，什么样的人没见过，像仇皓这样的，还是头一次遇到。”

“哦。”江枫打开了记事本，放在膝盖上，“比如说？”

“我记得那年的高三上学期，新来了一个姓邹的英语老师，经常带着她的泰迪犬到教室来。有一次，一个叫余飞龙的同学上课捣乱，邹老师批评了他几句，可能言语有点过重吧。第二天，邹老师就哭着来向我告状，她的泰迪犬被人摔死了，挂在操场的球门框上悬尸示众。很多同学都看到是仇皓干的，学校研究后本来决定要开除他，后来是邹老师跑到校长办公室给仇皓求情，才没把他开除。”

江枫在记事本上写下“余飞龙”的名字。

一直没说话的王三牛忍不住插嘴：“这个邹老师真是菩萨心肠，换成我早让他滚蛋了。”

熊校长看了王三牛一眼，说：“当时我找仇皓谈过一次话，也是这么说的。我对他说，这次是邹老师宽宏大量，你才没被开除，以后要知恩图报努力学习，用优异的成绩报答老师。仇皓并没有表现出特别感激的样子，只是保证以后不会再欺负邹老师了。”

“原来是这样啊。”坐在旁边的樊老师恍然大悟道，“品行这么恶劣的学生，学校不仅不开除，连个处分也没给。我们这些老师背后议论时都感到兔死狐悲，校方不给老师撑腰，叫我们以后怎么敢管学生。”

“那件事情影响很大，我们也是不得已才向其他老师隐瞒实情的。”熊校长望着樊老师说，“事情都过去这么多年了，现在说出来也无妨，邹老师那么卖力地为仇皓求情，其实动机谈不上有多么高尚。”

江枫问：“这里面有什么隐情吗？”

“邹老师非常害怕，一旦把仇皓开除，可能会招来更大的报复，所以才为他苦苦求情。这种人惹不起就躲吧，只要拖到高三毕业，噩梦自然就结束了。”熊校长说。

“邹老师这么做，其实是为了自保。”江枫不禁唏嘘道。

“好笑吧？”熊校长满脸自嘲，“这么大一个学校，连一个差生都管不了，反而被学生要挟。”

江枫说：“这不奇怪，每种职业都有自己的难处。老师有教不好的学生，警察也有破不了的案子，没有谁是万能的上帝。”

熊伟峰连连点头道：“如果其他学生家长都有你这样的认识，我们的工作就好做多了。”

樊老师马上附和道：“学生写作文，一写到老师，就是燃烧自己照亮别人。每次看到我都汗颜，真没那么伟大。”

江枫发现话题正在跑偏，赶紧把缰绳拉回来，对熊伟峰说：

“方便把邹老师叫过来聊聊吗？”

“邹老师早就不在这里了，她后来考上了公务员，到广东上班去了。”熊伟峰把目光移向樊老师，问：“走了多久了？”

樊老师说：“有十几年了吧。”

江枫微微点头道：“熊校长，你刚才说，先是一个叫余飞龙的学生挨了老师批评，然后仇皓就替余飞龙出头，报复邹老师。这么说来，这两个人的关系应该非常要好吧？”

樊老师接过话头道：“没错，这两个人的关系确实非常好，都是‘五大金刚’的人。”

江枫望向樊老师，一脸疑惑地问：“五大金刚？”

樊老师说：“‘五大金刚’是一个组合，也不知道是谁给他们起的名字，学生都喜欢给别人起外号。这五个人都是校足球队的，听说还结拜了兄弟，平时同吃同住，形影不离，称霸校园，无人敢惹。”

江枫身体微微前倾：“哪五个？”

“仇皓和余飞龙都是，另外几个我就想不起来了。”

“邓文豪这个名字有印象吗？”江枫提示。

“对，对，邓文豪也是，你一说这个名字我就有印象了。”樊老师拍了下光光的脑门，突然大笑起来道，“这个邓文豪语文从来没考及格过，作文更是写得狗屁不通，偏偏起了个这么霸气的名字，笑死人。”樊老师讲得眉飞色舞，几个人都笑了。

“五大金刚”已确认三个，还差两个身份不明。江枫从包里拿出一张发黄的老照片，问：“樊老师，你看看照片上这四个人，有没有‘五大金刚’的人？”

樊老师看了看照片，眼睛望向熊伟峰，似乎在求助。熊伟峰接过照片，说："隔了这么久，样子倒真记不起来了，我看能不能找到那一届的毕业照，对比一下就知道。"

熊伟峰挪开椅子，走到文件柜旁蹲下，打开底层的柜门翻找起来。几分钟后，熊伟峰找出一张12寸的毕业照。照片塑封过，保存完好，画面很清晰，背面按站位顺序打印了每个学生的名字。

熊伟峰和樊老师仔细辨认后，认出毕业照站在最后排中间的五个男生就是"五大金刚"，这五个人的姓名分别是：熊超、邓文豪、仇皓、陈伯杰、余飞龙。再与江枫带来的照片进行对比，认出献宝的四个人是：熊超、邓文豪、仇皓、陈伯杰。

江枫记下名字后，合上记事本，问熊伟峰："这五个人的学籍档案能找到吗？"

"这项工作是我分管的，应该没什么问题，我来安排一下吧。"熊伟峰打了一个电话，然后吩咐樊老师去拿档案材料。

樊老师出去之后，江枫问："这五个人既然都住校，应该不是城里的学生吧？"

"这倒不一定。"熊伟峰说，"别看十七中现在的位置是闹市区，二十年前还是城乡接合部，住校生大多是附近农村的学生。也有一部分是附近企业的学生，家长没时间管，就让他们住校了。"

"毕业之后，你还听过他们的消息吗？"

"这五个人高考全部落榜，9月份他们又想来复读。我本来是打算收下他们的，但是学校坚决不收了，好不容易送走了这五个瘟神，哪敢再引狼入室，后来就不知道他们去哪儿了。他们班上组织过两次同学聚会，这五个人也没参加过。"

又聊了些教育方面的话题，大约过了半个小时，樊老师回来了，手里拿着五张学籍表复印件。江枫和王三牛交换眼神后，起身告辞道："多有打搅，给你们添麻烦了。"

"是我们的教育工作没做好，给社会添麻烦了。"熊伟峰一脸真诚。

江枫肃然起敬。他想起了《窗边的小豆豆》里的小林校长，不管在任何时代，无论哪个行业都有像熊伟峰这样的理想主义者。他们从事着最平凡的职业，却从未放弃心中的信仰，正因为有这些人的存在，社会才充满生机和希望。

回来的路上，"五大金刚"仍在江枫脑海里盘旋。这五个人形影不离，去博物馆献宝的却只有四个，唯独余飞龙不在其中。为什么少了一个？

江枫预感到，离真相越来越近了。

.19.

死亡密码

老大：熊超，5月10日生；

老二：邓文豪，7月13日生；

老三：仇皓，8月30日生；

老四：陈伯杰，9月13日生；

老五：余飞龙，9月16日生。

黑色派克笔在指间转动，江枫把目光从记事本上移开，轻轻地摇头。他对自己的字越来越不满意，用笔写字的机会越来越少，现在做笔录都要求电脑打印了，书写水平正在退化。好在是写给自己看的，不用拿出去献丑。

“五大金刚”的户籍资料已调出来了，都是本市户口，户籍信息与学籍档案完全吻合。这五个人是高中同班同学，同一年出生，年龄为三十八岁。

十五年前的9月25日，熊超、邓文豪、仇皓、陈伯杰四人把五个元青花梅瓶送到博物馆，然后匆忙离开。从此以后，这几个人就销声匿迹。

王三牛走了进来，看到桌上的名单说：“五大金刚形影不离，为啥去博物馆献宝的只剩了四大金刚？”

江枫说：“也许高中毕业之后，余飞龙就脱离了五人团队，没和他们混在一起吧。”

“这还说得过去。”王三牛点头道，“他们四人去献了宝，为啥不敢认账呢？”

“这才是问题的关键所在，疑点确实很多。”江枫若有所思。

王三牛看着江枫，等待他说出下文。

“有没有这种可能？”江枫来回走动两圈，举起手里的笔说，“这四个人其实是挖到了六个梅瓶，由于工地上看见的人太多，不敢据为己有，于是献出了五个，偷偷留下了一个。但是没想到，这六个梅瓶是成套器物，博物馆很快就发现少了一个。他们害怕追查，就再也不敢露面了。”

王三牛似乎受到启发，说：“说不定就是留下的这个梅瓶埋下了祸根，引发内讧，所以仇皓要杀邓文豪。”

“不排除这种可能。”江枫沉吟道，“仇皓和邓文豪几个人去博物馆送梅瓶是毕业五年后的事，说明他们高中毕业之后不仅见过面，而且长时间在一起。仇皓却故意隐瞒这段历史，明显是想撇清与邓文豪的关系。”

“邓文豪现在昏迷不醒，这事只有仇皓最清楚了，要不要继续跟？”王三牛指的是跟踪。

“再跟下去意义不大。”江枫说，“上次我们在鬼市跟踪，仇皓已经知道了，他现在非常警觉。”

王三牛脸上明显松了口气，悄悄尾随这种活脏累苦，像做贼一样，他是真心不想干：“那鬼市出现的‘礼’字梅瓶怎么解释？会是真的吗？”

“现在还不好下结论。”江枫起初和茅跃进的判断相同，根本不相信真正的“礼”字梅瓶会在鬼市出现。但是通过这几天的调查，发现仇皓竟然与那组梅瓶有如此深的渊源，江枫有点动摇了。

前两天，江枫又找老扁问过，但是一无所获。那个神秘的卖家也许是听到风声不对，再也没有出现过，这条线索基本上是断了。

“7·13”金店杀人案查到现在，初露端倪。邓文豪引来杀身之祸，很可能与博物馆的那组元青花梅瓶有关，他也是当年的献宝人之一。假如仇皓是凶手，那他的杀人动机是什么呢？如果能还原他们当年的经历，说不定能找出答案。

“五大金刚”中，邓文豪和仇皓的身份已经查明，另外三个人的身份还需要走访核实。

老大熊超登记的户籍地址是在本市一处高档住宅小区，老五余飞龙的户籍地址在清塘镇星光村2组，位于市郊农村。老四陈伯杰的户籍地址是东风市手扶拖拉机厂宿舍，这个厂子多年前就已倒闭，考虑到人员流动，找人可能会有点难度。

江枫决定分头行动，从易到难，先查熊超和余飞龙。只要先找到这两个人，再找老四陈伯杰就相对容易了。

当日上午，王三牛去调查熊超，江枫走远路，去调查余飞龙。

到达清塘镇派出所时，已临近中午，江枫找到带班副所长，说明来意后，所里派了一个年轻的外勤民警小汪协助他。二人先到一楼户籍室，查询余飞龙是否有前科，资料显示余飞龙并无违法犯罪前科记录。

小汪上了江枫的车，二十多分钟后，车子开进星光村委会院内。村治保主任也姓余，小个子，六十多岁，笑起来脸上的皱纹能夹住一支烟。

余主任的办公室似乎很久没打扫过了，地上到处是瓜子壳和烟头，桌面上能看见厚厚的一层灰尘。靠墙的电视柜上摆着电视机和影碟机，十几张光碟胡乱堆在那里，封套上全是不穿衣服的女子和不认识的日文。

江枫一度以为，只有年轻人有此爱好，看来这种爱好是不分年龄段的。江枫顺手拿起一张光碟，笑道："余主任，借两张给我看吧？"

余主任倒是一点都不尴尬，大方道："喜欢就随便拿，反正我都看完了。"

开完了玩笑，初次见面的陌生感马上消失。江枫在沙发上坐下，拿出一张户籍登记表，问："余主任，这个人你熟悉吗？"

"余飞龙……"余主任拧紧了眉头，目光从斜上方的窗户飞出去，开始在记忆的仓库里搜索。

江枫提醒道："他的父亲叫余腊根，母亲叫万荷花。"

"你说大人的名字我就知道了。"余主任紧皱的眉头顿时舒展开来，"他们家只有一个儿子，肯定就是这个余飞龙了，你不说我都差点想不起来了。"

"余飞龙在家吗？"

"不在。"余主任摇摇头道，"很多年没见过他了。"

"他家里还有什么人？"

"一个都没有。"

"什么情况？"江枫看着余主任。

"这家人挺可怜的。家里很穷，余飞龙很小的时候，母亲就离家出走，家里就剩了两个男的。余飞龙高考落榜后外出打工，刚开始那几年每次过年都会回来，以后就再没回过家。余飞龙的父亲前年得病死了，余飞龙也没回来，还是村委会出钱帮忙安葬的。"

"你有多久没见过余飞龙了？"

余主任想了想，说："起码有十几年了吧。"

江枫问："他这么多年在外面干什么？你有没有听到过什么消息？"

"余飞龙刚出去打工那两年，每次回家都穿得很洋气，看起来像是赚了大钱。村里几个后生都很羡慕，想跟着他出去发财，问他在外面做什么，他什么都不说。”余主任似乎想起了什么，“他是不是在外面犯了法？这么多年没见他回来过，我们都以为他死在外面了呢。”

江枫不想回答这个问题，转而问道：“他家的房子还在吗？带我去看看。”

“行。”余主任抓起钥匙，站了起来。

三人走出办公室。余主任骑上电动车，在前面带路，江枫和派出所的小汪开车，跟在后面。从村委会出来，转了几个弯，走过一段狭窄的碎石路面，就看到一个小村子。

车停在村口，下车步行几分钟，走到一幢破败的老房子前，余主任说：“这就是余飞龙家。”

那是一幢很老的砖瓦房，已经倒塌了一半，门前长满了齐膝高的野草，荒凉的气息扑面而来。江枫在屋里屋外转了两圈，拿出手机拍了几张照片就回去了。

把小汪送回派出所，已到了下午两点多钟，江枫在路边找了家小餐馆，点了一碗榨菜肉丝汤面。面条煮熟还需要几分钟，江枫拨通了王三牛的电话，没等他开口，王三牛抢先说话了：“老大，我正要给你打电话呢，你那边咋样，还顺利吧？”

“我刚从余飞龙家出来，他失踪了。”江枫把手机换到左手，右手拎起热水瓶，把开水倒进玻璃杯，准备洗筷子，“你呢，找到熊超没有？”

“你猜我在熊超家看到什么了？”王三牛答非所问。

“鬼知道你看见什么了。”

“还真他娘的见鬼了，我看到熊超的遗像了。”

“遗像？”江枫正在搅动筷子的手停了下来。

“熊超三个月前就死了，是他老婆亲口告诉我的。”

“怎么死的？”

“在地下停车场被人抢劫，钱没了人也没了。”

“又是抢劫。”江枫皱了下眉，“凶手抓到了没？”

“案子没破，刚开始他老婆以为我是江州分局的，还冲我发一通牢骚。”

“案发时间是哪天？”江枫急忙追问，“你问了吗？”

“问了。”王三牛的声音底气十足，仿佛早料到江枫会有此一问，“5月10日。”

榨菜肉丝汤面端上来了，江枫却浑然不觉。之前被按下去的念头再次浮出水面，5月10日是熊超的生日，而邓文豪遇袭也是在生日当天！

江州区刑警大队办公地是一幢独立的五层楼，外墙贴有白色瓷砖，茶色玻璃幕墙，典型的二十世纪九十年代建筑风格。这里原来是江州公安分局所在地，后来分局新建了办公大楼，搬出去了，老房子就留给了刑警大队。

上午10点半，江枫在院内停好车，直接上三楼，找到305室，门牌上写着“副大队长办公室”。接待他的是副大队长刘国保，四十多岁的中年汉子，身材还保持得很好，麦色皮肤，粗壮的胳膊肌肉向外鼓起，似乎经常进行户外运动。

刘国保正在为熊超的案子头痛不已，昨天接到江枫的电话时，心中又燃起了希望。二人简单寒暄过后，就直接切入正题。

“熊超这个案子，我们大队组织精干力量搞了两个多月，到现在也没搞出什么名堂来。”刘国保点着一根烟，靠在椅子上，介绍起熊超的案子。

死者熊超，男，三十八岁，房地产开发商。

案发时间为5月10日晚上11点20分，地点在富豪大酒店地下停车场二层，一名车主取车时发现了尸体，立即报案。刑警赶到现场后，发现死者的公文包扔在尸体旁边，里面的钱包被打开，现金被人拿走。包内找到了身份证、驾驶证、宝马车钥匙等物品，确定死者就是熊超。尸体就倒在他自己的宝马车旁。

死者身上有三处伤口，都集中在头部，经法医鉴定，死者是遭钝器击打致重度颅脑损伤死亡。死者衣衫完整，未发现搏斗痕迹。尸体的位置刚好是监控死角，停车场的监控设施还是十多年前的老产品，基本上是摆设，加上光线不足，没起到什么作用。现场未提取到有价值的痕迹物证或生物检材，也没找到目击证人。

根据现场勘查，专案组初步分析，这是一起抢劫杀人案。案发当晚，熊超从酒店出来，到停车场去取车。凶手可能在后面尾随，当死者走到车门旁时，从背后发起突然袭击，用钝器击打其头部。然后凶手拿走包里的现金，逃离现场。

江枫问：“凶器有什么发现吗？”

刘国保说：“目前只能推断出凶器是钝器，至于具体是哪种钝器还无法确定。”

“你刚才说，死者钱包里的现金被拿走了。也许包里只有少量现金或根本没有，现在刷卡或手机支付都很方便，出门完全可以不用带现金。凶手打开死者的包，有没有可能是想寻找重要文件或其他东西呢？”

“这个问题确实很关键，涉及案件定性。”刘国保向江枫投去赞许的目光道，“我们查了死者的手机，他的手机里没安装支付宝，也没有用微信支付的习惯。我们还查了熊超的取款记录，当日下午他在酒店附近的ATM机上取了两万元现金，晚上在酒店消费了一万二，是用现金支付的，应该还剩八千左右。案发后，这些钱都不见了，应该是被凶手拿走了。”

江枫点了点头，问：“有没有往其他方向试过，比如死者的社会矛盾方面？”

刘国保看着江枫微微一笑，脸上的表情似乎在告诉眼前这个“90后”的毛头小子，别以为我们这些“70后”的老家伙不中用了。他说：“你肯定是在想，折腾了这么久，案子破不了，会不会是案件定性出了错？”

江枫拧开矿泉水瓶盖，喝了口水，没说话，算是默认了。

“我们也考虑过，凶手有没有可能是故意杀人，然后伪造了抢劫案现场。案发那天死者过生日，请了五六个朋友喝酒唱歌，当晚一起吃饭的人都详细调查过了。熊超是在生意场上混的，有可能因为生意竞争断过别人的财路，会有些仇家。凡是与熊超有过矛盾或经济纠纷的，我们都地毯式排查过了，一无所获。”刘国保说。

“案发时间这条线索查过没有？”江枫提醒道，“熊超被杀的那天，刚好是他的生日。”

“这一点我们也注意到了，没查到什么，应该是巧合吧。”刘国保说。

“我们辖区7月13日发生一起案子，被害人邓文豪在自己的金店内被人袭击，也是头部遭到钝器击打，现在昏迷不醒。而且……”江枫顿了顿说，“案发时间刚好也是被害人的生日。”

“这么巧？”刘国保身体前倾，直视江枫的眼睛说。

“还不只这些。”江枫拿出两张学籍档案复印件说，“我们现在有确凿的证据证明，熊超与邓文豪是高中同班同学。”

刘国保接过复印件，目光在上面快速扫过，问：“你怀疑这两起案件是同一人所为？”

“不排除这种可能。”江枫点头道。

“那你应该有嫌疑对象了？”

“有是有一个，不过目前还缺乏证据。”

“后生可畏！”刘国保仿佛又看见了胜利的曙光，“说吧，需要我们协助什么，尽管吩咐。”

合上案卷，江枫揉了揉干涩的眼睛，走到窗前，抱起胳膊眺望远方。太阳已偏西，威力却丝毫不减，挺拔的广玉兰树不肯向烈日低头，依然生机盎然，充满了对未来的信念。

熊超的案卷摆在桌上，江枫反复看过，案情早已烂熟于胸。熊超在生日当天被杀，致命伤是头部遭到钝器打击，作案时机和作案手法都与邓文豪的案子极其相似。

昨天江枫去查访了老四陈伯杰，如事前所料，这个人确实不好找。陈伯杰的户籍登记在东风市第二纺织厂宿舍，这个曾经拥有一万多职工的企业早就倒闭了，厂区原址盖成了住宅小区。目前还在调查走访厂里的老职工，希望能找出一些线索，要找到此人可能还要费些周折。

通过这段时间的调查，那些孤立的线索，就像一个个散落在茫茫大海上的孤岛，正在逐次浮出水面，并且一个一个连接起来。

凶手为何要选在被害人的生日下手？能准确知道熊超和邓文豪生日的人，显然与这两个被害人同时存在密切关系。

所有线索都在指向仇皓，但随之而来的疑问也越来越多。

是什么原因导致他们兄弟反目，让仇皓起了杀机？

“礼”字梅瓶突然在鬼市现身，到底是真是假？

还有一个重大疑问，始终在江枫的脑海里萦绕：在如月湖公园抢走饭饭的凶手，与连环杀人案的凶手会是同一人吗？如果不是，他们为何会戴着同样的口罩？这种口罩非常罕见，出现巧合的概率不高。“4·21”抢婴案现在是队里的前辈钟涛在负责侦办，江枫一直在密切关注，案子依然悬而未破。

江枫昨晚又在噩梦中惊醒，梦里依然是那个小男孩，从一口深井里爬出来，全身湿淋淋地站在江枫的床前……黑洞洞的眼眶里流出两行鲜血，一只巨大的飞蛾从他的嘴巴里钻出来……

江枫回到办公桌前，翻开记事本，上面添加了新的内容：

老大：熊超，5月10日生，房地产老板，生日被杀；

老二：邓文豪，7月13日生，金店老板，生日被杀；

老三：仇皓，8月30日生，古玩店老板，重大嫌疑人；

老四：陈伯杰，9月13日生，职业不明，下落不明；

老五：余飞龙，9月16日生，职业不明，多年前失踪。

虽然还有许多谜团未能解开，但是发案规律已经明了，死亡密码就在这张表中。

第一个被杀的是老大熊超，第二个被杀的是老二邓文豪，案发时间都是在被害人的生日当天。假如仇皓是凶手的话，那么下一个被害人就是老四陈伯杰，接下来就该轮到老五余飞龙。

余飞龙为何会失踪，他去哪儿了呢？找到陈伯杰也许能揭开谜底。

这个案子从里到外都透着古怪。江枫翻开桌上的台历，今天是8月13日，离陈伯杰的生日还剩一个月时间，必须在陈伯杰变成尸体之前找到他。

.20.

全城通缉

不到6点，仇皓就醒了。

给关公上完了香，仇皓拎起蓝色运动包，走楼梯下楼。最近发生了太多事，警察接连来访，搅得他心神不宁，好几天都没去游泳了。他忽然意识到自己犯了个可怕的错误，越是非常时期，生活规律越不能乱。必须表现得和往常一样，每天该干吗还干吗，就像什么事都没发生一样，他暗暗告诫自己。

走到小区楼下，刚打开车门，就听到远处有人高呼："快救人啊！"

几个人向后面跑去，仇皓把包扔进车里，跟着人群向声音传来的方向跑去。跑到一幢房子前，楼下已聚集了十几个人，全是老人和妇女，都在翘首张望，神情紧张。仇皓抬头仰望，看见一个穿黄衣服的小女孩挂在五楼阳台的花架上，脖子以下的身体悬空，在空中摇摆，随时可能掉下来。

那是一幢高层电梯房，低层住户都安装了不锈钢防盗窗。仇皓确认了阳台的位置，绕到房子后面，找到楼梯口，一口气冲上五楼，用拳头使劲砸那家的防盗门。砸了十几下，手指震得发麻，里面没有动静。估计大人不在，仇皓心念电转，立刻转身，又跑到四楼去砸门。门开了，一个老太太满脸惊恐地看着他。

"你家的防盗窗能打开吗？"仇皓冲了进去，穿过客厅快步走向阳台。

"能开，我去拿钥匙。"楼下的动静很大，老太太立即明白了他的用意，赶紧从茶几上拿到钥匙开锁，打开了防盗窗上两扇小门。

仇皓双手抓住栏杆，两腿用力跃上了阳台，缩着身子，从打开的小洞钻了出去。阳台外沿不足十公分宽，表面贴了光滑的瓷砖，很难站立，只能靠前脚掌支撑全身重量。仇皓双手抓紧不锈钢栏杆，身体紧贴着防盗窗，一点一点地横向挪动。

向右挪了约两米，仇皓抬头仰望，确认小女孩在自己的头顶上方。

"叔叔，我好害怕！"头顶上传来小女孩的哭声。

"不怕，叔叔救你来了。"仇皓深吸一口气，手脚并用，缓缓地向上爬。双脚踩在第三根横杆上，仇皓朝上面看了看，估计距离够了。他用左手抓紧栏杆，腾出右手，托住了小女孩的臀部。

"叔叔，我会掉下去吗？"

"不会，叔叔托住你了。现在舒服点了吗？"

"舒服多了，脖子没开始那么疼了。"小女孩的脖子卡在不锈钢花架的两根栏杆中间，被仇皓托住后，大大减轻了下坠的重量。

"你爸妈去哪儿了？"仇皓忽然有一种强烈的冲动，等下见到女孩的父母，要狠狠地揍他们一顿。

"我爸爸妈妈到很远的地方打工去了。"

"打工干什么？"

"打工赚钱。"

"赚钱干什么？"

"赚钱打工。"

仇皓笑了，说："你家里还有谁？"

"只有我和爷爷在家，爷爷很早就要起来，出去锻炼身体。"

盛夏的早晨，气温上升很快。仇皓全身汗如雨下，忽然感到口渴，要是有人递一瓶水过来就好了。转瞬他就打消了这个奢望，现在这种姿势，哪里腾得出手来喝水。

“你叫什么名字？”

“我叫丹丹。”丹丹奶声奶气地回答，已没有开始那么恐惧了。

“真好听的名字。”

“谢谢叔叔！”

“不谢，丹丹真乖。”听到头顶上稚嫩的声音，仇皓感觉全身舒畅，比喝下两瓶水还痛快。

仇皓感觉全身的水分快要流干了，心里开始咒骂这该死的天气。他努力仰起头，想看一眼丹丹，汗水立刻漫过眼眶，眼前一片模糊。只是一瞬间的分神，手上差点没抓牢，他赶紧收敛心神，不敢再说话。

仇皓以最费力的姿势站立，体力消耗很快，手心越来越滑，左手抓住的那根栏杆似乎在松动，仇皓这才注意到，这个防盗窗有些年头了。他不知道自己还能坚持多久，好几次都感觉要掉下去。

仇皓没法看表，不知道时间过去了多久。

地面忽然传来欢呼声，仇皓慢慢扭动脖子，往脚底下瞟了一眼。一辆红色消防车开进来了，有人跑上去引导消防车，还有人举起手机向上拍照，仇皓赶紧别过脸。

消防战士破开了丹丹家的防盗门，用绳索套住她的身体，准备剪开花架。仇皓终于可以松手了，小心翼翼地下降，回到四楼阳台。趁人们的注意力都在丹丹身上时，他低头走出楼梯口，悄然离开。

仇皓平时不和邻居来往，小区几乎没人认识他。仇皓快速向小区后门走去，他不想被人认出来，不能直接回家。

走到小区门口，看见一家小卖部，仇皓买了一瓶水，咕咚咕咚一通猛灌。伸展几下酸痛的手脚，血液仿佛又流回了四肢。他用手背去擦嘴，这时才发现，左手背上擦破了皮，身上的黑色T恤也破了几个洞。当时竟浑然不觉，也许是太紧张了。

路过服装店时，仇皓买了一件白衬衫，在试衣间换上。从服装店出来，他把那件黑色旧T恤随手塞进了路边的垃圾桶，拦了一辆的士去古玩店。

中午难得睡了个好觉，醒来时已到下午3点多，也许是早上救了人心里踏实吧，仇皓心想。窗外骄阳似火，瀚墨街古玩市场静悄悄的，连个人影都看不到。

仇皓把空调温度调高了点，在茶桌前坐下，烧水泡茶。两杯热茶下肚，出了一身汗，仇皓感觉精力充沛，头脑格外清醒。

仇皓到现在都没弄明白，“五大金刚”这个名字到底是谁先叫出来的，反正他们五人都觉得不错，也不排斥，慢慢就在校园里传开了。他们是在高二分文理科时成为同班同学的，因为成绩不好，才选了文科。

五个人都是校足球队的，每天形影不离，一起喝酒打架，无人敢惹，就连老师也忌惮三分。只要他们想踢球时，别人就要让出球场。班上的女生被欺负了，他们马上会找到那个人痛打一顿。那个人除了道歉，还要出钱请客。

仇皓现在想来觉得有点可笑，那时却觉得很威风。

那天下午，五人集体逃课去看《古惑仔》，从录像厅出来，大家还沉浸在故事情节中，热血沸腾。熊超趁机提议：“咱们五人结拜为兄弟吧。”其余四人立即赞同，可能大家早有此想法。

余飞龙说：“我知道附近村上有个关帝庙，我们可以去那里结拜。”

熊超大喜道：“好，就去关帝庙，关公最讲义气了。”五人当中，熊超年龄最大，头脑清晰，做事稳妥，虽然没有正式排过位，大家心里早已把他当成老大。

第二天是星期天，五人起了个大早，去了关帝庙。仇皓从书包里拿出一只公鸡，这是他昨天晚上从教师宿舍区偷来的。五人跪在关公像面前，敬香起誓："关二爷在上，我们兄弟五人今天义结金兰，有福同享，有难同当。不求同年同月同日生，但求同年同月同日死！"

发完了誓，喝了鸡血，五个人按年龄大小排序：老大熊超、老二邓文豪、老三仇皓、老四陈伯杰、老五余飞龙。

兄弟五人中，余飞龙胆子最小，打架时常缩在后面。仇皓是出了名的狠角色，天不怕地不怕，打架时从不心慈手软。"人怕恶，鬼怕捉。"这是他的人生座右铭。仇皓对这个胆小的兄弟有些瞧不起，直到"溺水"事件发生后，他的看法发生了大转变。

学校后面有条河，水流湍急，仇皓常去那里游泳。高二下学期快结束时，傍晚下课后，仇皓邀余飞龙去河里游泳，可能是在水里泡得太久了，仇皓突然腿肚子抽筋，在水里挣扎。周围的人都在大呼小叫，却没人敢靠近他。

这时余飞龙已经上岸，听到呼救声，立即跳入水中，向他游去。出于求生的本能，仇皓一下勾住了余飞龙的脖子，二人同时沉入水中。也是命不该绝，水流把他们冲到河中心的一处浅滩上。水深刚好没到脖子处，仇皓双脚踩到了地，才恢复意识。二人侥幸捡回了命，肚子却被水灌成了皮球。

第二天上晚自习时，仇皓问余飞龙："如果落水的是别人，你会救吗？"

"别人，关我什么事？"余飞龙用奇怪的眼神看着仇皓，似乎在告诉他这个问题有多么幼稚。

“救溺水的人很危险的，要是我们一起死了怎么办？”仇皓问。

“死了就死了，有什么大不了。”余飞龙竟满不在乎，“做兄弟有今生没来世，我们在关二爷面前磕过头发过誓的，你忘了吗？”虽然是模仿电影里的台词，仇皓却大为感动。

“好兄弟，今后如果我做了对不起你的事，叫我不得好死！”仇皓看着他的眼睛，目光坚毅。

高三开学后，新来的英语老师在班上嘲讽余飞龙。第二天，仇皓就摔死了她的泰迪犬，悬尸示众。他要让全校的人都知道，凡是敢欺负余飞龙的，就是仇皓的仇人，包括老师。

高考分数出来的那天，毫无悬念，“五大金刚”全部落榜。在此之前，仇皓一直瞧不起班上那些埋头苦读的书呆子，这时才真正尝到失败的苦涩，之前那点可笑的优越感荡然无存。用不了几年，他和那些“书呆子”就会变成两个社会阶层，这让他感到恐惧。

仇皓仿佛一夜长大，把自己关在家里闭门思过，苦想了三天，决定去复读。他先去邀余飞龙，一拍即合，没想到其余三人也想去复读。可能是大家离开校园后，突然发现没地方可去吧，他想。

五个人同去学校报复读班，他们以为老师会刮目相看，不料却被拒之门外。读书这条路，对他们永远封闭了。

高中毕业后，他们各自要为生计奔波，渐渐聚少离多，一有时间他们还会聚在一起喝酒吹牛。那时候形容关系铁，流行一句话：“一起同过窗，一起嫖过娼，一起扛过枪。”除了枪没扛过，别的他们都干过了。

那是一段值得怀念的美好时光，如果没有发生那次意外，“五大金刚”永远会是好兄弟，仇皓后来常想。

傍晚时分，仇皓正准备关门下班，一个人掀开门帘走进影青阁。仇皓心里咯噔一下，警察又来了。

“你被通缉了！”江枫面无表情道。

“哦。”仇皓把滚烫的开水冲入青色小茶壶，大红袍特有的火香味在屋内弥漫。

“你不想知道为什么被通缉吗？”江枫问。

“我犯了什么罪？”仇皓拿起公道杯，给江枫面前的小茶杯里注满茶水，目不斜视。

“今天早上的新闻你没看吗？”江枫拿出了手机。

仇皓接过手机，图片上是一名黑衣男子的背影，攀附在不锈钢防盗窗上，一手托住女孩。图片下面是文字报道《本市又现“托举哥”，全城“通缉”黑衣男子》：

今日早晨6时许，本市江岸华庭小区出现惊险一幕。独自在家的五岁女童丹丹爬上五楼阳台，不慎失足掉下，头卡在阳台花架上，命悬一线。小区群众发现后，立即呼救，有人从家里搬出床垫放在地上，防止女童坠落。

万分危急时，一名黑衣男子从四楼防盗窗钻出，冒着生命危险接近女童，用手稳稳地将她托住。该男子坚持了二十多分钟后，消防官兵赶到，从五楼破门而入，切割花架后将女童成功救出。事后，黑衣男子悄然离开……

“世上还是好人多。”仇皓把手机还给江枫。

“你认识这个人吗？”江枫问。

“不认识。”仇皓茫然地摇头。

“我还以为是你呢。”江枫笑道。

“从后面看是挺像的，身高、体形都差不多。”

“幸亏我没带记者来，差点摆了个大乌龙。”江枫自嘲道。

“我以为警察只负责抓坏人，没想到好人你们也管。”

“惩恶就是为了扬善，殊途同归。”

“江警官认为我是好人还是坏人？”仇皓看着江枫问。

“我记得金庸小说里有个叫平一指的杀人神医，他认为世上该有多少人是阎王爷定好了的，所以他只要救活一个人，就必须杀一个人，保持总量不变。”江枫身体微微前倾道，“仇老板认为他是好人还是坏人？”

“当然是坏人。”仇皓不假思索道，“人只要干过一件坏事，哪怕以后再干一百件好事，也不能抵消那一次罪过。”

江枫喝了口茶，目光落在仇皓身上的白衬衫上，说：“衣服是新买的吧？”

“是吗？”仇皓答非所问，情不自禁地打量自己，衬衫上的折痕还清晰可见。他心里扑通一下，脸上并无任何变化，端起茶杯低头啜饮。

“贴身的衣服买来最好洗一洗再穿。”

“我对穿着向来没什么讲究，衣服能遮身御寒就够了。”

“也是，每个人兴趣爱好都不一样，你这个茶具就比别人讲究多了。”江枫喝光杯子里的茶，举起空杯，对着窗外的光线饶有兴致地观赏起来，“颜色真漂亮，是叫粉青釉吧？”

“天青釉，仿汝瓷。”仇皓纠正道，他拿不准江枫是何用意，严阵以待。

“我听过粉青、豆青、梅子青，天青还是头一次听说。”江枫皱起眉思索起来，手指敲了下茶桌道，“对了，我想起来了，周杰伦的《青花瓷》里有句歌词，‘天青色等烟雨，而我在等你’，说的就是这种釉色吧？”

“那是瞎写，别信，世上根本没有天青色的青花瓷。青花瓷的‘青’，其实是蓝色，青出于蓝而胜于蓝。青花瓷是白底蓝色花纹，蒙古人来自草原，崇尚蓝天白云，特别喜欢青花瓷，所以元青花大放异彩。天青色是青瓷才有的颜色，青瓷的历史比青花瓷早得多，它们是两种瓷器。”

江枫恍然大悟道：“原来是这样，你不说我还真搞不清楚。”

仇皓说：“相传是宋徽宗御批：雨过天晴云破处，这般颜色做将来。汝窑才烧制出了天青釉青瓷，色泽细腻，温婉如玉。青如天，明如镜，说的就是汝瓷。”

“汝瓷很珍贵吧？”

“宋代五大名窑，汝官哥钧定，汝瓷排第一。汝瓷存世量极少，全世界也只有八十多件，所以收藏界有句话：纵有家财万贯，不如汝瓷一片。”

谈起瓷器，仇皓能讲三天三夜不重复，江枫在他面前顶多是幼儿园大班水平。仇皓神态自若，放松了不少，心里的优越感油然而生。仇皓左手拿过江枫面前的小茶杯，右手端起公道杯，给他的杯子里续满茶水。

“你受伤了！”江枫指着他的左手背，几道紫红色的擦痕清晰可见。

仇皓猝不及防，猛地缩手，仿佛抓到一块烧红的烙铁。“上午搬东西时，不小心擦破了点皮。”他努力挤出笑容说道，却感到脸上肌肉僵硬。

江枫笑了笑，锐利的目光深邃起来，道：“是啊，哪怕再小心，也难免会有失手的时候。”

仇皓想尽快结束谈话，刚才的瞬间失态，肯定没能逃过江枫的眼睛。仇皓抬起手腕看了一眼手表，说：“不好意思，晚上我约了人吃饭，江警官还有事吗？”

“没事了，谢谢你的茶。”江枫饮尽杯子里的茶，站了起来。

“不客气，有空来喝茶。”

“对了，昨天我看到一句话。”江枫走到门口说，“世上有三样东西无法隐藏：咳嗽、爱情和贫穷。我觉得还可以加上一样，那就是罪过。”

江枫走后，仇皓心神不宁。

他自认为已经很小心了，没想到竟然漏洞百出，把警察都引来了，这是完全没料到的。转念他又宽慰自己，那又怎样，救人总不犯法吧？

想起早上的事，仇皓就有点后悔，即使自己不冲上去，等到消防官兵来营救，丹丹应该也不会掉下来，她其实卡得很紧。他一度以为，那段往事早已埋进了废墟，直到今天早晨看见命悬一线的黄衣女童，记忆如一把锋利的尖刀，刺入心间。

晚霞烧红了半边天，残阳如血。

仇皓看着窗外，温热的液体漫过眼眶，渐渐模糊了视线。十年前的那个黄昏，当他被人从废墟里抬出来，摘去眼罩时，第一眼看见的，也是血色天空。

.21.

孤独的幸存者

5月12日，仇皓永远记得，那天是星期一。

中午12点多，仇皓刚进家门，就闻到辣椒炒肉的香味。他冲进卫生间洗了把脸，回到饭桌旁，来不及拿筷子，用手捏起两片肉塞进嘴里。新店明天就要开张，他从早上5点起床就忙得脚不沾地，早已饿得前胸贴后背。

仇皓走到神龛前，点上三支香，对着关公像拜了三拜，道："关二爷，保佑我开张大吉，财源广进！"他每天都要给关公上香，今天早晨出门走得急竟然忘了，整个上午都觉得心慌。

打开落地电扇，坐到沙发上，仇皓边看电视边等妻子和女儿回来。妻子吴菲去幼儿园接女儿团团下课，还有十多分钟才能到家，吴菲觉得幼儿园伙食营养不好，坚持要每天接送。女儿的事向来是由吴菲做主，仇皓虽不赞同这种做法，也只好由她。

午间新闻没播完，就听到钥匙开门的声音。一身黄衣、梳着羊角辫的团团进来了，挺着大肚子的吴菲跟在她身后，手里拎着一个红色的小书包。仇皓把团团抱起来，在她的小脸蛋上亲了一口："团团，告诉爸爸，老师今天教了什么。"

"唱歌。"团团惜字如金，似乎兴致不高。

吴菲放下书包，走进厨房拿出碗筷，先给团团盛好了饭。团团端着碗去了客厅，坐在沙发上看动画片。

"跟你说过多少遍了，书包要让孩子自己背。"仇皓尽量压低声音，不让客厅里的团团听到。

“孩子太小，等她大点再说吧。”吴菲说。

“三岁看大，七岁看老。团团都四岁了，还小？”仇皓给自己倒上白酒说，“培养孩子的独立意识很重要，要让她从小就知道，不能依赖父母。吃饭看电视的习惯也不好……”

“光知道嘴上说，你捡了个爹当还不知足。”吴菲笑着抱怨道，摸了摸隆起的肚子，她已怀孕七个多月了，“等咱们的圆圆出生了，都交给你去管，我也享几年清福。”

仇皓嘿嘿地笑了，不敢与妻子争辩，低头喝酒。自打团团出世以来，吃喝拉撒睡都是吴菲一手操持，女儿长到四岁，仇皓没给女儿洗过一次澡，不会冲牛奶，不知道尿片怎么换。吴菲说得没错，他的确是捡了个爹当，除了贡献了一颗精子之外，再无作为。

来映秀已经有五年了。仇皓开了一家户外用品店，来这里徒步和自驾的驴友越来越多，店里的生意也越来越红火。原来的店面上个月合同到期，仇皓趁机扩大经营，重新租了店面。新店刚装修，气味很重，仇皓不准吴菲进店，店里所有的事情都是他一人打理。新店的位置更好，面积是原来的两倍，租金翻了一番，压力自然也比以前更大了。他满怀信心，对未来充满希望。

现在住的房子是租的，房子太老，楼层又低，冬天没阳光，墙上还有裂缝，有时他真有点担心房子会塌。仇皓的目标很清晰，趁自己年轻时努力打拼几年，先买套房，再买辆车，圆圆马上就要出生，将来一家四口电动自行车也坐不下了，有车就可以遮风挡雨。每次看到插着彩旗的自驾游车队从门前经过，他的目光就会不由自主地跟随车队前进的方向移动，然后想象自己坐在车内，脚踩油门手握方向盘，在寂静的盘山公路上自由驰骋的画面。有车的感觉多好啊，仇皓不止一次地想。

团团靠在沙发上看电视，小脸蛋红扑扑的，碗放在茶几上，饭没吃几口。吴菲发觉不对，伸手在团团的额头上靠了靠，说：“真烫，会不会发烧了？”听到声音，仇皓也赶了过来，从卧室拿出体温计。测完体温，37.5° C，低烧。

吴菲找出一包护彤，麻利地用开水冲开，待水温变凉后给团团喝下。半个小时后，再量体温，已降了下来。吴菲松了口气，说：“团团，下午不要去上课了，我给老师打电话请假。”

团团坚决地摇头，说：“不行，老师说了，不能随随便便请假。”

吴菲摸着女儿的头说：“宝贝，你生病了，今天可以不用上学。”

“刚才喝了药，我已经好了。”

“团团真坚强，爸爸支持你。”说话的是仇皓。

看着这对父女一唱一和，吴菲无奈，转身对仇皓说：“我先送团团上学，回头再去药店买点退烧药备用，孩子晚上可能还会发烧。”

“那就辛苦你啦，老婆。”吴菲育儿经验丰富，这方面仇皓总是言听计从。

吴菲送团团上学去了。仇皓走进卧室，新店明天就要开张，下午还有一大堆事情要做，必须抓紧时间睡个午觉，养足精神。仇皓靠在床头上，拿出诺基亚N81滑盖手机，把手机闹钟调到了下午2点30分。现在是1点半，还能睡一个小时。

刚才喝了酒，仇皓感觉有点口渴，起身去客厅里拿了一瓶矿泉水，拧开瓶盖喝了两口，顺手放在床头柜上。今天太累了，头靠上枕头，仇皓很快就沉沉睡去……

身体似乎在摇晃，仇皓以为睡过了头，可能是吴菲在摇他的肩膀。

仇皓睁开眼睛，没看到人，却看见头顶上的吊扇在摇摆，像荡秋千一样。床也在动，先是左右轻微地晃动，紧接着就变为上下剧烈抖动，心也开始狂跳起来。仇皓好像躺在一把筛子上面，本能地伸出双手乱抓，却什么也没抓到，整个人从床上滚落下来，有些细碎的泥沙掉在脸上。

不好，地震了！

整个过程只有十几秒钟，仇皓来不及做出任何反应，就听到轰隆巨响，身体随着房子一起下坠。楼房垮塌了，漫天的灰尘呛得他几乎窒息。

再次清醒过来时，眼前一片漆黑。仇皓试着活动几下手脚，确认身上没受伤，然后四处摸索。仇皓渐渐明白了眼前的处境，一个大木柜和床板在墙角处支起一个狭窄的三角空间，才让他没有变成肉酱。

暂时死不了，仇皓刚松了口气，恐惧又如排山倒海般袭来：地震的范围究竟有多大，会有人来救吗？妻子和女儿会不会有危险？他越想越害怕，不敢再往下想。

“有人吗……救命啊……有没有人？”仇皓扯开喉咙大声呼喊。

隐约听到几声微弱的回应，也是呼救声，分辨不清声音的方向。

喊了十几声，地面突然又开始摇晃起来，头顶传来预制板挤压碰撞的声音，他吓得赶紧抱头，身体蜷缩成一团。余震过后，仇皓意识到不能这么乱喊了，必须强迫自己冷静下来。现在唯一的出路，就是尽量保存体力，等待救援。

仇皓听到敲击墙壁的声音，连续响了几下，似乎隔得不远。他屏气凝息，仔细听音辨位，声音来自墙角的对面。仇皓马上捡起砖头敲击墙壁回应道：“喂，有人吗？”

“你是谁？”一个中年男子低沉的声音从隔壁传来。

“我是2单元302室的。”仇皓说。

“我是402，住你楼上。”

“我们是邻居，怎么没见过？”

“上下楼时肯定碰见过，只是没说过话吧。”隔壁的男子猜测。

仇皓感觉有点黑色幽默，楼上楼下做了五年邻居互不相识，等房子倒了才有机会说话。聊了几句，仇皓才知道隔壁的男子姓韩，是镇政府某部门的副主任，快五十岁了。

“韩主任，你还好吗？”

“不好，我的腿被压住了。”韩主任痛苦地呻吟。

“我们会死在这里吗？”

“出了这么大的事，政府不会不管，一定会有人来救我们的。”韩主任说，“我们现在要少说话，尽量保存体力，等待救援。”

仇皓感到口渴，可这时候哪有水喝。空间很小，勉强可以翻身，他努力伸展手脚，在黑暗中摸索，希望能摸到一点有用的东西。脚尖碰到一个矿泉水瓶，他的心狂跳起来，是午休时放在床头柜上的那瓶水，他记得只喝了两口。

仇皓轻轻地把矿泉水划拉到腹部位置，然后弯腰伸手去拿，手里捧着沉甸甸的矿泉水，如获至宝。他喝了一小口，小心翼翼地拧紧瓶盖，抱在胸前，强迫自己休息。

半梦半醒间，仇皓发现自己被关在一座古墓内。长长的墓道向前延伸，一直在下坡，仿佛没有尽头。墓道狭窄，压得人透不过气，不知走了多久，手手电筒的光线越来越微弱，他不由得加快了脚步，想尽快逃离这个密闭的恐怖地带。

前面突然传来轰隆巨响，墓道坍塌，出口被封死。他赶紧掉头往回走，却发现回去的路已堵死，绝望瞬间笼罩了全身……

仇皓大汗淋漓醒来，心里刚闪过一丝侥幸，却发现眼前的现实比噩梦还要绝望。四周漆黑，强烈的饥饿感袭来，他喝了口水，拿起砖头敲击墙壁，过了几分钟，墙壁就传来了回应。

“韩主任，你觉得会有人来救我们吗？”

“肯定会，国家不会抛弃我们的。”

“如果能活着出去，你最想做什么？”

“我每天过得谨小慎微，对每一个同事都笑脸相迎，总想努力往上爬。我做的每一件事都是希望别人看得起我，现在才发现过得很失败，我竟用了一生去讨好一些和我不相干的人，好笑吧？”

“人在江湖身不由己，大家都差不多吧。”仇皓安慰道。

“我喜欢写诗，却写了一辈子公文材料。如果这次能活着出去，我要讨好我自己，再也不和老婆吵架，要像对待领导一样对待身边的亲人。”韩主任幽幽地说，“你呢？”

“如果老天爷给我机会，我会用我的后半生去弥补以前犯下的罪过。”

有一个人陪着说话，仇皓感觉还没有与世隔绝，内心的恐惧稍微减轻。韩主任的声音却越来越小，没说几句就不吭声了。

地震刚发生时，还能听到废墟里传来的呼救声和哀号声，现在几乎听不到声音了。手机早已不见踪影，没有白天和黑夜的交替，仇皓已无法感知时间的流逝。他不知道会不会有人来救，希望变得越来越渺茫。

仇皓被埋在七八米深的废墟底下，此时他并不知道，时间已过去了一天一夜。一场牵动全国的大救援正在展开，而他重见天日，还需要继续等待漫长的四十八小时。

余震不断，不知过了多久，仇皓被余震震醒。他拿起砖头敲击墙壁，想和韩主任说说话，却再也没听到隔壁的回应。瓶子里的水已喝光，尿液也变得极其宝贵，都装在矿泉水瓶里。身体极度虚弱，他的脑海里开始出现各种幻觉：

一会儿全家人围着桌子吃火锅，一会儿兄弟五人拿着大号啤酒杯在开怀畅饮……

一个红脸大汉突然出现在眼前，丹凤眼，卧蚕眉，长须飘飘，手持青龙偃月刀，不怒自威。那人双目圆睁，指着仇皓厉声喝道："无耻小人，我来取你的狗头！"仇皓大骇，扑通跪在地上，哀求道："关二爷饶命！"关公却不理会，挥刀向他砍来。

仇皓一个激灵醒来，已分不清是梦境还是幻觉。四处寂静无声，他能感觉到死神正在向自己一步一步靠近。

……

"有人吗？有没有人，听到请回答。"迷迷糊糊中，仇皓似乎听到有人在头顶上呼喊。他怀疑是幻觉，仔细倾听，声音越来越真切。嗓子已干到发裂，他浑身一震，用尽全身力气喊出来："有人，有人，快救我！"

"下面还有人活着！"上面传来一阵欢呼声。

仇皓听到人群在向自己这边聚拢，大型机械轰隆隆地开过来，头顶上的废墟开始松动。四五个小时后，他看到强光手手电筒照进来的光束，消防员橙色的裤脚在上面来回走动。一根塑料管子从缝隙中伸下来，他接住管子塞进嘴里，尝到了牛奶的味道。

头顶上的洞越开越大，仇皓可以和上面的营救人员对话了。

"今天是几号？"仇皓问。

"15号。"一个操着山东口音的军官说。

在废墟下埋了三天三夜之后，仇皓第一次看到一张人脸，那张脸看起来有些怪异，是倒着的。一个小个子消防员以倒挂金钩的姿势钻了进来，紧紧抱住仇皓的身体，将他拉了上来。

人们欢呼雀跃，众星捧月般围住他。一副担架把他抬进了临时搭建的帐篷医院，体检结束，他身上居然只有几处皮外伤，大家都说是奇迹。一群记者围上来采访，他一言不发，趁别人不注意时拔掉管子，悄悄溜了出去。

仇皓想去幼儿园找女儿和妻子，走到街上才发现房子全倒了，早已面目全非。别说找人，连幼儿园都找不到了。

两天后，幼儿园的废墟终于清理出来。仇皓看到一身黄衣的团团，像熟睡了一样，他在女儿面前长跪不起。如果那天他不逼团团去上学，也许是另一种结局。悲痛到不能自已，他想放声痛哭，却流不出一滴眼泪，只能撕心裂肺地干号。

人在做，天在看。这一天终于到来，仇皓没想到，老天爷对他的惩罚竟如此严厉。他愤怒了，双目喷出火焰，发疯似的对天大喊：“老天爷，你瞎了眼，该死的人是我！”

.22.

无人机

8月18日，星期六。

下午4点多，如月湖公园人不多。虽然没出太阳，天气还是很闷热，要到晚饭过后，出来散步乘凉的人才会多起来。

岸边绿草如茵，杨柳依依。水中的睡莲盛开了，粉的、蓝的、白的、紫的，竞相斗艳；浓绿的卵圆形叶片安静地浮在水面，随波荡漾，悠然自得。江枫漫步在游步道上，无心欣赏风景。

4月21日下午，如月湖公园发生抢夺婴儿案。犯罪嫌疑人从婴儿车里抢走三个月大的男婴饭饭，驾驶银色五菱面包车疯狂逃窜。警方在堵截嫌疑车辆时，面包车与江枫擦肩而过，逃之夭夭。

三天后，警方在东风大桥附近的江岸边发现了饭饭的玩具和鞋子，但是没有找到尸体。江枫被调离刑警队，发配到高潮洲派出所，案子交由刑警队的民警钟涛接手，此案至今未破，饭饭生死未卜。

案发那天正好是星期六。江枫自从借调到“7·13”专案组后，除非有特别重要的事情，每个周六下午，他都会到如月湖公园来走一走。

两个人倚在白色栏杆上钓鱼，一老一少，手里握着渔竿，眼睛紧盯水面，纹丝不动，仿佛被强力胶粘住了。江枫继续往前走，听到头顶上传来嗡嗡的响声，抬头往上看，一架白色无人机在空中盘旋。操纵无人机的是一名青年男子，他站在不远处的湖心岛上，双手握着遥控器，两眼看天，脖子随着无人机移动的方向转动。

江枫在咖啡色长椅上坐下，看无人机在空中飞行。

无人机在空中绕了几圈后，稳稳地降落在地面。男子双手捧起无人机，对着液晶显示屏边看边摇头，似乎拍得不满意。

江枫向他走去。走近了看得更清楚，那个人看上去比自己小几岁，像是大学毕业刚参加工作不久，留着时髦的搭边头，后脑勺和左右两侧全掏空，头顶上却留着长发高高垒起，好像顶着一个石磨，让人感觉头重脚轻。

“兄弟，拍得不错吧？”江枫上去套近乎。

“效果不好。”搭边头皱着眉摇头道，“今天没出太阳，光影效果出不来。”

“你经常来这里拍摄吗？”

“平时要上班，双休日有空才出来玩玩。”搭边头以为遇到了同类，“你也喜欢玩无人机？”

“我是警察。”江枫掏出了证件。

搭边头立刻警觉起来，上下打量江枫，说：“这附近没机场，飞无人机不犯法吧？”

“不犯法。”江枫笑道，“向你打听点事。”

“什么事？”

“几个月前这里发生过一起抢夺婴儿的案子，你听说过吗？”

“有点印象，前段时间还看到附近贴过悬赏公告。咱们国家的法律太仁慈了，妈的，这种人贩子抓到就该枪毙三次。”搭边头义愤填膺，看来是一个充满正义感的年轻人。

“案发时间是4月21日，星期六，那天下午你来这里飞过无人机吗？”

“4月份我还没来这里上班，我是6月才加入无人机爱好者协会的。”

“你们还有协会？”

搭边头甩了甩头，说：“也不是什么正式的组织，就是一群无人机飞行爱好者组建了一个微信群，大家聚在一起互相学习交流，我也是被同事拉进来的。”

“你们协会的人会经常来这里拍摄吗？”

“也不一定，一般是双休日或节假日，天气好的时候，就会有人提议去哪里拍拍片子。反正有空的就参加，全凭自愿，来去自由。”

“能不能帮我一个忙？麻烦你在群里问一下，4月21日有没有人到如月湖公园飞过无人机。”

“如果那天有人来飞过无人机，有可能会拍到那个坏蛋吧？”他似乎明白了江枫的意图。

“管他有没有拍到，反正问一问也没关系。”江枫笑道，“别说得太详细，你只要问那天有没有人来拍过就行。”

“行，我懂，现在就可以问。”搭边头边说边从口袋里掏出手机，在微信群里发了信息。几分钟后，就有几个人回复了，都说那天没来过。要等所有人回复，还需要一段时间。

分别时，二人互留了手机号码，加了微信，江枫才知道他的名字叫万小强。江枫拍了拍他的肩膀，说：“你的发型很酷，在哪儿剪的？”

“五一路528号。”

“拜托啦，等你电话。”江枫把手放到耳旁，做了个打电话的姿势，向停车场走去，晚上他约了钟涛吃饭。

见面地点约在南湖分局附近的一家夫妻小饭馆，这家的老鸭肚片汤和香菜牛肉做得很地道，江枫以前常来。二人上了阁楼上的小包间，踩在木地板上咚咚作响。钟涛是个老刑侦，身材高大，快五十岁了，头发日渐稀疏。

“涛哥最近忙什么案子？”

“一个强奸案。”钟涛点着了一根烟。

“还顺利吧？”

“顺利个屁，想起来就恼火。”

“什么事难得倒你啊？”江枫猜他遇到麻烦了。

“受害人是个大三的女学生，半个月前男朋友陪着她一起来报案，说她被前男友强奸了。我们在她的内裤和床单上提取到了精斑，通过DNA比对，的确是她前男友的。受害人脸上和胸部有多处抓伤，法医给她做了伤情鉴定，是轻微伤乙级。证据确凿，我们就把她前男友刑拘了，案子送到检察院，刚批捕，那女的突然改口供，说她当时报了假案，没想到后果这么严重，现在非常后悔，要求办案单位撤案放人。”

“受害人虽然改了口供，还有其他证据啊，她身上的伤总赖不掉吧，有照片和法医鉴定书为证。”江枫说，“如果嫌疑人没有采取暴力胁迫，她身上的伤是怎么来的呢？”

“对啊，我也是这么质问她的：你身上的伤怎么解释。”老板娘端上来一碟花生米，钟涛用手抓起一颗，丢进嘴里，“你猜她怎么回答？”

“她怎么说？”

“她说，他们玩的是SM，所以身上会有伤。完了之后，两个人为了一点小事吵架，一气之下她就打110报了假案。我又不懂英语，哪知道什么叫SM，上网一查，还真有这种变态的玩法。”钟涛似乎不解恨，“如果她是我女儿，直接掐死算了，留在世上丢人现眼。”

“是够前卫的。”江枫笑了。SM是Sadism & Masochism的缩写，意思是性虐待狂与受虐狂，江枫还是在大学寝室里看片学会的，没想到这点知识在办案时能用上。

“年轻人关起门来爱怎么玩都行，只要你情我愿，谁也管不着，但是你别玩到公安局来啊。妈的，这不是把我当猴耍吗？”钟涛愤愤不平道。

“那也没办法。”江枫摇头道，“人家来报案，说自己被强奸了，你也不敢不受理吧？”

“反正这种窝囊气老子是受够了。”钟涛干了快三十年刑警，到现在还是个普通民警，职务上不去，面子挂不住，牢骚就越来越多。

“你现在打算怎么办？”江枫问。

“还能怎么办，撤案放人，报告已经交上去了。这起错案又要记在我的名下了，年底的法制检查还不知道怎么对付。”

“也许还有另外一种可能。”江枫沉吟道，“女学生偶遇前男友，半推半就发生了性关系，却被现男友发现。她无法向现男友交代，只好向警方报案声称被强奸。前男友被拘留，她没想到后果会这么严重，又产生了深深的负罪感。正在犹豫不决时，很有可能前男友的父母找她谈过，或者给了她一笔钱，求她帮忙。然后她下定决心，主动找警察改口供，既还掉了良心债，又能得到一笔钱，一举两得。”

“有这种可能。”钟涛点了点头，“要真是这样的话，这个女人也太狠了。”

“我也是瞎猜。”江枫笑道，“去年我办过一起强奸案，就遇到这种事。”

酒菜上齐，干了一杯白酒，江枫切入正题：“‘4·21’的案子查得怎样了？”

“你是说那个抢婴案？”

“还有哪个？”江枫苦笑。

“不是老哥不出力，能想的办法我都试过了。”钟涛放下筷子道，“我知道你心里有疙瘩，那件事错不在你，全队的弟兄们都为你打抱不平。”

“涛哥，你不用安慰我。”

“还真不是安慰你。”钟涛看着他摇头道，“在那种情形之下，光头强命令你强行拦住面包车，其实是急昏了头。如果你不让开通道，两车迎面相撞，结果就是车毁人亡，大家一起完蛋。”

“死了也好，好歹要风光大葬，不用活得这么窝囊。”江枫再次苦笑。

“你当然风光无限，成了勇斗歹徒的大英雄，死得轰轰烈烈。但是你想过没有，饭饭才活了一百天，大好人生还没开始，凭什么要陪你一起死？”

“那你说我该怎么办？”

“让开一条生路，放嫌疑人过去。”钟涛干脆地说。

江枫愕然地看着他。

“你当时只有两种选择。”钟涛伸出两根手指道，“一是冲上去堵截，同归于尽；二是放他过去，先确保小孩的安全，然后从长计议。换成是我的话，也会和你一样，选择第二种方案。”

“结果却很糟。”江枫又想起饭饭的母亲悲痛欲绝的样子。

“你什么都没做错，只是运气差了点。”钟涛拎着酒杯，微微皱眉道，“一般来说，抢婴儿都是为了卖钱，杀害小孩按说是没道理的事情，这也是我想不通的地方。”

“动机方面也许可以再考虑一下。”江枫提醒道，“有没有可能是报复作案？”

“这点我也想到了，反复调查过，这种可能性不大。”钟涛说，“饭饭的父母都是普通公务员，没跟什么人结过仇。退一步说，就算是报复杀人，嫌犯当场把小孩杀掉就可以了，何必费那么大劲，先把小孩抢走再下手。”

“你觉得饭饭还有生还的可能吗？”

“不好说，活要见人，死要见尸。在没有找到尸体之前，只能认定为失踪。”

“我感觉是凶多吉少。”江枫脸上现出忧虑道。

“为什么？”钟涛放下酒杯问。

“我们假定这是一起普通的抢婴案，嫌犯在街上随机寻找目标作案，原本是打算抢到小孩就卖掉。但是中间发生了意外，差点被警察堵住抓现行，嫌犯害怕日后被抓到，小孩留在手里就是证据。所以他把小孩沉到河里，目的是毁灭证据。”

钟涛想了想，似乎无法反驳，闷头喝酒。

江枫说：“上次跟你说的那个口罩，多关注下，也许是个突破口。”

“查了，一无所获。”钟涛说，“你是不是怀疑这起案子和金店那个案子有关联？”

“这两起案子，凶手都戴着同样的飞蛾口罩，刚开始我是有过怀疑，现在看这种可能性不大，也许真是巧合吧。”随着“7·13”金店杀人案逐渐走向明朗，江枫觉得仇皓抢夺婴儿的可能性非常小。

江枫给钟涛的杯子里倒满酒，说：“有件事还想请涛哥帮忙。”

“说这话就见外了，只要老哥我能办到，绝不含糊。”几杯酒下肚，钟涛满脸通红，说话也豪爽起来。

“不是什么大事。”江枫笑道，“我想去见饭饭的父母，你有他们的电话吧？”

钟涛愣了一下，随即摇头道：“这事我不能帮你。”

“为什么？”

“老弟，我劝你还是别掺和了。茅坑里本来不臭，你偏要拿根棍子搅两下，那就臭了。家属现在已经接受了现实，你不能再往粪坑里跳。”

“我明白你的好意。”

“这种事我比你有经验，听老哥一回，万一家属揪着你不放就麻烦了，何必要自讨苦吃呢？”

“无论如何，我都要试一试。”江枫端起酒杯，一饮而尽。

“在我看来，只会有两种结果：要么我带着一个传奇的故事平安回到地球，要么在十分钟内化为灰烬。无论结果怎样，这都是一次非凡的旅程……”

平板电脑上正在放科幻电影《地心引力》，桑德拉·布洛克饰演的女宇航员意外遭遇太空灾难，同伴牺牲后，她历尽千辛万苦，即将驾驶受损的飞船冒险返回地球。此时故事发展到最高潮，她将面临一个不确定的结果，要么平安着陆，要么化为灰烬。

夜已深，当片尾字幕出现时，江枫依然心潮澎湃。

洛夫克拉夫特说：“人类最古老而强烈的情绪是恐惧，而最古老最强烈的恐惧，便是对未知的恐惧。”纵观人类发展史，就是一部残酷的冒险史，从探索海洋到太空，多少人永远留在了路上。

心怀恐惧，依然向前，他们是真正的勇士。

每接手一个案子，都是一次未知的旅程。江枫穿上警服快六年了，难啃的案子遇到过不少，甚至好几次站在鬼门关外，他从不知道“恐惧”二字怎么写——饭饭的案子是唯一的例外。

江枫常常被噩梦纠缠，闭上眼睛就看见那个小男孩从深井里爬出来，全身湿淋淋地站在他面前。有时他想，要是能像《记忆大师》里演的那样，人的记忆可以选择性删除，那该有多好。

饭饭的案子已过去四个月，正在进入冷冻期，有可能永远变成悬案。从晚饭时的交谈看来，钟涛的内心几乎放弃了。钟涛也许说得没错，好不容易跳出是非圈外，何必再往粪坑里跳？可问题是，你的内心能够安宁吗？

江枫告诉自己：“所有人都可以放弃，唯独你不可以。”

正在胡思乱想时，放在书桌上的充电的手机响了一下，江枫拿起了手机，是白天在公园遇到的万小强发来的微信语音。万小强的声音有些兴奋：“枫哥，有消息了，那天下午有两个人去如月湖公园飞过无人机，一个叫‘老陈醋’，另一个叫‘独孤漠然’。”

.23.

秘密搜查

“老陈醋”其实不老，三十多岁，在政府机关工作，摄影爱好者，是无人机爱好者协会里的活跃分子。

案发前一天晚上，“老陈醋”在群里发消息，问有没有人去如月湖公园航拍，只有“独孤漠然”一人响应。4月21日下午，“老陈醋”开车顺路接到“独孤漠然”，二人在公园拍摄了不到两个小时就返回了，时间大约在3点到5点之间。

江枫见到了“老陈醋”，调取了他当天拍摄的全部视频和图片，反复查看后，没有发现有价值的信息。随后，江枫又电话联系上了“独孤漠然”，此人正在欧洲采风，一个星期后才能回国。除了耐心等待，别无良策。

昨天下班后，江枫约见了饭饭的母亲。她当时几乎崩溃，意识模糊，只知道孩子没了，案发时的细节一概不知。饭饭的母亲依然对江枫充满怨恨，认为是警方的失误才造成了孩子的悲剧，这是意料之中的事，江枫并未为自己辩解。他本来就不是来求她谅解的，与其把心思花在那上面，不如想办法找出凶手。

做这些工作时，江枫没有告诉任何同事，江枫不是抢婴案的经办人，这只能算是他的个人行为。

这几天，邓文豪的案子有了新进展。经市局刑侦支队研究决定，“5・10”熊超被杀案与“7・13”金店杀人案并案侦查，案件交由南湖区刑警大队主办，江洲区刑警协助。专案调度会刚结束，刘国保立即向江枫办理了案件移交手续。

寻人工作仍在紧锣密鼓地进行，但是仍未发现陈伯杰的下落。“五大金刚”中，老大熊超被杀身亡，老二邓文豪遇袭昏迷不醒，下一个受害人很可能是老四陈伯杰。如果能尽快找到陈伯杰，不仅能阻止凶手的杀人计划，还有可能揭开案件的全部真相。

“妈了个巴子，咱们是不是搞错了？舍身救人，活雷锋，满满的正能量啊。”王三牛面前的桌上摆着早晨刚出的报纸，照片放得很大，是一个攀在防盗窗上的黑衣人背影。好几天过去了，报社仍在锲而不舍地“通缉托举哥”。

“错不了，就是他。”江枫十分肯定地说。

“长得像的人很多，何况只是一个背影。”

“如果仅凭这个背影，我还不敢肯定是他。”江枫指着报纸说，“我那天去见仇皓时，他的手背上有新鲜伤痕，可能是救人时不小心碰伤的，他身上的衬衫刚好也是新买的，把所有这些巧合加在一起就不是巧合了。”

“真他妈奇了怪了，明明是做了件大好事，为啥不敢承认？”

“你只要站在仇皓的角度想一想就能理解了。”江枫说，“一旦他承认救人，马上就会变成全市的名人，这才是他最担心的。一个人如果心里有鬼，最害怕暴露在阳光之下。”

“一个舍身救人的活雷锋，会是连环杀手吗？”王三牛还是觉得难以置信。

“这不奇怪，恶贯满盈和高尚情操完全可以比肩而立。”

“接下来咋办？”王三牛问。

“也许我们应该去仇皓家里看看。”江枫若有所思道。

“搜查？”王三牛眼珠转动，马上反应过来说，“倘若啥都没找着，打草惊蛇恐怕不好吧？”

“我说了要搜查吗？”江枫笑盈盈地看着他说，“我们只是去老朋友家串串门，刚好主人不在家。”

“我懂了，打枪的不要，悄悄地进村。”

“没错，万一找到一把洛阳铲什么的就赚大发了。”

“哪有这样的傻子，杀了人还把凶器藏在家里，替警察保管证据？”王三牛又抛出一个问题。

“不一定。”江枫摇头道，“如果他的任务没完成，还想留着继续使用呢？”

王三牛心领神会，还是忍不住担心，问：“这么贸然进去是不是太冒险了？有多大把握？”

“先静之再思之，有五六分把握即做之。”这是曾国藩说过的话，江枫随口吟了出来，“风险与收益并存。”

“老大，你是不是哲学家附体了，说人话好不好？”

“听好，我要说人话了。”江枫走近两步，逼视王三牛道，“干还是不干？”

“啥也不说了，我跟你干！”王三牛了解江枫的性格，这么重要的事决不会随便乱说，既然已经说出口了，肯定是经过深思熟虑的。

“好兄弟！”江枫拍了下他的肩膀，拿出一张A4纸，上面是手绘地形图，“我们研究下具体方案。”

8月22日，晨曦微露，城市和大地一同醒来。

5点30分，江岸华庭小区的行人还不多，这时候起床的，大多是出来晨练的人。小区主路上停满了车，只留下半边单行道供人行走。

一辆银色面包车夹在车队中间，车窗玻璃贴着深色车膜。一个身穿练功服、手拿木兰扇的大妈在面包车旁停下，哼着小调对着车窗玻璃照镜子，整理发型，赫然发现里面坐着一男一女，四只眼睛一起看着她。大妈吓得一溜烟跑了。

男的是江枫，女的是陈静。

小区的车位很紧张，为了抢占最佳观察点，昨天下午下班之前，江枫就把面包车停进了预定位置。右前方十多米就是仇皓住的单元，从这个位置可以很方便地观察人员进出。

陈静是南湖区刑警队的警花，两年前考入警队，负责现场勘查和刑事照相。为了不引起别人注意，按照江枫的建议，陈静特意拿了一副羽毛球拍在手上。她今天穿了一身白色运动服，短衣短裤，雪白修长的大腿裸露在外面。

车内空间狭小，淡淡的洗发水香味弥漫开来，互相能听到对方的呼吸声。江枫的目光有点局促，看看外面又看看手表，似乎朝哪儿看都不对。陈静倒是显得落落大方，歪着头问：“你不停地看表，是不是很急？”

“是吗？”江枫又低头看了一眼手表说，“还没这么快。”

“哦，那就不用急。”陈静又向他靠拢了一点。

“没起过这么早吧？”江枫没话找话道。

“嗯，同帅哥这么早出来还是头一次。”陈静打了个哈欠。

“今天真是辛苦你了。”

“那你打算怎么谢我？”

“当然是要感谢的……”

“请我吃大餐，去年你答应过的还没兑现呢。”

“行，这次一定请。”江枫心里咯噔一下，没想到那次随口说的一句话，她居然牢牢记在心里。

江枫再次把目光投向窗外，心里有点打鼓，也许把陈静带来是个错误。在没有搜查证的情况下，江枫单独一人秘密潜入居民家中，万一被业主诬告图谋不轨还真说不清，有两个人同时进去就好得多，可以互相做证。

王三牛另有重要任务，不能跟随江枫一起进入房间。王三牛马上想到了陈静，她可以协助拍照，而且绝对可靠。王三牛是这方面的专家，早就看出陈静对江枫有意思。江枫想了想，的确没有比她更合适的人选。果然，陈静听说要和江枫一起行动，就欢天喜地答应了。

江枫拿出蓝牙耳机连上了手机，然后打开微信，从通讯录里找到王三牛的名字，点击“共享实时位置”，王三牛的位置马上出现在手机地图上。

6点5分，目标出现。

仇皓一身短衣短裤，手里拎着一个蓝色运动包，从楼梯间出来。他站在原地，左右看了看，似乎在回忆昨天停车的位置。然后他向右转，往前走出十多米，走到一辆黑色丰田霸道旁，打开车门进了驾驶室。

江枫拨通王三牛的电话：“目标已上车，做好准备。”

“好嘞！”耳机里传来王三牛铿锵有力的声音。

“保持通话。”

“明白。”

丰田霸道掉好头，上了小区主路，往北门方向驶去。一辆蓝色出租车立即启动，尾随其后，开车的是王三牛，他的任务是负责盯车。王三牛双手稳稳地扶住方向盘，说：“目标已驶出北门，你可以行动了。”

“好的，你小心点。”

“放心，丢不了。”

江枫看了下手机地图，王三牛变成了一个小红点，正在向远离小区的方向移动。江枫对陈静说：“走吧，咱们上去。”

二人从面包车上下来，从仇皓出来的单元口进去。这是一幢高层住宅，总共二十二层，仇皓住在十六楼，有两部电梯可以上去。

从电梯口出来，走到1602室门口，江枫拿出开锁工具拨弄几下，咔嗒一声，门开了。陈静从相机包里拿出两双蓝色鞋套，二人套好鞋套进门，轻轻关上门。江枫再次看手机，地图上的小红点在向东风大桥方向移动，王三牛跟踪顺利。

进门就闻到香火的味道，像走进了寺庙。与客厅相连的阳台上设置了一个神龛，供着关公像，面前插着三支点燃的香。

“我怎么感觉我们像在做贼，要是那个人突然回来了怎么办？”陈静脸上的表情有点僵硬。她以前勘查现场都是跟随大队人马行动，声势浩大，像这样偷偷摸摸地潜入现场还是头一回，难怪会有点小紧张。

“不用担心，时间足够。”江枫说，“我们早就摸清了，他游完泳回来，最快也要一个半小时。”

“那就好。”陈静把单反相机挂在胸前，准备拍照。

三室两厅的房子，面积有一百多平方米。两间朝南的房间，一间是主卧室，一间是书房，另一间朝北的房间用来堆放杂物。室内装修比较简单，里面几乎没有什么多余的东西，也没有女人和小孩的生活用品。

江枫戴上手套，先从客厅搜索，凡是动过的物品都要恢复原状，因此速度不快。搜完客厅后走进卧室，床头柜上有一瓶农夫山泉矿泉水，江枫拿在手里摇了摇，看不出什么问题。

“糟了，目标突然掉头！”耳机里传来王三牛焦急的声音。

“他要去哪儿？”江枫手指按在耳机上。

“不知道，可能是要回家。”

“估计他还有多久能到家？”话一出口，江枫马上反应过来，这是多此一问。如果仇皓原路返回的话，出去时用了多长时间，返回的时间也会大致相同。

“差不多十五分钟，要不要继续跟？”

“你掉头了吗？”江枫问。

“已经掉头了。”

“继续跟。”

“再跟我就要暴露了。”

“你已经暴露了。”江枫语气平静。

“妈了个巴子！”王三牛急得差点跺脚。

江枫听到汽车引擎急加速发出的巨大声浪，看来王三牛是豁出去了。江枫必须迅速做出决定，好不容易进来一趟，不能就这么空手而归。

陈静问：“现在怎么办？”

江枫小心翼翼地把矿泉水放回原处，目不斜视：“继续找，我们还有十五分钟时间。”

丰田霸道开进小区，车子停稳后熄火，仇皓从副驾驶座位底下拿起一把棒球锁，推开车门下车。他向左右看了看，朝单元门口走去。

江枫搜完了卧室和书房，向后面的杂物间走去，王三牛的声音再次响起：“老大，目标上楼了，快撤！”江枫能听到他急促的呼吸声。

“他走楼梯还是电梯？”

“看不见，都有可能。”

江枫让陈静先出门，他自己断后，轻轻关上防盗门，把门反锁好。房子是两梯三户结构，陈静已冲到电梯门口，同时按动了左右两部电梯向下的按钮。

江枫急忙向她招手，示意走楼梯。陈静反应极快，马上转身跑到楼梯口，刚要下楼，手腕忽然被牢牢钳住，一股强大的力量在把她往上拉。江枫低声道："往上走。"

江枫刚才锁门时，脑子同时在高速运转，短短几秒钟，他已经把所有可能出现的情况全都计算了一遍。此时，无论乘哪部电梯还是走楼梯下去，都有可能与仇皓迎面相撞。只有从楼梯往上走，才是最保险的策略。

江枫拉着陈静，一口气冲到了顶楼。不知是因为紧张还是剧烈运动的缘故，陈静满头大汗，脸色苍白，手按住胸口，大口地喘气。白色运动衫被汗水浸湿后紧贴在胸前，几乎变成透明色，高耸的胸部轮廓清晰可辨。江枫眼角余光从她的胸前扫过，心里不禁扑通乱跳，马上移开了视线。

"没事了，再等几分钟，我们就可以下去。"

"天塌下来有你顶着，我怕什么？"陈静莞尔一笑，突然挽住了江枫的胳膊。

仇皓从楼梯间出来，走到门口，掏出钥匙开门。仇皓双手握着棒球锁，在各个房间巡视了一遍，没发现异常，扑通乱跳的心稍微平静了些。

回到客厅，仇皓在沙发上坐下，点着了一根烟，很多年没抽过烟了，他觉得自己抽烟的姿势有点笨拙。袅袅的烟雾升起，他把刚才的事情从头到尾又捋了一遍。

清晨马路上的车不多，从小区出来，仇皓就从后视镜里看到一辆蓝色出租车，一直跟在身后。他多了个心眼，经过一个红绿灯路口时，前面是绿灯，数字显示还有十秒钟变成红灯。他突然刹车，把车停在了白线后，眼睛紧盯着后视镜。

蓝色出租车居然老老实实地停在自己身后。右边的直行道明明是空的，后面的车只要往右轻带方向盘，就可以抢在红灯点亮之前通过，这显然不是的哥的作风，全中国的的士司机都是分秒必争、见缝插针的。仇皓心里有数了，穿过十字路口之后，马上掉头返回。不出所料，蓝色出租车又跟来了，一直跟进了小区。

是谁在跟踪自己？他首先想到了那两个警察，上次去鬼市他们就跟过。假如不是警察还有谁，难道是他？

不管是谁，现在都要万分小心。

一根烟抽完，仇皓还是觉得不踏实。他再次走进卧室，目光落在床头柜上的矿泉水瓶上，看到“农夫山泉”四个字，耳根顿时轰地一下，仿佛血液在倒流。

仇皓每天晚上睡觉前，都必须放一瓶水在床头。早上起床后再检查水瓶是否摆正，标签正面必须朝向墙壁，否则就会心慌不安，担心有灾难发生。这是在地震中落下的毛病，医生说是强迫症，他想改却改不掉。

现在，“农夫山泉”四个字是面向门口，矿泉水瓶被人移动了。有人进来过！

仇皓心念电转，迅速冲到北面的杂物间，搬开上面的杂物，打开一个装瓷器的旧纸箱。把瓷器拿出来，下面是一个报纸包裹的长条形物体，揭开发黄的报纸，露出一把生锈的洛阳铲。东西还在，悬到嗓子眼的心又搁回去了。

如果警察下次再来，就不会有这么好的运气了，仇皓凝视手里的洛阳铲，留给自己的时间不多了。

.24.

活埋

十五年前那个漆黑的夜晚，仇皓一直想从记忆中抹去，可是越想抹掉，回忆反而越清晰。

高中毕业后，熊超成了五兄弟中最先富起来的人，而其余四人还在苦哈哈地打工混日子。熊超出手阔绰，每次喝酒聚会都是他埋单。兄弟几个羡慕得要死，都想跟着他混，熊超却一脸神秘，守口如瓶。

直到有一天，熊超在五星级酒店订了一间豪华包厢，把大家全部叫拢。五个人喝光了三瓶白酒、两瓶洋酒，熊超拿出一包软中华，给每个人分了一支。

“弟兄们，想不想发财？”熊超慢悠悠地吐出一口烟。

“做梦都想啊。”老四陈伯杰说出了大家的心声。陈伯杰在一家汽车修理厂当学徒工，头发丝里都是机油味，脏累苦不说，还整天挨训斥，早就不想干了。

“我这几年其实是在做古董生意，以前瞒着弟兄们，是有不得已的苦衷。”梳着大背头的熊超把最新款的诺基亚滑盖手机放在桌上，举手投足都是老板气质。

听熊超讲完，大家才明白，他说的“古董生意”，原来是盗墓挖坟。熊超结识了一些道上的人，加入了一个盗墓团伙，难怪这几年闷声发大财。熊超是有大志向的人，不甘心一辈子给人跑腿打杂，通过这几年跟班学习，他已经掌握了盗墓的全套技术，连销售渠道都有现成的。如今时机成熟，熊超想出来独立创业，急需建立自己的工作团队。

老五余飞龙胆子最小，说出了心中的忧虑："倒是一门好生意，就是风险太大，抓到要坐牢吧？"

"你以为在工地砌墙就没有风险吗？"说话的是老二邓文豪，"昨天的新闻你们看了没？一个农民工在工地上干活，被楼顶上掉下来的钢筋刺穿身体，成了烤串，当场就挂了。"邓文豪虽没有直接表态，立场已明了。

这句话戳到了余飞龙的痛处，那条新闻他是看了的。余飞龙家在农村，他高考落榜后就到建筑工地搬砖去了，干活危险他不怕，少得可怜的工资经常被拖欠，让他觉得毫无尊严。

陈伯杰马上附和道："咱一没文化，二没有钱的爸爸，没风险的好事哪能轮得到咱们头上？"

"妈的，要劫就劫皇纲，要嫖就嫖娘娘。"邓文豪喝得脸红脖子粗，激动得拍桌子，"干他娘的！"

"你呢？"熊超转头问坐在身边的仇皓。仇皓靠在椅子上闷头抽烟，一直没说话，此时四双眼睛都盯着他。

"又想发财，又怕担风险，世上哪有什么两全其美的事。"仇皓语调不高，却字字有力，"富贵险中求，老子从来不知道'怕'字怎么写。"

余飞龙见大势已定，也不再犹豫，说："老大，我跟你干。"

"好样的！"熊超拎着酒杯站起来，开怀大笑，露出满口黄牙道，"我就知道，五大金刚没一个是孬种。"

"要死卵朝天，不死万万年！"

"哥几个都把酒满上，祝咱们创业成功！"

五个酒杯碰在一起，一饮而尽。

熊超经验丰富，技术过硬，带领大家连干了几票，都顺利得手，收益自然也相当可观。兄弟五人互相信任，配合默契，业务范围逐渐扩展到周边县市。

两年后，熊超在附近的宝丰县探到一座元代古墓，事先已反复踩点，摸清了现场环境。五人聚在饭店的小包厢里密谋，熊超拿出铅笔和一张手绘地形图，在饭桌上铺开。

“古墓周围都是水田，但是离村庄太近，容易被村民发现。此地民风剽悍，派出所都不敢进村抓赌。我们的方案要反复推敲，必须做到万无一失……”胆大心细，一直是熊超的作风，这一点仇皓是打心眼里佩服的。熊超能当老大，不仅仅是因为年龄大。

方案确定后，众人按计划行事。先用洛阳铲探准了墓室的位置，然后在封土堆上打洞。每天凌晨1点到4点挖洞，附近有一个几十亩水面的池塘，池塘边上有一个废弃的养鸭棚，挖出来的土都分散倒进了池塘。时间一到立即撤离，绝不贪多冒进，洞口再用杂草覆盖，神不知鬼不觉。他们采用这种蚂蚁搬家的方式，连续挖了十多天，进展顺利。

9月16日凌晨，大功告成。

黑夜，像一张严密的大网，把大地笼罩得严严实实。

前半夜下过雨，天空阴沉，看不到半点星光。周围传来风吹稻浪和虫子的鸣叫声，黑夜显得越发寂静。

熊超环视四周，指着天空说：“你们看，老天爷都在帮忙。干完了这票，下周我们去北戴河度假。”每次大的行动之前，熊超都用这种方式做战前动员，给大家加油鼓劲，顺便缓解紧张气氛。

事先已分好了工：熊超担任现场总指挥，邓文豪负责望风，仇皓下去摸金，陈伯杰和余飞龙在上面接应。

熊超再次叮嘱邓文豪："老二，招子放亮点，我们挖人家祖坟，若是被抓到，不死也要被打残。"

"放心，你怕我睡着啊？"邓文豪信心满满，悄悄地往南面的村口方向摸去。

仇皓站在洞口边上，拿手手电筒往下面照了照，里面黑咕隆咚，像一口深不见底的枯井。仇皓觉得嗓子眼有点发干，开起了玩笑："老五，我下去给你找生日礼物。"这天正好是余飞龙的生日。

仇皓拿起安全绳，正准备往腰上套，余飞龙抓住了他手里的安全绳，说："我去。"

"想抢功啊，乖乖地在上面待着，别乱动。"仇皓并未松手。

"这份生日大礼我要亲手来拿。"

仇皓望向熊超，征求总指挥的意见。熊超说："今天是老五的生日，要不让他下去吧，讨个吉利。"熊超正好借这个机会锻炼新人，一专多能一直是他建设团队的目标。

仇皓和陈伯杰在上面拉住绳子，把余飞龙从洞口缓缓地放下去。然后就是焦急的等待，过了二十多分钟，陆续吊上来五个浑身被泥土包裹的梅瓶，却没看到金银珠宝。

仇皓心里正犯嘀咕，猛听到有人敲锣。

好似晴天霹雳，几个人突然脸色大变，面面相觑，知道坏事了。声音是从南面的村子里传来的。

紧接着，远处有人打开了手手电筒，瞬间把夜幕捅穿。手电筒射出的光柱格外刺眼，越聚越多，在漆黑的夜空中摇晃、交叉，一起向古墓方向涌来。一时间，敲锣声、喊杀声四起，震耳欲聋。

"抓贼啊！"

"别让盗墓贼跑了！"

“宰了他们！”

……

负责望风的邓文豪失魂落魄地跑过来，上气不接下气地说：“快……快……快跑，我们被发现了！”

“老大，怎么办？”说话的是陈伯杰，可能是惊慌过度，连嗓音都变了调。

“操！”熊超还算镇定，沉着指挥，“瓶子带上，其他东西都扔掉，分散跑！”

熊超背起双肩包，刚要转身，仇皓突然抓住他的手腕道：“不能走，老五还在下面。”

熊超愣了一下道：“来不及了。”

仇皓并不松手，道：“那也不能把老五扔下。”

声音由远及近，眼看追兵就到，熊超急得直跺脚，说：“别傻了，我们救不了老五，再不走就大家一起死！”

二人正在争执时，几个手拿扁担、铁锹的村民杀气腾腾地冲了上来，相距不足二十米，已经能听到凌乱的脚步声。手电筒光照在熊超因恐惧而扭曲的脸上，脸色白得吓人。熊超猛地挣脱仇皓的手，掉头就跑，与此同时，邓文豪和陈伯杰也冲了出去。

愤怒的喊杀声、急促的脚步声、摇晃的手电筒光柱，一起向仇皓逼近。

巨大的恐惧，像蟒蛇一样缠得他喘不过气。仇皓不知道自己是怎么迈开双腿的，没跑出几步就摔了个跟头，眼冒金星。他爬起来，继续没命地狂奔，分不清东南西北，只知道往没人的地方跑，惶惶如丧家之犬……

天亮之前，一身泥巴的仇皓回到出租屋。这是他们为了方便落脚，在镇上临时租的房子。

熊超、邓文豪、陈伯杰都已到齐，个个垂头丧气，屋内死一般寂静。看见仇皓进来，谁也没吱声。床上放着两个鼓鼓的双肩包，里面装的是五个梅瓶，那是他们拿命换来的战利品。仇皓冷冷地环视室内，目光依次从众人脸上扫过，最后落在熊超脸上。

仇皓脸色阴得吓人，径直走到老大跟前，二话不说，突然挥拳打过去。熊超躲闪了一下，却没躲开，那一拳正中面门。熊超一个趔趄，连退了几步，背靠在墙上才没摔倒。熊超双手捂住脸，鲜血从指缝间往外流。

邓文豪赶忙上来打圆场，勉强挤出一丝笑容，说："自家弟兄，有话好好说。"

仇皓发了疯似的大吼："老五还在里面没出来！"

邓文豪张口结舌，一脸尴尬，讪讪地退到旁边。

仇皓并不打算放过熊超，再次向他逼近，血红的双眼像火焰喷射器，仿佛要把眼前这个人烧成灰："我们在关二爷面前发过誓的，你忘了吗？"

熊超捂着脸，低头不语。

仇皓揪住熊超的衣领，喊道："你哑了？说话啊。"

"是，我是胆小鬼，我怕死。"熊超吐出一口带血的唾沫，扬起下巴迎视仇皓的目光，"你有种，讲义气！有种别在老子面前充好汉，你干吗要跑，为什么不留下？"

仇皓浑身一颤，仿佛梦游的人突然被叫醒。他呆若木鸡，像泥塑般杵在原地，眼里的火焰渐渐熄灭，终于一屁股瘫坐在地上，像推倒的积木。

仇皓抱着头呜呜地哭泣，熊超说得没错，你不也是个贪生怕死的胆小鬼吗，有什么资格去质问别人？此刻，余飞龙正在面对什么，他想都不敢想。

邓文豪再次打圆场，说：“好啦，回来就好，大家都冷静下，有事好商量。”

吵也吵了，架也打了，残局还得收拾。安全起见，四个人当天就带着梅瓶分散转移，潜回了东风市，天黑之前在市郊的红房子会合。这是一幢位于城中村的老式平房，外墙由红砖砌成，是一年前租下的。红房子是他们的秘密据点，只有他们五人知道，从不让外人进入。

事到如今，余飞龙的命运没什么悬念了，肯定会被当地村民抓住，先打个半死，再扭送到派出所。“万一老五命大，一个人逃出来了呢？”邓文豪本来是随便说说，自我安慰而已，却让大家又看到了一线微弱的希望。

如果余飞龙侥幸逃出来的话，一定会回到红房子。但是情况变得微妙起来，余飞龙有可能单独回来，也有可能会带着警察来，不得不防。

熊超说：“这里不能再住了，太危险，弄不好我们会被一锅端。我们必须换地方，这样既可以确保安全，又可以等待老五的消息。”没有比这更稳妥的方案，大家一致同意。

再次连夜转移，他们在招待所挤了一夜，第二天在附近新租了一间房。四个人躲在出租屋里，深居简出，连说话都不敢太大声，怕引起邻居怀疑。除了必要的采购和出门打探消息，任何人都不准随便外出。

每天深夜，仇皓会出门一趟，去红房子查看动静。他在大门和门框的缝隙之间贴了一张细小的纸条，贴在门的最下角，没有人会注意到。只要有人推开这扇门，封条就被撕开，说明有人来过。

9月22日晚，仇皓从外面回来，大家都不用问，看他的脸色就知道结果了。封条依然牢牢地粘在原处，纹丝不动，余飞龙没来过，警察也没来过。他们每天守着电视看新闻，也没看到任何关于此事的报道，仿佛什么都没发生过，平静得吓人。

等了一个星期，余飞龙仍没有任何消息，生死未卜。

屋内烟雾腾腾，大家一筹莫展。熊超把烟头扔进脸盆，烟灰缸早就装不下了，干脆拿了个不锈钢脸盆代替。为了不引起别人怀疑，所有的生活垃圾都不敢运出门外，墙角处的方便面盒子已堆成了小山。

“老五那么机灵，我猜他多半是想办法逃出来了。”邓文豪率先打破了沉默。

陈伯杰马上摇头道：“墓底离洞口有将近十米，没人在上面帮忙拉绳子，下面的人根本上不来，除非长了翅膀。”

仇皓说：“如果老五逃出来了，按说早就该来找我们了，过了这么长时间都没来，肯定是失去了自由。”刚开始几天，仇皓还心存幻想，余飞龙突然就闯进来了。随着时间推移，幻想一点一点破灭，他不得不接受现实。

“仇皓分析得有道理。”熊超点了点头道，“如果老五被老百姓抓住，肯定会扭送到派出所。他到现在还没回来，说明被拘留了，人应该关在看守所。”熊超曾因打架斗殴被关过十天，对警方的办案程序比较了解。派出所最多只能讯问二十四小时，超过时间要么放人，要么拘留。

邓文豪说：“我有个亲戚在看守所食堂做厨师，我叫他帮打听一下。”征得大家同意后，邓文豪拿出手机，拨通了亲戚的电话，亲戚答应明天上班后找人去问。

第二天上午，邓文豪接到回电，亲戚说叫人查了在押人犯登记表，号子里没有叫余飞龙的人，最近也没关押过盗窃文物的嫌疑犯。

“既然没逃走，又没有被抓到，老五究竟会在哪儿呢？”邓文豪茫然地自言自语道，“老五不会是……还在古墓里吧？”邓文豪的声音颤抖起来，突然冒出来的念头，让他感到毛骨悚然。

仇皓感到轰地一下，仿佛一个炸弹在脑子里炸开。他一直不敢想的事，忽然被邓文豪捅开了。其他人都默不作声，居然无人反驳，也许大家都想到了最坏的后果，只是不说破而已。

当天晚上，仇皓没和其他人打招呼，一个人悄悄潜回了古墓，发现盗洞口已被水泥封死。

借着夜幕掩护，仇皓跪在坟前，痛哭流涕。如果自己当时不跑，大不了被打个半死，坐几年牢，余飞龙就不会被活埋在古墓中。就算被打死又怎样，也强过每天都被噩梦折磨。

他多么希望余飞龙突然出现在面前，大骂自己禽兽不如，再把自己狠狠地揍一顿。可是冰冷的现实就摆在眼前，仇皓彻底绝望，他知道，余生的每一天都将接受良心的审判。

9月24日，仇皓带着噩耗回到出租屋。

熊超说：“我们对不起老五，但是人死不能复生，我们要考虑下一步计划了。东西必须尽快出手，留在手里就是个定时炸弹。明天我去联系买家，拿到钱之后大家暂时分开一段时间，先出去避避风头。”

邓文豪和陈伯杰都点头同意，只剩仇皓没表态，三双眼睛都看着他。

仇皓说：“你们分吧，我那份不要。”

熊超板着脸问：“什么意思？”

“这是老五拿命换来的，你们花得心安吗？”

“那你说怎么办？”

“送回去。”

“你疯了！”

“让它物归原主，我们的良心会好过点。”

“良心”二字就像是千斤巨石，压得那三个人都抬不起头。陈伯杰哭丧着脸说：“算了，我那份也不要了。不瞒你们说，昨晚还梦见关二爷拿刀砍我，真他妈受够了。”

形势发生了微妙的变化，变成了二比二。熊超沉吟半晌说：“好吧，既然大家都这么想，东西不卖了，但是绝不能送回去。回去就是送死，老百姓非把我们活埋了不可。”

“可以送到公安局去啊。”说话的是陈伯杰，话一出口他就发现不妥，这也是自投罗网。

邓文豪赌气道：“这也不行，那也不行，干脆找个没人的地方扔了总行了吧。”

仇皓面无表情道：“我们已经做错了，再这么干，关二爷不会放过我们的。”

“要不送到博物馆去？”陈伯杰提议，“就说是在建筑工地上挖到的，不会有人起疑心。”

仇皓点头赞同道：“这倒是个办法。”

熊超环视众人问：“谁去送？”

大家都默不作声，到手的宝贝瞬间变成了烫手的山芋。

仇皓说：“我去。”

另外三个还是不吭声。

仇皓读懂了沉默背后的潜台词，说："你们怕我一个人独吞，那就大家一起去。"

熊超叹了口气，说："好吧，明天咱们兄弟四个都去，有福同享，有难同当。"

听到"有福同享，有难同当"八个字，仇皓忽然有一种想大笑的冲动。信任，就像一件华美的瓷器，裂开了一条细微的小缝，再也回不到当初。

次日上午，熊超、邓文豪、仇皓、陈伯杰四人带上那五个梅瓶，去了东风市博物馆。没想到的是，馆长办公室居然还有个记者，好在一切顺利。馆长叫他们留下联系方式，仇皓报了一个传呼号，这个号码半年前就停机了，不必担心被找到。

走出博物馆的大门，每个人都长出了一口气。熊超宣布就地解散，等避完风头再联系。大家挥手告别，笑说着"再见"，其实心里都清楚，再也不会见了。

.25.

生日杀手

四个献宝人，老大熊超死了，老二邓文豪昏迷不醒，老三仇皓有重大作案嫌疑，老四陈伯杰很可能是下一个被害人。这四个人之间发生了什么，陈伯杰应该知情，及时找到他至关重要。

这几十年间社会巨变，要在茫茫人海中找出一个会直立行走的活人并非易事。陈伯杰的户籍地址在东风市手扶拖拉机厂，企业早已倒闭，原址盖起了住宅小区。厂子没了，职工都走散了。为了寻访陈伯杰的下落，江枫陆陆续续见了十几位厂里的老职工。

江枫去一位老职工家走访时，碰巧遇到他家的小儿子刘华回家看望老父亲。据刘华回忆，陈伯杰原来住在他家前面那幢职工宿舍，小时候他们经常在一起玩。刘华说："半年前我在地铁上遇到过陈伯杰，他说在本田4S店当车间主任，还叫我以后想买本田车就去找他。其实我从没想过要买日系车，所以没问他是在哪家4S店。"

刘华提供的信息不多，但是查找范围已经大大缩小。江枫又燃起了希望，如果陈伯杰在本田4S店工作，只要一家一家去找，不愁找不到人。

全市共有五家本田4S店，江枫已走访过两家，均查无此人，马上要去走访的是第三家。

8月23日，午饭过后，南京路东风本田4S店展厅里空荡荡的。江枫和王三牛推开玻璃门进去，一个穿着蓝色条纹衬衫的女销售员立即迎了上来，圆圆的脸上荡漾出甜腻的笑容，问："两位帅哥，想看什么车？"

“美女，你们这儿什么车卖得最火？”王三牛任何时候都不想浪费与美女搭讪的机会。

“帅哥喜欢轿车还是SUV？”

“轿车。”王三牛信口胡扯，目光落在女销售员高耸的胸脯上。

“那你可以看看最新款的十代思域。”女销售员把二人引到一辆红色思域前，“本田号称买汽车送发动机，这款车搭载的是世界排名前十的地球梦发动机，动力强劲，上个月还要加价提车呢。”

听说是思域，江枫抱起胳膊，饶有兴致地围着车转了一圈：“这就是号称秒天秒地秒空气的新思域？”

“大哥，你很懂车。”女销售员毫不吝啬地把最纯真的笑容献给了江枫。

“以前开过，了解一点。”江枫说。

江枫原来开的是老款的九代思域，四个月前堵截抢婴犯时撞坏了。车子虽然经过大修，底盘已不如原来那么扎实，万志强趁此机会向局里打报告，把那辆思域调剂给了派出所，队里换了一辆新车，就是他们现在开的现代途胜。

“新思域虽然没有网上炒的那么神，但它的确是一款好车，配置丰富，仪表盘炫酷，溜背外观颜值超高，百米加速成绩同价位无敌手……”

江枫深信她能连续说上半个小时不重复，赶紧挥手打断，说：“不好意思，我们是来找人的，不买车。”

女销售员脸上的表情立刻垮塌，像夏天自爆的钢化玻璃，笑容碎了一地。

江枫出示警察证，说：“我们想找陈伯杰问点事。”江枫并不确定陈伯杰是否在这里，却不能让她看出自己是在试探。

女销售员看完证件，再次打量二人，把碎在地上的笑容又捡了起来，说："二位请在这里稍等，我去叫。"

"麻烦你了。"有了，江枫心中暗喜，脸上佯装淡定。

女销售员进去叫了，江枫和王三牛在一张玻璃小圆桌前坐下，桌上有陈皮糖和汽车宣传单。另一名女销售员端了两个纸杯过来，里面是可乐。展厅面积很大，冷气开得很足，炎炎夏日坐在清凉的地方等人，并不觉得时间难熬。

王三牛拿出手机，架起二郎腿，一脸专注地盯着屏幕。江枫拿眼角余光瞟了一眼，赫然看到一行醒目的标题：《如何优雅地让女神一丝不挂？》

"有用吗？"江枫很好奇。

"没什么卵用。"王三牛摇头。

"那你还看得这么起劲？"

"艺多不压身嘛。"

几个女销售员都躲得远远的，可能都不愿惹警察。王三牛把手机塞进口袋，陈伯杰还没出来，二人又讨论起案情。

"老大，你觉得陈伯杰会说实话吗？"

"除非他不想活了。"江枫信心十足。

"一伙人幸运地挖到了国宝，却引来杀身之祸，记者肯定喜欢这种题材。等案子破了，马上召开新闻发布会，我连标题都想好了，就叫《一个梅瓶引发的血案》。"即将真相大白，王三牛有些兴奋，思维跑得很远。

"兴许他们撒了个弥天大谎，梅瓶根本不是在工地上挖到的。"

"那是怎么来的？"

"说不定是偷来的。"江枫剥开一颗陈皮糖，放进嘴里。

“凭什么？”王三牛问。

“洛阳铲。”江枫说，“袭击邓文豪的凶器是洛阳铲，能接触到这种工具的，除了野外勘探和考古工作者，就是盗墓贼了。”

“这说不通。”王三牛立即摇头，“冒着坐牢的风险去盗窃文物，然后献给博物馆，除非是脑子进水了。就算有一个精神不正常，不可能四个人的脑子同时进水吧？”

江枫顿时语塞，王三牛的分析逻辑缜密，无懈可击。

“余飞龙失踪会不会和梅瓶有关呢？”王三牛又提出一个问题，“你看，‘五大金刚’少了一个，梅瓶刚好也少了一个。如果把二者联系起来，就是余飞龙带着‘礼’字梅瓶一起失踪了。”

“脑洞开得很大。”江枫称赞道，“假如是这种情况，仇皓为什么要杀熊超和邓文豪？他想拿到梅瓶，应该去找余飞龙才对啊。”

王三牛挠了挠后脑勺，说：“我也是瞎猜，我们现在连余飞龙是死是活都不知道。”

二人正说着，一个穿着灰色工装的男子向他们走来。此人三十多岁，中等身高，身材瘦削，尖尖的下巴上留着小胡子，走路时右腿有点瘸。

男子表情拘谨，目光在二人脸上移动，一脸戒备：“你们找我？”

江枫问：“你是陈伯杰？”

男子点了点头：“是我。”

“坐下说吧。”江枫指了指对面的红色牛角椅，向他出示了证件。

“找我什么事？”陈伯杰浅浅地坐在椅子上，看到警察证脸上并无意外，女销售员应该告诉了他，外面有两个警察在等他。

“没事肯定不找你。”江枫微笑道，“你在这儿做什么工作？”

“我是车间主任，负责售后服务和车辆维修。”

“干了多久了？”

“有十多年了吧。”陈伯杰略加思索道。

“你的腿是怎么回事？”江枫指了指他的瘸腿。

“三月前下楼梯时摔的。”陈伯杰苦笑道，“胫骨骨折，住院做了手术，回家又躺了两个月，刚上班不到十天。”

“在哪儿做的手术？”

“武警医院。”

“身份证带了吗？”

“带了。”

“给我看下。”

陈伯杰稍微犹豫后，从裤兜里掏出一个黑色皮夹，抽出身份证，给了江枫。

核对完身份证上的出生日期，重名的可能性排除了，江枫心里有数了。江枫掰着手指头数了起来，说：“二十。”

“什么意思？”

“我的意思是说……”江枫顿了顿说，“你的阳寿只剩下二十天。”

“你们不是来给我算命的吧？”陈伯杰笑得很不自然。

“我不会算命，是有人想要你的命。”

“真会开玩笑，我又没跟什么人结仇。”

江枫身体略微前倾，直视他的眼睛，说：“老四，我们找你很久了。”

陈伯杰浑身一震，像被马蜂蜇了一下。

江枫环视左右，压低声音说：“这里人多，说话不方便，我们换个地方说话吧？”

陈伯杰脸上露出为难的表情，说：“对不起，我现在很忙，公司有管理制度，请不到假。”

江枫说：“怎么请假是你的事，如果你不愿意配合，我们可以依法传唤你到分局去谈，自己选吧。”

陈伯杰没有选择了，说：“好吧，我去换下衣服。”

陈伯杰换好了衣服，再次回到展厅。三人走出大门，上了停在门口的途胜。

江枫打开手机地图，找到附近一家KTV，要了一间没窗户的小包厢。白天没什么人唱歌，KTV包厢密闭性强，隔音好，非常适合长谈。江枫吩咐服务生，没有人叫不要进来，也不要敲门。

“L”形真皮沙发，面前摆着大理石茶几，灯光全部打开。陈伯杰在二人斜对面坐下，神色不安。

江枫拧开矿泉水瓶盖，喝了口水，说：“陈伯杰，你应该猜得到，既然我们能找到你，说明公安机关对你的情况已经完全掌握了。你应当如实回答我们的问题，故意隐瞒事实或者做伪证都要负法律责任，会对你非常不利，听清楚了吗？”江枫其实并不知道多少，却必须装出早已洞察一切的样子，先在气势上碾轧对方，尽可能打消他的侥幸心理。

陈伯杰微微点头道：“听清楚了。”

江枫拿出两张户籍登记表问：“这两个人你认识吗？”户籍表上是熊超和邓文豪的名字。

陈伯杰接过来看了看，不说话。没有否认，就是默认了。

“你们是什么关系？”

“同学。”

“什么时候的同学？”

“高中。”

“最近联系过吗？”

“高中毕业之后，我们就没见过面。”

“你要是这种态度，咱们就没法聊了。”江枫笑盈盈地看着他，像一个不肯降价的淘宝客服，语气温婉，态度却十分坚决。

第一个谎言就被揭穿，陈伯杰有些沮丧，低头沉默。

“好吧，不兜圈子了。”江枫拿出几张案发现场照片，推到陈伯杰面前说，“熊超在5月10日被杀，邓文豪在7月13日被人袭击。”江枫紧紧盯着陈伯杰的脸，观察他的反应。

陈伯杰脸上布满惊恐，喉结来回滚动几下，拿着照片的手微微颤抖起来。

“你有什么想法？”江枫问。

“我没杀人。”陈伯杰急忙撇清道。

“没说你杀人。”

“那跟我有什么关系？”

坐在旁边的王三牛急得不行，霍地站起来，指着陈伯杰的鼻子大骂，声音像打雷：“妈了个巴子，都死到临头了，还装疯卖傻！”

陈伯杰没想到竟有这么野蛮的警察，吓得脖子一缩，屁股往后挪了挪。

王三牛转头对江枫说：“老大，咱们好心被当成驴肝肺，别跟这孙子磨叽了，带回局里去审，看老子咋收拾他。”

审讯讲究刚柔相济，既要尊重被审讯对象的人格，又要对其进行适当的震慑。二人搭档了两年，配合越来越默契。江枫对王三牛刚才的表现非常满意，挥手示意他坐下。

“陈伯杰，你们兄弟五人，已经有两个出事了。”江枫目光如炬道，“其实你心里比谁都清楚，下一个横尸的就是你！”

陈伯杰脸色苍白，手不由自主地哆嗦起来，拿起矿泉水瓶，却怎么也拧不开瓶盖。江枫帮他拧开瓶盖，再交给他。陈伯杰仰起脖子，咕咚咕咚猛灌了几口，呼吸略微顺畅。

“这么多年我已经受够了，想不到他还是不肯放过我们。”

“他是谁？”江枫挑了下眉。

“仇皓。”陈伯杰干脆地吐出两个字。

江枫同王三牛对视一眼，目光转向陈伯杰，说：“说吧，我们是来帮你的。”

陈伯杰茫然地看着吊灯，思绪仿佛又回到了那段不愿提及的过往。王三牛给了他一根烟，陈伯杰低头抽了几口，抬起头问：“要我从哪里说起？”

“从你们认识开始说起。”江枫向他报以微笑，同时打开了录音笔。

陈伯杰把五人在学校结拜兄弟、毕业后合伙盗墓、余飞龙在古墓中被活埋以及四人去博物馆献宝的经过一五一十说了一遍。十五年前的陈年旧事，关键细节都记得很清楚，也许是那段经历太刻骨铭心了。

江枫注视着陈伯杰，专注地聆听，脸上没有任何表情。

陈伯杰讲的故事很长，曲折离奇。江枫没想到，这两起杀人案的背后，竟然隐藏着这么惊心动魄的故事，尤其是听到余飞龙被活埋，不禁毛骨悚然。事情的前因后果大致清楚了，还有几个疑问需要确认。

江枫定了定神问：“你怎么知道那两个人是仇皓杀的？”

“除了他还有谁？”陈伯杰说，“老五早就死了，老大和老二都被杀了，如果不是仇皓干的，那就是我了。”

“老五就是余飞龙吗？”江枫再次确认。

“是的。”陈伯杰点头。

“仇皓为什么要杀人？”关于杀人动机，江枫一直苦思不得解。

“他要给老五报仇。”陈伯杰不假思索道，“余飞龙救过仇皓的命，他们两个感情最好。出事的那天，仇皓就和老大打起来了。”

“仇皓为什么要选在被害人的生日动手？”

“不求同年同月同日生，但求同年同月同日死。”陈伯杰眼神空洞，喃喃自语，“我们五兄弟在关二爷面前磕过头、发过誓。老五被活埋的那天，正好是他的生日，仇皓是用这种方式提醒大家不要忘了当年发过的誓。”

“我他妈就是个没用的胆小鬼！”陈伯杰把手指插进头发里，用力地揪扯道，“如果我当时不跟着他们跑，老五也不会死得这么惨。”

“活埋啊！”陈伯杰呜呜地哭泣，泪流满面道，“自从出了那事之后，我就没睡过一天好觉，每天背着良心债过日子的滋味，你们不懂。”

怎么会不懂？江枫默默地递给他一张纸巾，想起了饭饭，即使大家都说他没做错，那种愧疚和自责却始终萦绕在心，挥之不去。

“我们抛弃兄弟，是罪该万死，天打雷劈都不过分。但是仇皓有什么资格替天行道，他难道不是背信弃义、贪生怕死的小人？”陈伯杰由悲伤转为愤怒。

待陈伯杰情绪平稳后，江枫拿出一张发黄的老照片，问：“这张照片你还记得吗？”

陈伯杰说：“这是在博物馆送梅瓶时拍的，那天刚好有个记者也在，还说要采访报道，我们吓得赶紧走了。”

“你们从古墓里拿出了几个梅瓶？”

“五个。”

“会不会记错？”

“错不了。”陈伯杰非常肯定地说，“那五个梅瓶本来是要卖掉的，出了意外之后，就不敢卖了。刚开始老大说要分掉，正好一人一个，老五应得的那个给他父亲。但是仇皓坚决不同意，我们也担心把梅瓶送给余飞龙的父亲容易出事，后来就全部送到博物馆去了。”

“古墓在什么地方，你还记得吗？”

“在宝丰县的紫阳镇，一个村庄后面，从市区坐车两个小时就到了。村名我忘了，只记得那个村子里有很多老房子，现在还有没有就不知道了。”

“什么样的老房子？”

“基本都是明清时的古建筑吧。”

“从博物馆分手之后，你们后来还见过面吗？”

“只见过一次，是偶然碰到的。”话说到这个份儿上，陈伯杰没必要再隐瞒了。

“什么时间？”江枫追问。

“具体日期不记得了。”陈伯杰皱了下眉，“好像是今年4月，就是市博物馆新馆开放的第一天。”

“4月21日，星期六。”江枫脱口而出，这天是东风市博物馆举办开馆仪式的日子，还是如月湖抢婴案的案发日期，对他而言刻骨铭心。

“可能是吧。”陈伯杰随口应道。

“你们那天去了博物馆？”江枫感觉心跳在加速，这几个人4月21日碰面的理由只有一个，那就是去博物馆看元青花梅瓶展出。

陈伯杰用惊讶的目光看着江枫，仿佛在说“这你也知道”。

“我在电视上看到市博物馆新馆即将开放，首次展出元青花梅瓶，没想到我们当年挖到的五个瓶子竟是国宝，我就很想去看看。上午人多眼杂，我没敢去，所以下午才去。我刚走进国宝厅，就遇到仇皓，然后又看见了熊超和邓文豪。没想到会这么巧，可能大家的想法都一样吧。我们都很意外，不敢逗留太久，随便聊了几句，互相留了联系方式就分手了。”

今天收获巨大，几个重要疑点都解开了，江枫喝了口水，换了个话题：“你家里有哪些人？”

“家里还有父母，我是独生子。父母都下了岗，后来厂子也拆掉了，就在郊区买了套二手房，房子小了点，三个人也够住了。出了那件事之后，我在家里待了半年，然后重操旧业去4S店当学徒，一直做到现在。”陈伯杰仿佛卸下了千斤重担，心情反而放松了，话也多了起来。

“你还没结婚？”江枫问。

陈伯杰脸上再次露出苦笑道：“谈过两个女朋友，都没敢结婚。我干过那么多坏事，早晚要出事，不想再连累别人。我在网上查过刑法条文，盗窃文物罪行不轻，我全都交代了，你们可以抓我了。”

江枫笑道：“我说过要抓你吗？”

陈伯杰当即愣住，一脸意外。

“陈伯杰，你今天的表现很好，主动交代违法犯罪事实，算自首情节，依法可以从轻或减轻处理。”江枫顿了顿说，“我希望你继续立功，争取把刑期降到最低。”

“要我怎么做？”陈伯杰晦暗的眼神重新明亮起来。

“等下你跟我们去分局做一份详细的笔录，然后回去照常上班，该干什么还干什么，就像什么事都没发生过。后面有哪些工作需要你配合的，我们会随时通知你。”还没到收网的时机，现在把陈伯杰收押起来并不合算，但是具体要怎么做，江枫暂时还没想好。

“行，我一定配合。”陈伯杰用力地点头，忽然想起了什么，“万一……仇皓找到了我怎么办？”

“放心，我们会负责你的安全。”江枫站了起来，俊朗的脸上写满自信，“今天是8月23日，离你的生日还有二十天，在此之前你是安全的。”

.26.

一路向北

途胜在高速公路上驰骋，一路向北。

早上出发的时候，天空还飘着细雨，这时雨已经停了。沿途山势连绵，层峦叠嶂。江枫无心看风景，专注地开车，眼角余光不时地留意手机导航指示。

出了收费站，迎面就看到几十米高的巨幅广告牌：“山水宝丰，一座来了就不想离开的最美小城！”

坐在副驾驶座上的王三牛嘟囔道：“我咋觉得这地方有点恐怖呢？”

江枫扭头问：“发什么神经？”

“你看。”王三牛手指着外面的广告牌说，“山水宝丰，一座来了就别想离开的最美小城！宝丰人民分明在磨刀霍霍，摆开了要宰客的架势，不把钱包掏空就别想离开。”

江枫嘴都笑歪了，说：“宝丰人民不欢迎你。”

宝丰是一个人口不到二十万的小县，属另一个地级市管辖，与东风市的最北端接壤。由于“生不逢地”，交通闭塞，宝丰县的工业一直发展不起来，却给当地百姓留下了青山绿水。最近几年，当地政府因地制宜，大力发展旅游业，已初具规模。

汽车从宝丰县城穿过，沿省道继续行驶了四十分钟，上午10点到达紫阳镇。江枫先到派出所把民警小赵接上车，再到镇文化站去接孙站长。孙站长坐在前面带路，王三牛换到后排座位，车子载着四个人往沙湖村驶去。

据陈伯杰回忆，盗墓地点是在宝丰县紫阳镇的一个村庄附近，村子里有不少明清古建筑，古墓就在村子后面。昨天晚上，江枫给紫阳镇派出所打了电话，请求派出所协助查找，当地是否有一个符合以上特征的古村。

派出所相当给力，连夜就把调查信息反馈过来了。该镇有个叫沙湖村的古村，村后有一座元代古墓，所有特征都对上了，应该就是专案组要找的古村。今天一早，江枫就带着王三牛驱车赶来。

村子最南面有一条水泥路，是进村的中心公路。面前是大水塘，沿岸栽了一排柳树，一派宁静的田园风光。

车子直接开到老支书家门前停下，一个身材高大、精神矍铄的老人迎了出来。老支书今天换了一身崭新的衣服，早已备好茶水，等候多时。众人进屋，围着八仙桌坐下，孙站长为大家一一介绍。

江枫问："老爷子，您今年高寿？"

"虚岁七十二了。"老支书坐在长凳上，腰板挺得笔直，声音洪亮，中气十足。

"真看不出来。"江枫说的是实话，老支书眼不花，耳不聋，一根白头发都没有。寒暄过后，江枫切入正题："咱们村子后面有一座古墓吗？"

"你是问李将军墓吧？"

"李将军？"江枫猜测墓主人应该就是这个李将军了。

"我们全村都姓李，就跟这个墓有关系。李将军可以说是我们的祖先，严格说又不是。"

"这是为什么呢？"江枫看着老支书的眼睛。

"听我细说，你就清楚了。"老支书呵呵笑道，"元朝末年，陈友谅和朱元璋争夺天下，在这一带打了一次恶仗。陈友谅手下有一个姓李的大将，兵败投水自尽，亲兵把他的遗体打捞起来，秘密运到这里安葬。那些亲兵都是追随李将军多年最忠诚的部下，他们为了报恩，就全部改姓李，留在这里开荒种田，世世代代为李将军守墓。所以，我们全村姓李的都是守墓人的后代。”

听老支书讲完，江枫有似曾相识的感觉，类似的故事好像在别处也听过，不知道有几分真几分假。不过年代确实对上了，元青花瓷器出现在元末的古墓里，非常合理。茅跃进说过，那五个元青花梅瓶烧造得精美绝伦，在当时就是艺术精品，要么出自官府，要么是王公贵族所有。

元末天下大乱，战争年代，最容易发财的就是军人，李将军带兵打仗、攻城掠地，获得这批宝物是完全有可能的。从墓主人的身份和年代这两点推断，老支书讲的故事有八九分是真的。

江枫问：“有关于李将军的文献记载吗？”

老支书摇了摇头道：“这些传说都是我们李家祖先口口相传，一代一代传下来的。朱元璋得了天下后，祖宗怕走漏风声，把所有文字资料都烧毁了，连墓碑上的名字也磨掉了。现在我们只知道这位将军姓李，名字早就失传了。”

江枫微微点头道：“我听说这个墓被人盗过？”

“那是十多年前的事了。”老支书脸上露出得意的笑容，额头上现出细密的皱纹，“活该那伙盗墓贼倒霉，要不是那天夜里我刚好闹肚子，差点就被他们得手了。”

“哦。”江枫眼睛一亮，心想这回真找对人了，“老爷子，给我们讲讲那天晚上的事吧。”

老支书点着一根烟，嘴里喷出的烟雾被头顶的吊扇吹得四处乱飘。他的目光斜视上方，仿佛伸出一根长钩直入脑中，从记忆深处钩起一些东西。

“那天夜里我闹肚子，后半夜起来解手。茅房里又臭又热，蚊子还特别大，反正晚上没人，我就在外面找了个凉快的地方解决。我家的老屋以前是在村子的最后一排，刚解完手，忽然看见水田里有很暗的光在晃动，那个方位正好是古墓的位置。我就多了个心眼，蹲在原地不动，继续观察。竟然有好几个人在那里忙活，却一点声音都没有。我一下就反应过来了，不得了，有人盗墓！”

老支书说得兴起，脸上的表情也生动起来，仿佛又回到了十五年前的夜晚。一根烟抽完，他把烟头扔到地上，不紧不慢地端起玻璃茶杯喝了口茶，把喝到嘴里的茶叶又吐回去。

“那时我还年轻，如果是个把人，我肯定不怕他，直接就冲上去了。他们人多，我一个人肯定要吃亏。我就悄悄地摸回去，叫醒了隔壁几家的人，那时候外出打工的不多，大部分青壮劳动力都在家。我叫他们拿好扁担、锄头，别弄出响声，到我家门口集合，准备抓贼。人到得差不多了，我就叫人敲锣，把全村人都叫起来。与此同时，我带着十几个人往古墓方向冲去……”

说到紧要处，又打住了，几个人都瞪大了眼睛看着他。江枫暗想，老支书年轻时可能是个评书迷，这水平都快赶上单田芳了。老支书显然很享受众人期待的目光，抿了口茶，清了清嗓子继续说道：

“那几个盗墓贼反应很快，发现情况不对，立即分散逃跑。我们追了一阵，一个都没抓到，又回到古墓这边。封土堆侧面被挖开一个盗洞，我拿手手电筒往下面照了照，洞很深，里面黑咕隆咚的，没人敢下去。我对着洞口喊了几嗓子，也没人回应。估计是刚挖开洞口，人还没来得及下去就被发现了。算他们走运，如果里面有人的话，肯定要被我们活捉。”

“当晚我安排了几个人轮流值班，守住洞口。祖坟被人家挖了，很不吉利，天亮之后，我就叫人运了几包水泥过来，赶紧把盗洞封死了。全村家家户户都放了爆竹，烧了纸钱。我的肠胃一直蛮好的，偏偏就在那天夜里拉肚子，你们说这是不是怪事？村里人都说是祖宗显灵，叫醒我起来抓贼。祖宗保佑，真是万幸！”

“真是万幸！”江枫笑着附和道，心里却在摇头，这些人居然还不知道，不光是墓里的国宝被盗走，还有一个盗墓贼被他们活埋了。

江枫问：“这是哪年发生的事？”

老支书说：“十五年前。”

“不会记错吧？”

“错不了，我的小孙子就是那年出生的，今年正好十五岁。”

“具体日期还记得吗？”

“是在9月中旬吧，学校刚开学不久，天气还很热。”

余飞龙的生日是9月16日，案发时间也基本吻合，江枫心里有底了，问：“你们当时报了案吗？”

“本来是要报案的。”老支书说，“村里几个长辈都劝我别声张，既然没什么损失就不要报案了，万一公安局要开墓检验，反而会惊动先人。我想想也有道理，报了案不见得能抓到人，再惊动一次先人，罪过就大了。传扬出去，弄不好还会引来别的盗墓贼。”

“后来发生过类似的事件吗？”江枫问。

“好像是过了大半年之后，有人在尿根家的鸭棚里发现一个地洞，不知道是不是通往古墓里的，我叫人拖了几车沙把洞口填掉了。”老支书像是突然想起了什么道，“不对啊，我们明明没报案，你们是怎么知道的？”

“哦。”江枫没想到老支书突然有此一问，忙解释道，“是这样的，我们在查另外一起案子时，无意中听到这件事，所以过来核实一下。”

“警察同志，如果抓住那伙盗墓贼，一定要让他们坐穿牢底！”

“查明事实，一定会依法处理的。”江枫随口敷衍道，“老爷子，带我们去现场看看吧。”

“行。”老支书推开长凳站起来，“我们走路过去，几分钟就到了。”

老支书在前面带路，江枫、王三牛以及文化站的孙站长、派出所的小赵跟在后面。一行五人从村子中间穿过，果然有许多古民宅，大部分是清末和民国的，都倒得差不多了，只剩下残垣断壁，门前杂草丛生，无处话凄凉。

江枫心下恻然，倘若茅跃进看到这般光景，恐怕要痛心疾首。江枫问身旁的孙站长：“这么多老房子，倒了真可惜，怎么不维修？”

“哪有钱啊？”孙站长苦笑道，“古建筑维修必须由具备专业资质的单位设计和施工，修旧如旧，维修这种老宅子比盖新房贵多了，上面不拨钱，县财政又负担不起，只能这样了。”孙站长五十多岁，在文化站干了三十多年，情况很熟。

正说着，一个脸膛黝黑的中年汉子快步冲上来，拦住了孙站长的去路，满脸怒容，看样子来者不善。他说：“孙站长，我正想去找你，我家房子的事有着落了吗？”

“你家的情况我已经向上面报告了，有关部门还在研究。”孙站长赶忙赔着笑脸解释，似乎很怕他。

“研究个屁！你们推来推去，都拖了半年了，再不解决的话，明天我就叫人把我家的房子拆掉。”

真新鲜！江枫以为听错了，长这么大没听过用这种方式威胁别人的。

“大歪，你敢？”老支书喝道，“喝了二两酒在这里装八两的疯，不怕坐牢你就拆吧。”

拆自己家的房子也犯法？江枫越发觉得离奇。

老支书的威严还在，叫大歪的汉子气焰顿时矮了三分：“拆又不让拆，盖又不准盖，总得给人一条活路吧？”

几个人争来吵去，江枫大致听明白了。大歪的儿子要结婚，想盖新房子，按照规定，村民建房只能建在原来的老宅基地上。但是大歪家的老宅子属县级文物保护单位，按照《文物保护法》规定，只能按原样修复，不准拆除。他家是三进的老宅子，没有一二百万根本修不下来，就算大歪有那个财力，年轻人也不愿住那种老房子，通风采光都没法与现在的钢筋水泥楼房相比。

大歪只好另想办法，申请在自家的稻田里建房。但是《土地法》又有规定，要严格保护基本农田，也不能批。两边的法律都碰不得，事情就这么僵着，难怪大歪会绝望。

孙站长又上来解释一通，好不容易把大歪打发走了。

江枫问老支书：“他家祖上是大户人家吧？”

老支书不屑道：“他们家啊，三代贫农，好吃懒做，穷得卵敲凳。”

江枫不解道：“贫农怎么盖得起三进的大宅子？”

老支书说：“那个宅子原来是我二叔家的，解放后政府分给穷人住了，最早住进了三户人家，后来另外两家搬出去了，这座老宅就被大歪一人买下了。”

一座老宅，居然蕴含着这么丰富的历史信息，江枫心里叹息一声。

李将军墓在村后几十米远的地方，几分钟就到了。封土堆不大，看上去毫不起眼，与山村野夫的坟墓几乎没什么分别。旁边立着一块青石碑，碑上竖刻着“省级文物保护单位”红色字样，才显示出它的特殊身份。

眼前的景象，与江枫想象中的完全不一样。他没想到，一座出土了传世国宝的古墓，竟然如此寒酸。

夏季草木茂盛，低矮的灌木和疯长的野草把封土堆完全覆盖。在老支书指引下，江枫扒开野草，找到了十五年前封死的盗洞口。江枫拿出手机，拍了几张照片，围着墓转了两圈，举目远眺。天空灰蒙蒙的，四周都是稻田，碧绿的禾苗，把大地描绘得生机盎然。

青山依旧在，几度夕阳红。墓主人想必有过雄心壮志，生前要建功立业，死后也要名垂青史。当年指挥千军万马，攻城掠地的大将军，也只能沉睡荒野，与野草蚊虫为伴。那么显赫的人物，如今寂寂无声，连名字都无人知晓了。

多少人想永垂不朽，最后都逃不过与草木同朽的命运，反倒是那些毫无野心的物件，比人的生命力要长久得多。那组元青花梅瓶，跨越了时空，至今仍在接受人们的顶礼膜拜。

余飞龙的尸骨就埋在这里。十五年前那个漆黑的夜晚，当余飞龙突然意识到，自己被活埋在古墓中，再也走不出去时，内心经历过怎样的恐惧和绝望？他在临死之前，对兄弟情义、人生信仰，统统都崩塌了吧。

光是这么想想，江枫都觉得不寒而栗。

侥幸逃走的另外四人，这么多年的每一个漫漫长夜，又是怎么度过的？每天被良心折磨，被噩梦纠缠，却不敢向最亲近的人吐露，那种滋味可想而知。他们逃了十五年，暂时躲过了法律的制裁，却无法逃脱良心的审判。

心在牢笼，高墙之外，不过是一个更大的监狱。

也许仇皓无法承受这种折磨，终于崩溃了，他想寻求解脱，要杀死三个弟兄为余飞龙报仇。然而，他并未意识到，这种杀人动机丝毫不感人，同样是出于极端自私的目的——他这么做，只是想为自己完成救赎。

江枫收敛心神，向众人挥了挥手，说："差不多了，回去吧。"

江枫走在窄窄的田埂上，脚下踩着松软的泥土，步履稳重。陈伯杰没有撒谎，十五年前的盗墓案基本明朗，该画上句号了。

回到镇上，把民警小赵和孙站长放下后，江枫和王三牛在路边找了个农家菜馆吃饭。点了四个菜：清水煮河鱼、地菜煮蛋、手剥笋、石耳炖土猪肉丸汤，都是当地的特色美食，居然不贵，四个菜加起来不到一百块钱。

两个人都饿坏了，菜端上来，三下五除二就把四个盘子扫得精光。

王三牛抹了抹嘴说："老板，祝你生意兴隆！"

作为资深"吃货"，王三牛把餐馆分为三个等级：第一种是吃完希望它生意兴隆，第二种是希望它下个月倒闭，第三种是吃完希望它一个小时后爆炸。

"欢迎下次再来。"店老板打着赤膊，胸前挂着红色围裙，像长成了大叔的哪吒。

从饭馆出来，时间已过了下午2点。江枫叫王三牛开车，车子驶出紫阳镇，左转，上了通往宝丰县城的省道。

天色比上午更暗了，气温骤降到二十五摄氏度。在火炉般的酷暑天，出来办案遇上这么凉爽的天气，就像中了大奖。今天是星期五，出来游玩的人不多，路上车辆稀少。

途胜在寂静的公路上蜿蜒穿行，路面被昨夜的雨水冲刷得十分干净，一路上风景如画。

王三牛打开了车载音响，歌声流淌：“生活不只眼前的苟且，还有诗和远方的田野……”

“高晓松肯定没种过田。”江枫笑着摇头，像一个老师傅在嘲笑一个刚入行的新手。

“怎么讲？”王三牛把音量调小。这首歌的词曲作者是高晓松，演唱者是许巍，这两位都是王三牛的偶像。

“种田多辛苦，面朝黄土背朝天，一年忙到头能维持生活就不错了。能把田野和诗并列起来的人，一定是没种过田的人，高晓松如果当过农民，就不会写出这么不接地气的歌词了。”

王三牛本来是摆开了架势要反驳的，突然发现言之有理。“可能人们对不了解的事物容易产生神秘感，进而把它想象得很美好。我那些同学看多了警匪片，还以为老子当警察很牛逼，真他妈谁干谁知道，这哪是人干的活啊？”王三牛想起这个双休日又要泡汤，不禁悲从中来。

公路依河流走势而建，左侧是一条小河，河水清澈见底，流水潺潺。右侧是陡峭的山壁，草木葳蕤，苍翠欲滴。路肩上绿草如茵，小草喝饱了水，湿润而自在，心满意足的样子。

江枫本打算在车上小憩，却被沿途的美景撩得睡意全无。从紫阳镇到宝丰县城二十多公里这段省道，号称“最美公路”，果然名不虚传。无须选择角度，拿起手机随便往哪儿拍，都能当电脑桌面壁纸用。

路过一片樟树林，江枫按下车窗说：“那片林子全是古樟，最老的一棵有八百年树龄。”

“你来过？”王三牛扭头问。

“上回还是同林小砚一起来的。”话一出口，江枫也觉得奇怪，怎么就提到了她。林小砚这个名字，他很久没在别人面前提起过了。自从春天一别，大半年都没有林小砚的消息了，她还好吗？

“还在和小砚姐怄气？”

“早分手了，怄哪门子气。”

“你不会是把人家睡了，提起裤子就不认人吧？”王三牛笑得很淫荡。

“是人家把我甩了。”江枫苦笑。

“大丈夫能屈能伸，你低头认个错，多说几句甜言蜜语，保你马到成功，女人很好哄的。”

“发过短信，她不回。”

“再发，直到她回信为止。”

“这不是骚扰吗？”江枫不以为然。

“这你就不懂了。”王三牛黑黑的脸上写满自信道，“烈女怕久缠，再刚烈的女子，遇到死缠烂打的男人，也是要乖乖投降的。抓住时机，迅速将关系庸俗化。”

“光头强说得没错，你肚子里净是坏水。”江枫指着他的鼻子说。

车子从宝丰县城穿过，通过收费站，上了高速公路，视野顿时开阔起来。远处的天空风起云涌，连绵起伏的山峦被云雾笼罩，若隐若现，仿佛走进了一幅泼墨山水画中。

前方是隧道入口，交通指示牌显示隧道长五公里，限速八十公里每小时。途胜钻进了山肚子里，刚开始还平淡无奇，待远光灯打开，隧道两侧墙壁上的反光标志全部亮了，发出橘黄色的光，灿若星河，仿佛走进了浩瀚的太空。

“现在不是流行一句话吗，幸福都是奋斗出来的。”王三牛放慢了车速说，“小砚姐挺好的，别放弃。”

难得从王三牛嘴里蹦出一句正经话，江枫有些感动。他说：“现在没时间考虑这些，等这个案子结了再说吧。”

“有啥考虑的？前怕狼后怕虎，活该光棍打到老。”王三牛像一个阅历丰富的长者，越说越来劲，“老大，别嫌我多话。你最大的毛病，就是想得太多做得太少，稳当过了头。”

“轮得上你来教训我？”江枫狠狠地瞪了他一眼，内心其实已经在松动。

王三牛不理他，双手扶着方向盘，摇头晃脑大声朗诵起来：“人最宝贵的是生命，生命只有一次，人这一辈子不干点冲动的事，在回首往事的时候就容易为虚度年华而悔恨，为碌碌无为而羞耻。”

江枫到底没忍住，咧嘴笑了，这话没毛病。他永远搞不明白，王三牛哪来的那么多歪理，乍一听扯得没边，细思似乎又不无道理。

途胜钻出了幽长的隧道，眼前豁然开朗。

.27.

致命重逢

8月25日，星期六。

在刑警的日历里，双休日基本属于传说。江枫早晨刚到分局，王三牛就到了，嘴里还啃着肉包子。查了一个多月，案情终于有了重大突破，二人开始商量下一步行动。

通过昨天的调查走访，五个元青花梅瓶的来历基本查清。陈伯杰因涉嫌盗掘古墓葬罪，已办理了取保候审，江枫让他继续回去上班，等候警方指示。

陈伯杰的话完全可信吗？他有没有可能是杀人凶手呢？

这种可能性很小，但在未取得确凿证据之前，不能轻易排除。最高级的谎言，一百句话里有九十九句是真的，只掺一句假话进去。刑警每天要面对无数谎言，他们早已学会了在谎言中生存——决不轻信口供，决不放过任何疑点。

陈伯杰说三个月前摔断了腿，在医院做了手术，又在家躺了两个月才上班。如果能查到陈伯杰的手术记录，事实就清楚了。

陈伯杰交代的另外几处细节，也需要进一步调查核实。

二人再次分头行动，王三牛去医院调查陈伯杰的住院记录，江枫去找茅跃进。

上午9点，江枫到了东风市博物馆，茅跃进正在文物库房内巡查。保洁员打开了馆长办公室的门，江枫坐在沙发上边喝茶边等候。十多分钟后，茅跃进就进来了，依然穿着标志性的米白色中式对襟短袖衫。

“小江，不好意思，让你久等了。”

“茅馆长，星期六还这么忙？”

“你不也是一样。”茅跃进头发已全白，一双小眼睛显得格外喜庆，一笑起来就成了一线天。

茅跃进在江枫对面坐下，清洗茶具，重新泡茶。

“还有两个月我就要退休了，以后就不能进库房了，说心里话真舍不得那些宝贝，现在是看一眼少一眼。趁我还在馆长的位置上，有时间就到库房里去转转，看一看，摸一摸，心里就痛快。有权不用，过期作废！”茅跃进又大笑起来。

“您真幸福，每天做的工作恰好就是最喜欢的事情。”江枫由衷地羡慕。

“你不会是专门来找我喝茶的吧？”

“其实是有事要麻烦您。”江枫坐直了身体，“咱们馆里的监控录像能保存多长时间？”

茅跃进愣了下，可能是没想到他会突然问出这个问题：“我们馆里的安保设备全省一流，一年内的监控录像都能查到。”

“太好了，我想看一下4月21日下午的监控，就是新馆开张的那天。”

“走，我带你去监控室。”茅跃进不再多问，抓起了桌上的手机。

监控室很大，整面墙都是液晶显示器，二十四小时派人轮流值班。保安调出了4月21日下午国宝厅的监控视频，江枫让他以八倍速播放，画面在快速跳动。江枫在椅子上坐下，眼睛盯着显示屏，一动不动。半个小时后，他喊了一声：“停！”

画面往后退了三分钟，开始按正常速度播放，江枫再次叫停，画面定格。坐在旁边的茅跃进不禁“咦”了一声，他看到了自己罕见的西装革履的模样。

高清画面显示：穿着深色西装的茅跃进正从一个矮胖的中年男子手中接过一个打火机，江枫抱着胳膊站在旁边，面带笑容看着茅跃进。

“茅馆长，这个人您有印象吗？”江枫指着画面上的矮胖中年男子问。

“只打过一次照面，如果不看录像肯定不记得。”

“你们在十五年前见过一次。”

“那就更没印象了。”茅跃进一时反应不过来。

“这个人叫邓文豪。”江枫沉着道，“十五年前，有四个人到您办公室来送元青花梅瓶，他是其中之一。”

“啊！”茅跃进惊得嘴巴都合不拢。

“不出意外的话，另外三个贵客也来了。”

江枫叫保安把其他几个角度的监控录像调出来，一个小时后，另外三个人也都找齐了。4月21日下午，邓文豪、熊超、仇皓、陈伯杰都到了国宝厅，四个人是先后进来的，碰面时脸上的表情都很意外，的确不像是事先约好的。他们拿出手机互相拨打电话，像是在记号码，交谈了几分钟就分开了。

陈伯杰确实没有撒谎，江枫心里有数了。

茅跃进边抽着烟边咕哝：“开馆之前电视台策划过寻人节目，大张旗鼓地寻找当年的献宝人，我们找得那么辛苦，没见着人影。这伙人倒好，自己悄悄地来了，这是学鬼子进村啊？”他的小眼睛忽然冒光，“怪事，他们既然想来，为什么不正大光明地来呢？”

“我正想和您说这事。”江枫站起来活动几下手脚，刚才神经绷得太紧，“去办公室续茶吧。”

茅跃进把保安队长叫来，吩咐他把当天的监控录像全部做好备份，分开保管。交代完毕，二人回到办公室。

“您要找的‘礼’字梅瓶有消息了。”江枫呷了口茶说。

“在哪儿？”茅跃进身体前倾，小眼睛直直地看着江枫。

“这个案子可能牵涉到好几起命案，还有那件国宝的安全。在案情没有正式对外公布之前，我们今天的谈话内容，您要严格保密，连夫人也不能告诉。”

“放心，办案纪律我懂。”茅跃进暗自苦笑，他和妻子一年也没几句话说，如果江枫知道这层关系，就不会说出这么好笑的话了。

江枫打开了手机相册，说：“那五个梅瓶的出处已经找到了，就是这个李将军墓。”

国宝厅展出的五个元青花梅瓶，分别对应“六艺”中的“乐”“射”“御”“书”“数”，第六个空缺的就是“礼”字梅瓶。

茅跃进起身离开座位，从办公桌上拿起老花镜戴上，食指在手机屏上来回划动。反复看完几张照片，茅跃进摘下眼镜，说：“你是怎么找到的？”

江枫把昨天去宝丰县找到李将军墓的经过，拣要点说了一遍，几个涉案人员的关键细节还是有所保留。茅跃进拖动椅子，向江枫靠得更近了点，凝神倾听，脸上先是露出惊奇，渐渐转为兴奋。

“你是想打开古墓？”茅跃进终于明白了他的来意。

“是的，要尽快。”江枫点头道，“不出意外的话，‘礼’字梅瓶应该还留在墓里，还有一个盗墓者的尸骨也在里面。”

“那是省级文物保护单位，不是想开就能开的。”

“所以才来向您求助。”江枫端起茶杯道，“您是文物专家，这方面的人脉广，比我到处瞎跑要强得多。”

茅跃进点着一根烟，眯起眼睛靠在椅子上。江枫今天带来的都是重磅消息，让他有些措手不及，他要花点时间消化。过了半晌，茅跃进开口道：“发掘古墓有严格的程序，要召开专家论证会，然后通过层层审批才行。”

“那要等多久？”

“根据以往的经验，快就几个月，慢则一年半载。”

“太慢了！”江枫皱起了眉头，案情紧急，真要等上一年半载，黄花菜都凉了。

“这样吧。”茅跃进略加思索道，“等星期一上了班，我先去省文物局报告，再联系几个专家，看能不能特事特办。”

“那就麻烦您了，需要警方出具什么材料，您尽管吩咐。”

“不瞒你说，我现在的心情比你还要迫切，我会尽量争取亲自参加这次的发掘工作。”

“那再好不过。”江枫笑道。

“为了这一天，我等了十五年。”茅跃进喃喃自语道。

时间已过了晚上11点，分局办公楼好几间办公室的灯都亮着。

江枫泡好一杯速溶咖啡，撕开了一个榴莲饼，肚子已经空了。他以前从水果店门口经过，闻到榴莲味都要加快步伐逃离，自从被林小砚引诱尝过一次之后就脱敏了。除了感冒，原来饮食习惯也会传染，这是他最新的感悟。

桌上摆着一份复印件，是陈伯杰的住院病历。王三牛上午在医院的调查比较顺利，陈伯杰的确在三个月前受了伤，右腿胫骨骨折，做了钢板螺钉内固定手术。伤筋动骨一百天，养伤期间直立行走都困难，更别说杀人。陈伯杰的作案嫌疑基本排除了。

侦查破案有时就像挖矿，事实真相早已存在，只不过是深埋在地底下。侦查员事先要掌握大量信息，然后全面细致地勘探，去芜存菁，小心翼翼地发掘，才能把它完整地挖出来。

江枫抿了口咖啡，拿出黑色记事本，翻到“五大金刚”的名单：

老大：熊超，5月10日生；

老二：邓文豪，7月13日生；

老三：仇皓，8月30日生；

老四：陈伯杰，9月13日生；

老五：余飞龙，9月16日生。

整个案件的脉络在脑海里逐渐清晰起来。

熊超、邓文豪、仇皓、陈伯杰、余飞龙五人是高中同班同学，并结拜为兄弟，号称“五大金刚”。高考落榜后，这五个人又结成盗墓团伙。十五年前的9月16日凌晨，这天正好是老五余飞龙的生日，五个人盗掘李将军墓。

余飞龙独自进入墓穴寻找宝物，其余四人按照分工在地面接应。在盗出五个元青花梅瓶后，附近村民发现有人盗墓，提着扁担锄头追赶过来。地面上的四人扔下还在墓穴中的余飞龙，带着赃物仓皇逃离。村民不知道墓里还有人，后来用水泥把盗洞口封死。

熊超、邓文豪、仇皓、陈伯杰四人成功逃脱，几天后确认余飞龙被活埋在古墓中，仇皓与另外三人发生激烈冲突。由于发生了这次意外，四个人都害怕警方追查，加上良心不安，盗来的五个元青花梅瓶不敢转卖，也无法达成分赃协议，于是一致决定送到东风市博物馆。

9月25日上午，仇皓等四人同去博物馆“献宝”。《东风日报》记者李刚正好在馆长茅跃进的办公室采访，于是给他们拍了一张合影，还发了一篇报道。四人送完梅瓶后分道扬镳，他们做梦也没想到，十五年后，警方居然找到了这张合影，成功地将他们四人关联起来。

今年4月21日，东风市博物馆新馆开张，那组元青花梅瓶首次展出。当日下午，熊超、邓文豪、仇皓、陈伯杰不约而同来到博物馆参观，四人阔别十五年后在国宝厅偶然相遇，并互相留下了联系电话。仇皓自始至终对警方隐瞒了这次见面，正是这次致命的重逢，为他实施复仇计划创造了条件。

余飞龙救过仇皓的命，二人感情最深。对于余飞龙之死，仇皓深怀自责，长期受到良心折磨，同时认为是另外三人害死了余飞龙。仇皓决定为余飞龙报仇，5月10日，他先在地下停车场杀了老大熊超，7月13日又在金店谋杀老二邓文豪。

两起案件的案发时间都是被害人的生日，金店作案的凶器是洛阳铲，杀死熊超的凶器暂时不明，很可能也是洛阳铲。仇皓以这种特殊的仪式杀人，是要提醒他们不要忘了当年的誓言，“同年同月同日死”是做不到了，让他们都在生日这天死去，是可以办得到的。

“死亡密码”已破译，凶手的下一个目标是老四陈伯杰，陈伯杰的生日是9月13日。不出意外的话，仇皓在这一天会再次作案。

失散的“礼”字梅瓶下落也已明了。余飞龙在墓室刚找出五个梅瓶，当地村民就追赶过来了，其余四人仓皇逃跑，最后一个“礼”字梅瓶和余飞龙一起长眠在古墓中。此前在鬼市出现的“礼”字梅瓶当属赝品无疑了，难怪茅跃进苦苦寻觅多年，一无所获。

袭击邓文豪和抢走饭饭的凶手都戴着同样的飞蛾口罩，江枫曾怀疑是同一人作案，现在这种可能性彻底排除了。国宝厅的监控录像记录得很清楚，4月21日下午，仇皓出现在东风市博物馆的时间，与抢婴案发生的时间几乎相同。一个人不可能同时出现在两个不同的空间，仇皓无法分身去抢小孩，那么抢婴犯就是另外一个人。

今天下午，江枫又去了如月湖公园，没有什么新发现。无人机爱好者协会的“独孤漠然”四天后才能回国，江枫虽然不抱什么希望，还是打算去碰碰运气。

以上推理是否完整？有没有遗漏呢？

仇皓既然要为余飞龙报仇，为什么等了十五年才动手？

也许这中间又发生了什么事情，才促使他动了杀机吧。鬼知道他经历了什么，江枫无奈地摇头，最后这个谜底，只有等仇皓亲自来揭开了。

没必要再搞突然袭击了，江枫打算约他明天上午见面。江枫抓起桌上的电话，拨打仇皓的手机，话筒里却传来女人的声音：“您拨打的电话暂时无法接通，请稍后再拨。”

.28.
最后的告别

“前往成都的旅客请注意，我们抱歉地通知，您乘坐的ZH4508航班，由于前方站天气原因不能按时起飞，请您在候机厅休息，等候通知。谢谢！”

广播在反复播放晚点通知。仇皓坐在蓝色不锈钢椅子上，看到自己的影子映在玻璃墙上，时间快到凌晨，原定晚上7点半起飞的飞机还没来。

偌大的候机厅空荡荡的，只剩下稀稀拉拉的百十号人，有的在低头看手机视频，有的仰面靠在椅子上酣睡，有的目光呆滞、面无表情地嚼着饼干，像牛在反刍。半小时前，机场工作人员刚给这些可怜的滞留旅客每人发了一筒饼干、一罐可乐。算是安慰剂吧，仇皓心想。

凌晨1点，终于登机。仇皓拿着登机牌找到自己的座位，发现是靠舷窗的位置，不禁皱眉。正在犹豫时，一个大学生模样的女生放好了行李，在靠过道的位置上坐下。

“我们可以换个座位吗？我不喜欢靠窗的位置。”仇皓指了指里面的空位。

“好啊！我第一次坐飞机，正想看看外面的风景呢。”女生欢天喜地，马上换了座位，再次向他道谢。

“不客气。”仇皓完全相信她是第一次坐飞机，要不然不会这么兴奋，居然忘了现在是凌晨，舷窗外只有漆黑的夜空。

仇皓在靠过道的位置上坐下，系上安全带，把一瓶矿泉水插进前面座椅的背兜里。旅客自带的饮料不能过机场安检，矿泉水是在候机厅内买的，价格是外面的两倍。广播在反复提醒乘客把手机调到飞行模式或关机，仇皓拿出手机再次确认，下午进入机场后他就关机了。

飞机在跑道上安静地滑行了一段，突然急加速，发出巨大的轰鸣声，开始向上爬升。仇皓明显感觉到飞机在挣脱地面，机身倾斜得厉害，头高尾低，仿佛坐在一个长长的斜坡上。耳膜震得嗡嗡直响，仇皓脸色苍白，心脏抑制不住地狂跳起来。他再次检查腰间的安全带锁扣，嘴唇紧闭，双手紧紧抓住两侧的扶手。

飞机上升到巡航高度，再次平稳下来，仇皓的心跳慢慢恢复正常。机舱内冷气开得很足，仇皓向空姐招手示意，要了一条毯子。他把深蓝色的薄毛毯打开，盖在胸前，靠在座椅上闭目养神。

噩梦再次来袭。青砖地面，拱状墓顶，蜿蜒狭长的墓道看不到尽头。他拿着手手电筒寻找出口，墓顶突然坍塌，前后去路都被堵死，绝望瞬间笼罩全身……

仇皓猛然惊醒，赶紧去找矿泉水。双手紧紧攥住矿泉水瓶，沉甸甸的，并未拧开瓶盖。他不渴，也不想喝水，只要有一瓶水在身边，就能减轻内心的恐惧。

十年前的那场地震，让他患上了幽闭恐惧症。他不敢待在狭小的空间内，不敢进电梯，万不得已要坐飞机，也要尽量坐在靠过道的位置。地震发生时，无意中留在床头的那瓶水救了他的命。从此他就形成了一个怪癖，睡觉时床头必须放一瓶水，确保伸手就能拿到，否则心慌不安，无法入睡。

庞大的机体穿过厚重的云层，俯身向成都双流国际机场降落，地面的灯火渐渐明亮起来。仇皓走出航站楼，外面仍下着小雨，湿润的风拂过脸颊，感觉比东风市凉爽多了。地面的积水哗哗地乱窜，成都刚下过一场暴雨，仇皓猜想，可能就是这场暴雨造成飞机晚点。

26日早晨，仇皓搭上了去映秀的大巴，车上放着四川话“神曲”《老子明天不上班》：

老子明天不上班
爽翻巴适的板
老子明天不上班
想咋懒我就咋懒
…………

仇皓听着听着就笑了，好多年没听到这么熟悉的声音了。

十五年前，仇皓怀着对未来的无限憧憬，第一次踏上这块陌生的土地。

自从在博物馆与邓文豪等人分手后，仇皓在家里待了两个月，接到初中同桌阿明的电话。阿明说他在成都开火锅店，赚了大钱，马上要开一家分店，问仇皓有没有兴趣投资入股。

仇皓正闲在家里没事干，兴冲冲地就去了。阿明在成都火车站接他，然后把他带到了一间老旧的出租屋。屋子里有十几个人，门口的鞋子摆成直线，被子叠成豆腐块，像走进了军营。阿明说开火锅店赚钱太慢，现在改行做直销，一年能赚二百万。

仇皓这才明白，自己被骗进了传销窝，转身想走，门已经锁上了。他不能出门，不准打电话，每天有人轮流给他上课、谈心、分享发财心得。被关了一个星期之后，仇皓忍无可忍，同传销头目打起来了。十几个人把他按在地上狂揍，雨点般的拳头落在身上，仇皓居然不求饶。阿明没动手，站在旁边看。

仇皓摇摇晃晃地站起来，衣服被撕破了，满脸是血，却目露凶光道：“你们今天要么打死我，要么放我走！”

传销头目没见过这么狠的角色，只好放他走。

仇皓流落街头，身无分文，身份证和手机都被扣住了。仇皓在火车站遇到了后来成为他妻子的吴菲，她也是被传销组织骗来的，二人同病相怜，一见如故。在吴菲的老乡帮助下，他们留在了成都，半年后去了映秀镇。

映秀镇位于汶川县城南部，与卧龙自然保护区相邻，是阿坝州南大门，是前往九寨沟、卧龙、四姑娘山旅游的必经之路。仇皓和吴菲相依为命，开了一家户外用品店，生活慢慢稳定下来。

在这里，没有人知道他的过去。仇皓再也不想回东风市，那里是噩梦之地，离得越远越好。他把那段秘密埋藏在心底，在妻子面前也没透露过半个字。

女儿团团的降生，给这个家庭带来了更多欢笑。团团熟睡时，仇皓坐在床前，凝视那张粉嘟嘟的小脸，心里就会升起莫名的感动，生命的延续居然如此神奇。团团四岁时，妻子怀上了二胎，仇皓喜不自禁，孩子的小名都想好了：“不管是男孩女孩，就叫圆圆，我们家就有一对国宝了。”

只是在夜深人静时，他时常会看到余飞龙那张因惊恐而变形的脸。从噩梦中惊醒，看到身旁熟睡的妻女，他又开始庆幸，原来老天爷也有犯糊涂的时候——像你这种背信弃义的小人，有什么资格过上这么好的生活？有时仇皓甚至对阿明心怀感激，如果不是他把自己骗过来，那自己就没有现在的幸福生活。

一切都是那么美好，他以为人生可以洗牌重来。

突如其来的大地震把他的梦震得粉碎！他相信，这是老天爷对他的惩罚，欲哭无泪。妻子吴菲的遗体一直没找到，仇皓带着满身伤痛回到东风市，不久后开了一家古玩店。

成都距映秀不足一百公里。仇皓坐的大巴车老朽不堪，开动时会全身发抖，像得了帕金森综合征，走了快两个小时才到映秀镇。

阔别十年，映秀已涅槃重生。

鳞次栉比的楼房拔地而起，大街上井然有序，走在路上的人们安静从容。走到一个路口，仇皓看到一块斜立着的巨石，上面刻着“5·12震中映秀”的红色大字。这块巨石是地震时山体崩裂滚落下来的，似乎在提醒人们，永远不要忘记那场灾难。

地震彻底改变了小镇的容貌，仇皓已经不认识路了。向几个人打听后，他找到了建在半山坡上的地震遇难者公墓。青山苍翠，岷江奔腾，五颜六色的经幡随风舞动，地上有烧纸钱留下的灰烬。仇皓蹲下，把三束康乃馨放在地上。

“吴菲、团团、圆圆，我看你们来了。该死的人是我，没想到会报应在你们身上，是我害了你们。我还有一个心愿未了，等我把事办完了，明年再来看你们。万一我回不来了，我们一家就在这里团聚吧……”

下午2点半，万志强被手机闹铃叫醒。午休是在办公室解决的，行军床摆在靠窗的位置，中间用一个屏风隔开，被子胡乱扔在床上。从部队转业之后，万志强就不再叠被子了，他坚信这种行为是浪费时间，下次睡觉还不是要打开？

会议通知已经发下去了，下午3点召开专案调度会。

午睡的质量不错，万志强在办公桌前坐下，精神抖擞，像充足了电的手机。

最近这几天，江枫每次带来的消息都让他亢奋。随着调查步步深入，“生日杀手”已浮出水面，“7·13”金店杀人案即将告破。此外，“5·10”停车场杀人案，以及十五年前的盗掘古墓葬案也将告破。他想起了商场的家电促销广告：买一送二。

万志强干了半辈子刑侦工作，运气从来没这么好过。那种感觉，就好像在集市上买了一根牛绳，走到家回头一看，不得了，后面还牵着一头牛，赚大发了！当初把江枫借到专案组，他在李局长面前是拍着胸脯保证过的，等案子一破，立马把江枫还给高潮洲派出所。现在，他真心不想还了，得想个法子赖账才好。

编筐窝篓，全在收口。案件事实已基本查清，但是有一个最大的问题横亘在面前，目前还没有直接证据能够指证仇皓。金店案案发时，邓文豪很可能认出了蒙面凶手，所以才迅速拿起铁管自卫。可惜邓文豪仍然昏迷不醒，没法取证。

万志强无比怀念二十年前，那时候警察的权威如日中天，发现重大嫌疑人先抓起来审，边审边取证。方法有点简单粗暴，效率却很高。现在行不通了，法、检两院对公安机关的办案程序和案件质量要求越来越严，丝毫马虎不得。

越是胜利在望，越要小心谨慎，万里长征都快走完了，可别到了家门口摔一大跟头，他暗暗告诫自己。在布置行动方案之前，还有几个细节问题需要再推敲，必须做到万无一失。正思忖着，江枫敲门进来了。

没等江枫屁股坐稳，万志强就迫不及待地问：“仇皓的去向查清了没？”

江枫说："查到了，去了成都。"

"这么远？"万志强拧紧了眉头。

"情报组查到的航班信息显示，仇皓昨天上了去成都的飞机。"

"时机踩得这么准，他不会是嗅到了什么，提前跑路了吧？"万志强脸上露出忧虑，生怕到嘴的鸭子飞掉。

"这种可能性不大，机票是提前四天就买好的。再说，案件调查工作对外是严格保密的，他不可能知道我们的调查进度。"

"死猴子，这时候去成都想干吗呢？""猴子"是万志强对犯罪嫌疑人的专有称呼。

"暂时还不清楚，可能是去办什么事情吧。"

"证据呢？"这是万志强最关心的问题。

"很快就有了。"江枫显得胸有成竹。

"就是说现在还没有证据。"万志强改成了商量的口气说，"趁他现在出门在外，要不要到他家里和古玩店去搜一搜？"

"万一没搜到证据反而打草惊蛇，不如以静制动。"江枫已经悄悄搜过一次，觉得还是不说为好。

"只能干等吗？"

"仇皓应该很快会回来。"江枫迎视他的目光，"仇皓要为余飞龙报仇，已经对熊超和邓文豪下了手。在他的复仇计划中，还剩最后一个目标，就是老四陈伯杰。如果我们的判断没错的话，现在只要把陈伯杰这个鱼饵布置好，等鱼儿咬钩，就可以人赃俱获了。"

"那个姓陈的靠得住吗？"

"陈伯杰是聪明人，很清楚现在的形势。他想保命，又想立功赎罪，此时与警方配合符合他的利益最大化。如果他跟我们耍花样，就是作死。"

“他还有多久过生日？”

“陈伯杰的生日是9月13日，还有半个多月，时间充足。”

万志强满意地点头，抬腕看表，站了起来，说：“时间到了，我们去会议室吧。”

会议室烟雾腾腾，参会人员全部到齐。这些可怜的刑警星期天被召来开会，嘴里虽然牢骚不停，却没人敢耽误一分钟。以前开会时烟雾报警器老报警，消防归公安管，装修公司不敢马虎，估计是用了最好的产品。万志强忍无可忍，后来干脆叫人把它拆掉了，从此耳根清净。

会议的气氛很严肃，江枫先简要通报了案情，然后向各小组分配工作任务，交代注意事项。即使是警队内部会议，案情也是有限度地公开，除了几个主要办案人员，其他人不需要知道太多，一切行动听指挥就行了。

万志强最后强调：“这个案子是省厅督办案件，大家都精神点，别他妈给老子弄成了夹生饭，一定要牢固树立证据意识，务必要办成铁案！”

.29.

血在烧

新闻媒体这个行当

干久了

爹妈认为你不孝

总是忙

朋友觉得你很装

经常不联系

未婚的以为你有问题

已婚的以为你有外遇

离婚的以为你有企图

…………

林小砚手里拿着iPhone X，对着屏幕摇头苦笑。傍晚6点过后，办公室渐渐安静下来，林小砚端起一杯菊花茶，走到落地窗前。外面骄阳似火，这幢大楼内却已进入寒冬。

最近这半年，已经有十几份报纸宣布停刊或合并，其中不乏名刊大报。“纸媒寒冬”喊了多年，终于在这个夏天登陆。《东风都市报》的处境也差不多，报纸版面缩减了三分之二，广告收入呈断崖式下跌，前年还有三个多亿，去年只剩七千万，今年估计会更惨。

大楼里看不见兵和马，却已兵荒马乱。纸媒正在被抛弃，大家在食堂碰面聊的不再是新闻理想和情怀，而是报社将如何转型，出路在哪里。有人哀叹，有人愤怒，有的人已经在悄悄和猎头接触，谋划退路。

林小砚没有那么多想不通，有了更方便的钢笔和圆珠笔，谁还用毛笔写字呢？硬笔也在逐渐被键盘取代，报社除了几个快退休的老前辈，几乎没人用笔写稿了。社会在前进，总有些人和事要退出历史舞台。

相比手机对报纸的冲击，来势凶猛的人工智能更可怕。几年前美国洛杉矶发生轻微地震，《洛杉矶时报》在不到三分钟内发出了第一篇详细的地震报道，这篇新闻稿是由人工智能写作程序完成的。机器人可以不吃不喝全天二十四小时待命，一旦有突发事件，能在第一时间收集和挖掘数据，通过算法瞬时生成稿件，这种闪电速度直接把人类记者秒成渣。

手机铃声打断了林小砚的思绪，她回到办公桌前拿起手机，是报社副总编叶伟林。不是晚上又要加班吧，她心里一紧。

“林主任，晚上有空吗？我约了几个同事一起吃饭。”

“是不是有喜事要庆祝啊？”林小砚放心了。

“不是。”叶伟林顿了顿，“我要去杭州一家网络公司上班了，明天就走，刚办完离职手续，走之前想和大家聚一聚。”

林小砚足足愣了一秒钟才反应过来：“真不巧，我妈今天过生日，等下还要去店里拿蛋糕。祝贺叶总鹏程万里！”

“那好吧，下次来杭州一定打我电话，我请你吃饭。”

“那还用说，你想躲都躲不掉。”

叶总这一走，恐怕要引发一场小型地震，林小砚心想。保密工作做得真好，前天他还在大会上慷慨陈词，鼓励大家排除万难向前冲，自己却先撤了。叶伟林是社里最年轻的副总，才华横溢，高大帅气，三十多岁还是钻石王老五。他对林小砚有好感，她不是看不出来。

母亲上个星期就过完了生日，林小砚不想参加这种饭局，都要散伙了，何必再添伤感。上个月她已吃过两顿散伙饭，看着他们一个个奔向新生活，暂时留下来的她心里也无法平静。

报社年初举行公开竞聘，二十五岁的林小砚当上了新闻中心副主任，成为最年轻的中层。当初她不顾家人反对，义无反顾地投奔纸媒，没想到登上了泰坦尼克号。她不是没想过退路，实在不行就去写作吧，说不定作家梦要提前实现了。塞翁失马，焉知非福。

林小砚曾经有两个梦想，一是当洒水车司机，二是当作家。第一个梦想江枫帮她实现了，第二个梦想还在憧憬中。

手机再次响起，是一个陌生的号码。

“小砚姐，我是王三牛。”

“王三牛？”

“江枫是我师傅。”

“你好！”林小砚想起来了。

林小砚原来跑政法口时，采访案件都是找江枫，见过几次王三牛，但不是很熟。自从和江枫分手之后，林小砚就再没去过南湖分局，此时突然接到王三牛的电话，让她感到很意外。

“晚上不忙吧？有时间的话，我想请你喝咖啡。”

“还好，今天不加班。”

“晚上8点，梦时代广场，星巴克。”

“好。”放下手机，林小砚忽然觉得奇怪，刚才都没问什么事就答应了。

8点钟不到，林小砚走进星巴克，看见王三牛站起来向她招手。林小砚在他对面坐下，叫了一杯抹茶拿铁。

“好久不见，小砚姐越来越漂亮啦。”王三牛是这方面的天才，再肉麻的话从他嘴里说出来，都显得那么清新脱俗。

“接到刑警的电话，恐怕没什么好事吧？”

“小砚姐，别误会，我是来请你帮忙的。”

“我能帮你什么？”林小砚一脸疑惑地看着他。

“是这样的。”王三牛坐直了说，“最近我们在调查一起金店抢劫案，估计快有眉目了，希望借小砚姐的妙笔，帮我们做做宣传，展示一下人民警察的光辉形象。”

“是江宁路的案子吗？”这个案子曾经轰动一时，林小砚是干新闻工作的，自然有印象。

“没错，就是这个案子。”

“对不起，这个忙我还真帮不了你。”林小砚露出为难的表情。

“这是个大案，很轰动的。”

“社里已经派了记者在跟，我不好插手。”

“你是说那个胡记者？”王三牛问。

“是他。”林小砚点点头。

“他不行。”王三牛粗鲁地摆了摆手，一脸不屑道，“胡记者只会胡说八道，来找过我好几次，想挖内幕消息，我连一张纸片都没给过他。”

林小砚笑了，露出两排洁白的牙齿道：“人家是我的前辈，资深大记者，水平不在我之下。你要是不放心的话，我可以跟他打声招呼，叫他尽量帮你们多美言几句。”

“那也不行。”王三牛坚决地摇头道，“小砚姐，如果你来写的话，我把所有资料都给你，保证独家特供。”

“我不能这么做，会得罪人的。记者追一条线索不容易，每个行业都有自己的规矩，请你理解。”林小砚端起咖啡，低头啜饮。

“好吧，这个案子其实是江枫办的。”王三牛不得不亮出了底牌。

林小砚瞬间全身绷直，拿着杯子的手悬在半空中，怔怔地看着眼前这个冒失鬼。

“这不是个普通的案子，对江枫有着特殊的意义，中间发生过很多事情。”

“出什么事了？”林小砚追问。

“一两句说不清，以后有机会我会详细告诉你。”

“是江枫叫你来的吗？”

“我是瞒着他来找你的。”王三牛压低声音说，“你要替我保密。”

林小砚忽然有一种失重的感觉，仿佛走在楼梯上一脚踏空。她双手捧着咖啡杯，靠在藤椅上，目光移向玻璃墙外，白皙的瓜子脸上露出一丝苦涩。半年过去了，她一直在努力把这个名字从记忆中抹去，没想到突然又被人提起。

林小砚放下咖啡杯，说：“王三牛，我明白你的好意，我和他早就结束了。”

王三牛急忙道：“小砚姐，我觉得你们两个还可以再抢救一下。”

林小砚扑哧笑了，佯嗔道：“你一口一个‘姐’，是不是觉得我很老？”

“小砚姐，别误会。”王三牛连忙摆手道，“‘姐’叫的不是年龄，是江湖地位。”

林小砚嫣然一笑，感觉很受用。她自认为伶牙俐齿，遇到这个脸皮奇厚的王三牛，还是稍逊一筹。林小砚单手托住脑门，喃喃自语道：“完了，江枫怎么收了你这个徒弟，迟早要被你带坏。”

“已经带坏了。”王三牛大言不惭道。

从星巴克出来，林小砚打了一辆车回家。刚才王三牛欲言又止的样子，仍在牵动着她的心，江枫究竟遇到了什么难题？

“独孤漠然”在欧洲浪了十多天，8月29日终于回到祖国的怀抱。

接到电话，江枫马上赶到了他的工作室。“独孤漠然”是专业摄影师，四十多岁，长头发，脸上一副十八世纪的忧伤，给人很难接近的感觉。在他头上套个相框直接能当遗像用，果然人如其名，江枫暗想。

如月湖公园抢婴案已经在电话里说过，江枫不再赘述，直奔主题道：“我听‘老陈醋’说，4月21日下午你们去如月湖飞过无人机？”

“那里风景不错，我们经常去。”“独孤漠然”面无表情道，“具体时间我记不准了，‘老陈醋’说是那天应该不会错。”

“那天拍的素材没删掉吧？”毕竟过去了四个多月，江枫不抱太大希望。

“只要硬盘装得下，我拍的东西都会保存。”

“哦，那真是太好了。麻烦你找一下，说不定对我们会有帮助。”

“你们不是有天网监控吗？”“独孤漠然”漠然道。

“附近的监控都查过了，嫌犯可能事先踩过点，避开了监控。”

“你们的监控，只有拍汽车违章最厉害，闯红灯、压线、不系安全带都能拍得清清楚楚。那么大一个孩子丢了，连一个镜头都拍不到，不罚款的事就这么难办，差距也太大了吧？”“独孤漠然”像打机关枪似的发了一通牢骚。

“你说得太对了。”江枫哪敢辩驳，赔着笑脸连连点头道。

“独孤漠然”拉开书桌抽屉，拿出一个移动硬盘，连上电脑，找到一个文件夹，里面有几十张图片和一些视频文件。他把鼠标推给江枫，说：“都在这里，自己看吧。”

江枫在藤椅上坐下，先查看了所有图片，都是在二三百米高空俯拍的风景，根本看不清地上的人。他又打开了视频文件，一个一个仔细看过去。看到第四个视频，江枫心里怦的一下，他把进度条往前拉，倒回去再看。

一辆银色五菱面包车停在马路边，一个人站在车尾后，弯腰低头正准备给车牌套上迷彩布罩。从画面拍摄角度看，似乎是无人机在降落过程中拍到的，只能看到那个人粗壮的背影。短发，白衬衫，通过与面包车的高度对比，身高不是太高。不是仇皓，江枫心里闪过一个念头。

重新倒回去，画面定格，隐约能辨认出车牌号。就是这部车！

心在跳，血在烧，一百多个日夜的屈辱和不甘，此刻像电影胶片一样从眼前飞过。

抢婴案的主办人是队里的老侦查员钟涛，江枫压抑激动的心情，拨通了钟涛的手机，说：“涛哥，赶紧查一辆车，车牌号是……”

上午11点之前，江枫赶回了分局。万志强、钟涛、王三牛等人已在会议室等候，利用等候的时间，万志强已了解了案件线索的来源。他没想到，江枫竟一直在暗中调查抢婴案，不禁心有戚戚焉。

车辆信息登记表已摆在会议桌上，面包车车主名叫高雅丽，女，三十四岁。户籍信息也查到了，住址在天河镇高碑村，婚姻状况为离异。

怎么是个女的？大家都感到意外。

江枫刚落座，万志强马上问：“你与嫌犯打过照面，看得出是男是女吗？”

江枫摇头道：“没注意，当时车速太快，我只记得那个奇怪的口罩。”

钟涛说：“像这种暴力性案件女性作案的不多见，也许是别人借了她的车作案，或者嫌犯是她的男性同伙。”

江枫说：“无人机只拍到一个背影，嫌犯是短头发，穿白衬衫，腰身粗壮，个子不高，像男性打扮，但不排除是从事体力劳动的农村女性，高雅丽倒是符合这个特征。”

“有没有可能是嫌犯偷了高雅丽的面包车作案，而她本人根本不知情呢？”王三牛一开口，几双眼睛齐刷刷地看着他，仿佛在祈祷“千万别被他这张臭嘴说中”，他很快就反应过来，左右开弓抽了自己两个响亮的嘴巴，“你们就当我放屁，刚才说的不算。”

万志强站起来，右手叉腰，左手搭在光头上，按顺时针方向转动：“先把这个姓高的带回来再说。”

从南湖分局到高雅丽家大约有一个半小时车程，钟涛顾不上吃饭，带领两个年轻民警立即出发。

钟涛走后，江枫一直处在高度紧张之中。他既期望水落石出，把真凶绳之以法，又害怕这一刻的到来——饭饭是生是死，即将见分晓。

下午3点，江枫的手机响了，是钟涛打来的。

“什么情况？”江枫迫不及待地问。

“我们找到了高雅丽家里，只有两个老人在家，高雅丽的父母说她一直在城里打工，我现在是在外面打电话。”钟涛把声音压得很低道，“我刚才问到了高雅丽租住的地址，你马上带人过去，我必须守在这里，防止家属通风报信。”

“好。”

“要快，等你的好消息。”

钟涛把地址发到了江枫的手机上。江枫抓起车钥匙，叫上王三牛，往楼下冲去。

半个小时后，他们找到一幢老旧的五层楼房。高雅丽就住在这幢楼的202室，楼下停着一辆银色五菱宏光面包车，夹在两部车中间。二人走上前查看牌照，正是要找的嫌疑车辆。

走到二楼，江枫抬手敲门，等了一阵，防盗门打开一条缝，露出一张女人的圆脸。

“警察。”江枫出示证件。

“什么事？”女子有些惊讶。

“楼下的面包车是你家的吗？”江枫报出了车牌号。

“是我的。”女子茫然道，“怎么了？”

“我们怀疑这辆车涉嫌交通肇事逃逸。”

“不可能，我的车从没出过事。”

“麻烦你开门，我们需要核对行驶证和驾驶证。”

女子略微迟疑后，很不情愿地取下安全链，拿出两双拖鞋。江枫进门就闻到一股婴儿尿布的骚味。阳台上挂着小孩和女人的衣服，客厅中间有一个蓝色的婴儿车，里面睡着一个小孩。江枫不由得心跳加快，脸上并无任何变化。

女子三十多岁，长得粗壮，短发，穿着粉红色居家服。她从卧室里拿出两个蓝色小本子，江枫打开看了看，驾驶证和行驶证上的名字都是“高雅丽”。

“你叫高雅丽？”

“是我。”

“车子借给别人用过吗？”

“我从不借车给别人，警察同志，肯定是你们弄错了。”

江枫走到婴儿车前，掀起白纱的一角，看到一张粉嘟嘟的小脸，嘴里咬着奶嘴，睡得正香：“小孩真可爱，男孩还是女孩？”

“男孩。”

“你儿子？”

“嗯。”

“叫什么名字？”

“小名叫壮壮。”

“多大了？”

“半岁。”

江枫的口气中仿佛藏着一只老虎，正迈着沉稳的步伐穿过森林，一步一步向她逼近，张口露出了獠牙。高雅丽似乎也嗅到了危险的气息，有意无意地把身体挡在婴儿车前，脸色越来越不自然。

高雅丽脸上的细微变化，并未逃过江枫的眼睛，他的内心其实比她更紧张，一颗心都快跳到嗓子眼。王三牛此时也看明白了，若无其事地走到大门口，守住了唯一的出口。

江枫左右看了看，问：“你老公呢？”

“他不在家。”

“在哪儿？”

“到外地打工去了。”

“你儿子是几月出生的？”

“4月。”

“你刚才说半岁。”江枫直视她的眼睛。

高雅丽马上改口：“我记错了，是2月生的。”

江枫用的是跳跃式发问，东一榔头西一棒槌，九浅一深，看似毫无逻辑，实则暗藏陷阱。眼前这个女人显然不是对手，几个回合下来，就前言不搭后语，毫无招架之力。

“出生证拿出来，我看下。”

“你们不是要查车吗？”

“出生证！”

“什么出生证……哦……在我亲戚家。”高雅丽脸色苍白如纸，几乎要哭出来。

“铐起来！”江枫厉声喝道，声音却不高，他怕惊醒婴儿车里的小孩。

这一声断喝，就像最后一根稻草，把她彻底压垮。高雅丽终于撑不住了，瘫软在地上，嘤嘤地抽泣。王三牛从腰里掏出一副手铐，上前铐住她的双手。

江枫指着婴儿车说：“你拿不出出生证，因为这个小孩根本就不是你儿子，对吧？”

高雅丽只是一个劲地哭，无论江枫怎么问，再也不开口了。

王三牛紧紧看住高雅丽。江枫先给钟涛打了电话，然后向万志强汇报，叫他通知技术科和饭饭的父母，马上做亲子鉴定。

江枫走到婴儿车旁，小孩睡得正香，嘴角微微上扬，在睡梦中甜甜地笑了。不出意外的话，他就是四个月前被抢走的饭饭。多少次在噩梦中惊醒，江枫都会抑制不住地去想饭饭的命运，可能早已沉尸江底，也可能被卖到某个偏僻的小山村，唯独没有想到是这种结局——简直完美！

从踏进这家的门开始，短短这十几分钟，是江枫一生中最紧张的时刻。

抢婴案的重大嫌疑人，一个离异的单身女子，家里忽然多出一个小男孩，大小也和饭饭差不多。在看到婴儿车的一刹那，江枫就想到了一种可能，这个念头就像火苗一样呼呼地往上蹿，他却拼命给自己浇冷水，害怕希望越大失望越大。随着高雅丽漏洞百出，直至彻底崩溃，一颗悬着的心终于放下了。

4月21日案发当天，江枫与抢婴犯打过照面，只看到面包车司机戴着飞蛾口罩，却看不出是男是女。高雅丽就是面包车的车主，那么当时开车作案的人是她吗？有没有可能是她的男性同伙？

高雅丽闭口不言，到底想隐瞒什么？

江枫开始搜查。这是一套两室一厅的老房子，大约七十多平方米，客厅里的沙发、茶几等家具，都很旧了。西餐桌上方的墙上挂着一幅挂历，蓝天白云下，绿草如茵，一群头戴博士帽的孩子在鲜花丛中欢快地奔跑，上面印着醒目的招生广告语，应该是教育培训机构免费发放的。

江枫走进后面的卧室，靠窗的角落里放着一个旧纸箱。打开纸箱，拿出一个口罩，江枫的目光定住了，上面赫然印着一只巨大的飞蛾！他继续检查纸箱，里面都是一模一样的口罩，居然是整整一箱。

面包车、小孩、口罩全齐了，江枫拍了拍手，终于松了口气。高雅丽就是他苦苦寻觅的抢婴犯，确凿无疑。

房间里的每个角落都搜查过了，再无其他发现。江枫回到客厅，抱起胳膊，再次环视四周，目光从墙上的挂历上扫过，上面似乎有人用笔画了标记。江枫凑近了点仔细看，脑子里轰隆一声，如遭雷击。

江枫走到高雅丽面前蹲下，双目如利剑，仿佛要在她身上刺出两个血窟窿。江枫声音不高，却字字清晰：“余飞龙在哪儿？”

王三牛听到“余飞龙”三个字，像中了邪似的，目瞪口呆看着江枫。坐在地上的高雅丽慌忙摇头，眼神里布满惊恐，终于打破沉默，说：“不关他的事，他什么都不知道！”

.30.

推倒重来

挂历上有四个日期被人用黑色圆珠笔圈住了，分别是5月10日、7月13日、8月30日、9月13日，正好对应熊超、邓文豪、仇皓、陈伯杰四人的生日。

这张挂历为何会出现在高雅丽家里？画记号的人与“五大金刚”是什么关系？江枫心念电转，无数个念头像气泡一样冒出来，快速碰撞。

难道是仇皓在这里住过？不对，仇皓本人也出现在死亡名单中，陈伯杰也名列其中。还有谁？只剩下一种可能，这个人就是余飞龙！

余飞龙不是在十五年前就被活埋了吗？

时间紧急，不管那么多了，江枫干脆单刀直入，直接把余飞龙的名字抛出来，试探她的反应。果然，高雅丽惊恐万状，终于开口。

江枫让她坐到沙发上，随后听到一个匪夷所思的故事。

高雅丽和前夫是同乡。前夫是开出租车的，结婚后高雅丽也学会了开车，前夫开晚班，她开白班。然而好景不长，二人性格不合，加上高雅丽不能生育，婆家人也瞧不起她，动不动就冷嘲热讽，这让她陷入深深的自卑。结婚不到五年，她和前夫离婚。

离婚之后，高雅丽在本市的丰达防护用品厂打工。两年前，余飞龙也来到这家工厂打工。余飞龙勤劳踏实，什么脏活累活都抢着干，却沉默寡言，几乎不跟什么人接触。二人相识后，渐渐产生了感情。

他们租了现在这套房子，对外以夫妻的名义同居，似乎达成了默契，互相都不问对方的过去。闲聊时，余飞龙几次流露出想要一个孩子，高雅丽暗暗担心，她不想再重蹈覆辙，于是想出了一个大胆的计划。

去年7月，高雅丽谎称自己怀孕了，两个月后开始“恶心呕吐”，妊娠反应非常严重，班是没法上了，连洗衣做饭都困难。余飞龙白天要上班，晚上还经常加班，没时间照顾她。当高雅丽提出要回老家保胎生小孩时，余飞龙毫不起疑，马上就同意了。

走之前，高雅丽悄悄拿走了两个口罩。那箱口罩是厂里卖不出去准备处理掉的产品，余飞龙向老板讨了一箱回家。

高雅丽并未回老家，而是在另一处租了房子住下。她买了一辆二手面包车，在火车站附近跑黑车谋生，同时为后面的计划做准备。她担心余飞龙会去老家看她，想好了拒绝的借口。余飞龙只是按月给她的卡里打钱，竟从未提出去看她。计划比想象中的更顺利，她算好了日期，耐心地等待时机。

4月21日下午3点多，高雅丽开着面包车来到如月湖公园。她戴好了口罩，把前后牌照蒙上，然后开始寻找目标。这天是星期六，天气放晴，公园里的游人很多。她看到一个女人推着婴儿车在湖边散步，悄悄开车尾随，趁其不备将小孩抢到手，立即逃离。这个地方她来过多次，对道路非常熟悉。

高雅丽打算先开车出城，晚上再绕回住处，没想到警察追上来了。她吓得半死，但此时已无退路，只能硬着头皮往前冲。误入那条窄巷时，前有堵截后有追兵，高雅丽听到了警察在后面喊话，干脆把心一横，加速向前冲，居然成功脱险。

虽然侥幸摆脱了追捕，她依然担心被警察抓到。第二天晚上，她把小孩的鞋子和玩具拨浪鼓放到了东风大桥附近的乱石堆里，以前从桥上路过时，她经常看到有人在那里钓鱼。只要钓鱼的人发现这些东西报警，警方和家属就会以为小孩死了，也许会放松追查。

做完这一切，高雅丽打电话给余飞龙报喜，说为他生了一个儿子，并发了一张婴儿的照片给他。照片是提前准备好的，两个月前，她的一个初中同学生了第二个儿子，天天在微信朋友圈晒娃，她把那些图片存到了自己的手机里。婴儿的样子都差不多，不会露出破绽。

果然，余飞龙大喜过望，丝毫不怀疑。

5月底，高雅丽带着“儿子”回来找余飞龙。余飞龙从未带过小孩，对婴儿的大小毫无概念，并未看出什么不对。

余飞龙说上个月在医院查到了肝炎，怕传染给小孩，最好是分开住一段时间。对于这个提议，高雅丽感到有点突然，但是也担心谎言被戳穿，等小孩再大点就更稳当了，于是同意了。余飞龙在附近租了一间房，第二天就搬出去了。

余飞龙每星期会来看一次小孩，但是从不让高雅丽去他的住处。有一次，余飞龙告诉她：“我很快就会有一大笔钱，咱们买一套房，以后你就不用上班，在家专心带儿子就行了。”高雅丽并不相信，心底却涌起一丝甜蜜，她觉得这是一个男人对妻子最朴素的情话。

高雅丽絮絮叨叨地说着，江枫凝神倾听，尽量不去打断她。高雅丽供述的信息量很大，江枫要从这些杂乱的线索中找出蛛丝马迹。

外面有人敲门，增援的弟兄到了。万志强外表粗犷内心却很细腻，接到电话，特意把陈静派了过来，有一个女民警应付小孩要方便得多。饭饭的家属也已接到通知，正在赶往分局的路上。

陈静轻轻抱起熟睡的小孩，高雅丽忽然乞求道：“警察同志，求求你，让我再看看我儿子。”陈静站着没动，眼睛望向江枫，等候指示。

江枫点了点头。得到允许，高雅丽上前几步，亲吻小孩的额头，顿时泪如雨下。高雅丽对陈静说：“把奶粉和奶瓶带上，等下他饿了会哭，记得晚上10点要喂一次奶。”

救护车已到了楼下，江枫吩咐两个民警护送陈静和小孩上了救护车，又安排人把面包车开回分局，其余人留下待命。

现场处理完毕，客厅的气氛已没有先前那么剑拔弩张，高雅丽仿佛卸下了千斤重担，表情释然。江枫问她：“余飞龙住在哪儿？”

“不知道，他从不让我去。”

“给他打电话，就说你有急事要见他。”

“这件事真的和他无关，他什么都不知道。”

“你要证明余飞龙与此事无关，就必须让我们见到他。”江枫的口气并不严厉，却无半分商量的余地。

王三牛把她的手机拿过来了，高雅丽只好拨通余飞龙的电话，同时按下了免提：“余飞龙，你在哪儿？”

“刚到家。”手机里传来低沉的男声。

“我想去你那儿看看。”

“过几天再说吧。”

高雅丽抬头看江枫，等待指示。江枫努了努嘴，示意她继续。

“我有急事。”

“是不是壮壮生病了？”

“见面你就知道了。”

“好吧……”余飞龙似乎有点不耐烦，报出了地址。

江枫打开手机地图，找到了余飞龙租住的丽景园小区，离此地不远。事不宜迟，几个人带上高雅丽立即出发。

天黑之前，江枫带人赶到丽景园小区，找到了余飞龙的住处。这一间是由储藏室改造的房间，防盗门已被反锁，叫了半天都没人应。王三牛立刻上楼挨家敲门，问到了房东，拿出备用钥匙开门，里面没人。水杯里的水余温尚存，显然是刚走不久。

江枫叫高雅丽再打电话，余飞龙已关机。

这是离胜利最接近的一次，江枫像一个久未进食的荒野猎人，眼睁睁地看着猎物逃进密林深处。

储藏室面积不大，大约七八平方米，一床、一桌、一椅几乎把房间填满了，多进去几个人都转不开身。江枫翻遍了每一个角落，心中期望的梅瓶和洛阳铲并未出现。

书桌抽屉里找到几盒止痛药和一份病历，房间内除了毛巾、牙刷、锅碗等生活必需品，几乎没有多余的东西，连电视和电风扇也没有。荒凉、绝望的气息在屋内弥漫，一个人居然可以这么活下去，这间房的主人到底经历了什么？

病历首页写着余飞龙的名字，江枫翻开了病历，那些深奥的专业术语和龙飞凤舞的字体如天书般难懂，他看懂了最后两个字——“肝癌”。

一个个幽暗的黑洞，在眼前次第点亮。

余飞龙并未葬身墓底。他一直活着，以一种不可思议的方式隐藏于人海之中，像野草一样卑贱地苟活。十五年前的那个黑夜，在他最恐惧无助的时候，四个最亲密的兄弟把他像垃圾一样抛弃了。他隐忍了十五年，愤怒的火种始终未曾熄灭。

挂历上的标记是正确的“死亡密码”，熊超、邓文豪、仇皓、陈伯杰四人的生日都被圈起来了。余飞龙才是真正的“生日杀手”，老大熊超、老二邓文豪已被杀，接下来就该轮到老三仇皓、老四陈伯杰。

仇皓不是杀人凶手，而是下一个被害人！

江枫查看手机日历，今天是8月29日，明天就是仇皓的生日。

.31.

惊魂一夜

8月29日，下午。

腹部传来的剧痛让余飞龙冷汗直冒。肋骨也在隐隐作痛，那是在金店留下的伤，胸口重重地挨了一下。余飞龙拉开抽屉，摸出几个药盒，把十几颗颜色各异的药丸倒在手心，用开水吞服。在床上躺了一会儿，疼痛稍有缓解。

“礼”字梅瓶摆在桌上，在昏暗的白炽灯照射下，优雅而神秘。无论走到哪里，余飞龙都把这个梅瓶带在身边，寸步不离。一个人寂寞的时候，余飞龙就会和它说说话，它从不开口，却比人要可靠得多，永远不会出卖自己。

太阳已偏西，外面阳光灿烂，却照不进来。

储藏室没有窗户，白天也要开灯。他怕黑，从不敢关灯睡觉，只要见不到光，就会不由自主地全身冒冷汗，战栗不止。十五年前那个深不见底的黑夜，就像潜伏在地底下的怪兽，仿佛随时会张牙舞爪跑出来把他一口吞掉。

余飞龙永远记得，那天是9月16日，他的二十三岁生日。

按照事前的分工，本来是仇皓进入墓室的。余飞龙突然想下去，几个哥哥总嘲笑他胆小，他想借这个机会证明给大家看，自己不是胆小鬼。在征得老大熊超同意后，他和仇皓调换了角色。

余飞龙整理好装备，把洛阳铲斜插在背包里，系好安全带，扣上8字环，正准备下去，仇皓忽然拍了下他的肩膀，拿出自己的洛阳铲和他对调，说道：“拿我这把去，从没失过手，避邪。”那是洛阳铲的铲头，约四十公分长，在墓室内基本用不上，与其说带着防身，不如说是用来壮胆。

“小心点！”仇皓说。

“嗯，等我的好消息吧。”

仇皓和陈伯杰开始缓缓地放绳，大约放了十来米，余飞龙稳稳地落地。

借着矿灯发出的光，余飞龙环视四周。墓室由青砖筑成，拱形墓顶，有五六米高，脚下是青砖铺成的地面。他猫着腰，踩着小碎步，小心翼翼地前行。穿过狭长的甬道，找到椁室，余飞龙不禁大失所望。

棺材盖板已被掀开，扔在地上，地上还有几根尸骨，应该是墓主人的。余飞龙对着棺材拜了三拜，然后把手伸进棺材，拨开尸骨，在里面仔细搜索，别说金银珠宝，连渣渣都没见着。这个墓可能几百年前就被同行光顾了，弄不好今天只能带一块墓砖上去，干这行的最忌讳空手而归，实在没值钱的东西可拿，砖头也要带一块走。

“妈的，比水洗了都干净！”余飞龙边骂边在椁室内搜索，一无所获，只好去别处看看。墓室两侧各有一间耳室，这是用来放置墓主人生前用品和陪葬品的地方。左耳室空空如也，余飞龙再去右耳室，发现几个瓶子形状的东西堆在角落里，浑身被泥土包裹，像是瓷器。余飞龙走上前，双手捧起一个瓶子，轻轻擦掉上面的泥土，露出一块蓝色云龙纹饰，是青花瓷。

右耳室共找到六个青花梅瓶，余飞龙的心情好了许多，谢天谢地，总算没白来。他猜测，当年来过的那批盗墓者，可能离墓主人下葬的年代比较近，只把金银珠宝带走了，觉得瓷器不值钱就没要。

六个梅瓶都运到入口处，余飞龙从肩上取下帆布包，把一个梅瓶装进去，挂在绳子上。然后，他拉住绳子，抖动三下，这是要上东西的信号。上面的人往上拉绳子，帆布包就徐徐往上升。过了一会儿，空包又吊下来了。如此重复，分五次运了五个梅瓶上去。

还剩最后一个，余飞龙把梅瓶装进包内，刚要挂上绳子，忽然听到上面突然喊杀声震天。声音由远及近，余飞龙心里一沉，完了！

几束手手电筒光从洞口射下来，余飞龙已关掉了灯，摸索着往椁室方向跑去。凭着记忆，他躲进了右耳室，吓得连大气都不敢出。隐约能听到上面有人说话，却听不清说什么，他蜷缩在角落里，双手捂住耳朵，瑟瑟发抖。

四处漆黑，万籁俱寂，只能听到自己心脏狂跳的声音。毫无疑问，事情已经败露了，上面的四个兄弟有没有跑掉？会被抓住吗？只要下来几个人，自己将束手就擒。去年他在鬼市见过一个摆地摊的瘸子，瘸了的右腿本来是好的，几年前盗墓时，被当地村民抓住打断了腿。瘸子说起这事居然还很开心，能保住小命真是万幸。如果今天被抓住，恐怕不死也要残，余飞龙不敢往下想，只能听天由命。

来回奔波加上极度的恐惧，已让他疲惫不堪，睡意渐渐袭来，余飞龙迷迷糊糊地睡着了。不知过了多久，余飞龙猛然惊醒，四周死一般寂静，他壮起胆子，慢慢往入口处摸去。

余飞龙抬头看洞口，看不到光，也听不到任何动静，可能天还没亮。他想喊救命，却没敢喊，万一还有人守在上面，就是找死。他犹豫了一阵，只好回到耳室，却再也睡不着了。

他知道出事了，上面究竟发生了什么，却一无所知。四个哥哥都很机灵，肯定都逃走了，一定会想办法救自己出去。万一有一个被抓到，也一定会告诉村民，下面还有人。这么一想，余飞龙心里稍微踏实了点。现在情况不明，不能轻举妄动，只能等到天亮再说。

时间一分一秒地流逝，在这地下十几米深与世隔绝的古墓中，时间过得格外漫长。余飞龙没法掌握准确时间，手机没带——就算带了也不会有信号。不知道又过了多久，肚子开始咕咕地响，口渴得也厉害。

估摸着天该亮了，余飞龙再次摸到洞口下面，却没见到预想中的亮光。按说天该亮了，怎么还是黑咕隆咚的？他心里嘀咕着，突然咯噔一下，一个可怕的念头猛地蹿出来。

再也顾不了那么多，余飞龙赶紧打开头顶上的矿灯，抬头仰望，一块大石板赫然盖在洞口上，连一丝缝隙都没留。洞口被人封死了！余飞龙浑身一颤，撕破喉咙拼了命地喊："喂，有人吗？上面有没有人？救命啊——"

除了墙壁传来的回音，再无任何动静。

喊了几十嗓子，余飞龙强迫自己冷静下来。他只有一盏矿灯、一把洛阳铲、一根从上面扔下来的长绳——上面没人接应，再长的绳子也没用了。

除了等待，别无出路。

起初他还坚信会有人来救，兄弟们一起拜过关老爷的，不会扔下他不管。然而，随着时间推移，最后一丝希望也破灭了。一想到自己要被活埋在这里，他不寒而栗，恐惧如潮水般袭来。

他尽量少开灯，节约电量。

没有食物和水，等下去也是死，求生的欲望再次升起。

余飞龙拿起洛阳铲，敲击墓室墙壁，耳朵尽量靠墙，边敲边听声音，希望能找到墓门或暗室之类的地方。尽管不抱希望，也比坐在这里等死强。

从甬道往椁室方向依次敲过去，传来的都是厚实沉闷的回音。进入左耳室，继续机械地敲击，突然听到异样的声音，此处的墙壁似乎要薄一些！他怀疑是幻觉，深呼吸几下，屏气凝息，再敲击周围的几块砖，又传来同样清脆的声音。通过回声定位，确定了十几块砖的位置，这片墙壁的背面是空的！

余飞龙用洛阳铲撬开青砖，打开矿灯对准里面照射，心脏抑制不住地狂跳起来。外面竟连着一个洞，一眼看不到底，洞壁不规则，地上有一个奥利奥饼干包装袋。余飞龙瞬间明白，这是别人挖的地道，只差几块砖就成功了，不知为何突然放弃了。

既然是地道，另一头肯定有出口。余飞龙狂喜，回到甬道，把剩下的那个梅瓶装进包里背在肩上，钻进了地道。

地道是从外往内斜着往下挖的，倾斜角度不是很大。余飞龙手脚并用，感觉一直在往上，爬过长长的斜坡，十多分钟后，前面出现一丝亮光。

从洞口爬出来，阳光刺得他睁不开眼睛，热浪滚滚，像火炉一样炙烤全身。余飞龙仰面躺在一片臭烘烘的鸭粪上面，浑身有说不出的惬意——活着真好！

余飞龙慢慢睁开眼睛，爬起来环视四周，发现这是个废弃的鸭棚。不用问，是另外一伙盗墓的人以这个鸭棚为掩护，挖了一条通往墓室的地道，不知为何功亏一篑，却无意中救了他的命。余飞龙跪在地上，磕了几个响头，说："多谢关老爷保佑！"

天边太阳西沉，已是黄昏。鸭棚边上有个小池塘，水是黄色的，很浑浊。余飞龙顾不得那么多，连滚带爬冲到池塘边，趴在地上，把头伸进水里，猛灌一通。

喝饱了水，余飞龙摸了摸圆鼓鼓的肚子，感觉体力恢复了不少。这时，忽然听到远处有人说话的声音，他赶紧躲进鸭棚，隐蔽起来。两个村民从鸭棚边走过，有说有笑，渐渐走远。余飞龙趴在地上连大气都不敢出，此时还有人在稻田里干活，不能轻举妄动，只有耐心等到天黑再离开。

等待黑夜降临的这段时间格外漫长，余飞龙开始思考下一步计划。

他不知道在墓里过了几天，基本可以确定的是，四个哥哥都没被抓到。只要有一个被抓到，肯定会告诉村民或者警察，墓里面还有人。余飞龙打算先去红房子与他们会合，见到他们一定要挨个质问："一起拜过关老爷的，为什么扔下我跑了？"

想起这事，余飞龙就觉得心里冰凉，但是劫后余生的喜悦，很快就冲掉了内心的不快。

夕阳把大地涂抹成了金黄色，他从未见过这么美的黄昏，贪婪地看着外面的世界。

夜幕终于笼罩了大地，月光如水，四周的田野一片静谧。余飞龙走到了一条水泥路上，马路附近有村庄，民房基本都是坐北朝南的，他确认方向后往南走去。东风市在宝丰县的南面，只要一直往南走，就会离市区越来越近。

余飞龙饿得头昏眼花，看到前面有个垃圾桶。他拿出洛阳铲，在垃圾桶里翻找，发现一个烂苹果，有一半还是好的。他捡起苹果，在衣服上蹭了两下，刚塞进嘴里，忽然听到背后有人断喝："嘿，你干什么！"

余飞龙吓得半死，手一抖，苹果掉在地上。扭头一看，说话的是个衣衫褴褛的流浪汉，身上挂着乱七八糟的袋子，看不出年龄。流浪汉隔着四五米远，脸上杀气腾腾地喊道："这是我的地盘，不准动我的东西，快滚！”

余飞龙打量自己，一身泥土，上衣和裤子上破了几个大洞。再看对面的流浪汉，二人的装束并无太大区别，难怪对方把自己当成了抢地盘的同行。余飞龙没理他，弯腰去捡起苹果。

流浪汉仿佛受了侮辱似的，突然愤怒地冲了上去，余飞龙毫无防备，被推倒在地。流浪汉顺势骑在他身上，左手掐脖子，右手握拳，对准他的头部连续击打。余飞龙顿时觉得眼冒金星，天旋地转，几乎窒息。

余飞龙的腰腹部被压住，无法动弹，双手还是自由的。他下意识地伸手在地上乱抓，忽然摸到一个硬邦邦的物体，是洛阳铲！余飞龙来不及细想，抓起洛阳铲，用尽全力朝流浪汉身上猛击。

只一下，流浪汉就松了手，软绵绵地倒下。

余飞龙挣扎着爬起来，蹲在地上，手摸着脖子，剧烈地咳嗽了几下，张开嘴大口地喘气。慢慢缓过气来，他才想起流浪汉，转身去看，没有动静。流浪汉侧躺在地上，鲜血从他的身体底下流出来，缓缓地向四周漫延。

借着月光，余飞龙看到流浪汉的头顶上破了个鸡蛋大的洞，血仍在汩汩地往外流。余飞龙试着用脚去拨动他，流浪汉抽搐了几下，不动了。

意识到自己杀了人，余飞龙魂飞魄散。他看了看左右，四处无人，现在逃还来得及。要是被过路的人发现，就插翅难逃了。可是，往哪儿逃?

他用残存的理智思索逃跑的方向：红房子肯定是不能去了，老家也不能回，被警察抓到就是死罪。

余飞龙不敢走大路，捡起背包和洛阳铲，跳进了路边的稻田中。再次确认方向后，跌跌撞撞地往北跑，他不知道要往哪儿去，总之离家越远越安全……

手机发出刺耳的铃声，打断了余飞龙的思绪，来电显示是高雅丽，他接通了电话。

高雅丽说有急事，却不肯在电话里说，非要到这边来见面。余飞龙顿时心惊肉跳，高雅丽从没提出过这种要求，一定是出了大事。他来不及多想，只好破例答应。

到底发生了什么事?

余飞龙坐立不安，仔细回想刚才的对话，突然一个激灵闪过。高雅丽说有急事，说话的口气却一点都不慌乱，倒像是有人在旁边指挥她说话。还有一点很不正常，高雅丽平时都叫他“老余”，从没叫过全名。难道，她是在向自己暗示什么?

现在是非常时期，他不得不往最坏的地方想。

余飞龙再也坐不住了，马上穿好衣服，把梅瓶、洛阳铲和口罩装进旅行包，匆忙出门。他并未走远，上了前面那幢房子的天台。前后两幢房子的楼间距只有三四十米，从七层楼的高度往下看，可以清楚地看见自己门口的动静。

半个小时后，高雅丽来了，她似乎很不情愿地走在前面，后面跟着几个如狼似虎的年轻男子。不出所料，警察找上门来了，余飞龙想不出是哪个环节出了纰漏，警察为什么会找到高雅丽。事发突然，计划要调整了。

余飞龙从口袋里拿出手机，按住电源键，关闭了手机。

.32.

失之交臂

8月30日。

早晨8点，江枫和王三牛走进警官食堂，里面人不多，还要过半个小时才会到用餐高峰。他们昨晚忙到后半夜，在值班室躺了几个小时就起来了。

江枫打了一大碗牛肉炒粉、两个大肉包、一个水煮蛋，外加一根玉米棒子。王三牛端着盘子在江枫对面坐下，看着他面前丰盛的早餐惊呆了，说："老大，你真能吃。"

"吃饱了才有力气干活。"江枫说着剥开鸡蛋，一口塞进嘴里。

"真想不到余飞龙会是生日杀手。"王三牛又谈起了案子，"他既然要报复杀人，为什么等了十五年才动手？"

"刚开始以为仇皓是凶手，我就想过这个问题。也许凶手以前没打算杀人，最近一两年发生了什么重大的事情，才触发了复仇的开关。"江枫说，"昨天我们搜到了余飞龙的病历，他是4月23日确诊罹患肝癌，5月10日熊超就被杀了。如果我没猜错的话，这张病历就是触发点，他在绝望中迁怒于另外四人，重新点燃了复仇的怒火。"

"真他妈开眼界！余飞龙不露痕迹地杀了两个人，还能把咱耍得团团转，怎么看都不像傻子，居然被一个女人给骗了，连儿子是不是亲生的都不知道。"

"这不奇怪，再聪明的人也有会弱点。所谓的高手，不见得在每一个领域都擅长，余飞龙在犯罪方面的智商不低，但在男女情感方面还停留在幼儿园水平。”

“高雅丽带着小孩来投奔他，余飞龙却要分开住，高雅丽竟然同意了，这也不大合常理吧？”王三牛的问题一个接一个。

“如果是一对正常的夫妻，的确说不过去。”江枫略加思索道，“余飞龙患病，怕传染小孩只是理由之一。更重要的是，他要完成复仇计划，为了便于作案，必须单独居住。高雅丽也心怀鬼胎，担心暴露小孩的真实身份，暂时分开住一段时间对她有利，所以就爽快地答应了。这两个人都藏着不可告人的秘密，各种奇葩的事情都可能变得合理。”

DNA鉴定结果已经出来了，在高雅丽家找到的小孩就是饭饭。江枫心里的一块石头终于落地，但他现在还轻松不起来。今天就是仇皓的生日，时间在一分一秒地流逝，余飞龙和仇皓依然下落不明。

随着余飞龙“死而复生”，之前无法解释的几个谜团，现已明了。

昨天晚上，王三牛找到了高雅丽工作过的丰达防护用品厂。据老板确认，这种飞蛾口罩的确是他们厂里的产品。去年厂里新招了一个大学生，设计了一款个性张扬的防雾霾口罩，图案设计灵感来自《沉默的羔羊》电影海报。没想到这种飞蛾图案过于恐怖，根本没人要，厂里只好作为废品处理，于是余飞龙讨了一箱回家。

高雅丽谎称回老家生孩子时，悄悄带走了两个口罩，4月21日在如月湖公园抢夺婴儿时用上了。7月13日，余飞龙在金店袭击邓文豪时，也是用这种口罩蒙面。江枫曾怀疑这两起案子是同一人所为，实际上，余飞龙和高雅丽是各干各的，互不知情。

“礼”字梅瓶的下落也清楚了。江枫原先推断，这个梅瓶应该还留在古墓里，在鬼市出现的“礼”字梅瓶是假的。现在这种结论已被推翻，那个没露面的神秘卖家应该是余飞龙，他从古墓逃生时把梅瓶带出来了，一个月前想拿到鬼市去托人转卖，没想到引起警方注意，他只好改变计划。

昨天在余飞龙的住处没有搜到梅瓶和洛阳铲，应该是被余飞龙带走了。他出逃前带走了凶器，说明不会放弃杀人计划。余飞龙的下一个目标是仇皓，如果能及时找到仇皓，就能顺藤摸瓜找出余飞龙——问题是，仇皓也消失了。

据情报组反馈，仇皓三天前从成都飞回了东风市，但他没有回到住处和古玩店，手机一直在关闭状态。余飞龙也关机了，技术组已对二人的手机进行监控，一旦开机，就能查明方位。

连环杀人案到了决战时刻，万志强宣布取消休假，大队民警全体待命。蹲坑组的民警昨晚就派出去了，在嫌疑人的住处和可能出现的地点秘密布控，只要目标出现，立即抓捕。

吃完早餐，回到办公室。王三牛咕哝道："仇皓明明没杀人，为啥要跟咱捉迷藏，把事情说清楚不就得了，这样好玩吗？"

江枫笑道："你别忘了，仇皓也是盗墓团伙成员之一，如果他说出真相，岂不是自投罗网。"

"这么说，仇皓早就知道那两个人是余飞龙杀的？"

"没错。"江枫点了点头，"仇皓是最早发现真相的人，他不光知道余飞龙是杀人凶手，还知道'礼'字梅瓶在余飞龙手上。所以，当'礼'字梅瓶在鬼市现身时，他毫不怀疑就去了。"

"有一个问题，我还是没整明白。"

"什么问题？"

"盗洞封死之后，余飞龙是怎么逃出来的，难道他会遁地之术？"

"这个问题我也想过。"江枫说，"我们去宝丰县调查时，老支书曾说，发生盗墓事件半年后，又在古墓附近的废弃鸭棚里发现一个地道口。由于两件事相隔半年，我当时确实疏忽了，没把这个地道口与余飞龙联系起来。这个地道可能是另外一伙盗墓贼挖的，另一头通向李将军墓，余飞龙命不该绝，从这个地道逃出来了。”

“不对啊。”王三牛摇头道，“余飞龙又不是神仙，没吃没喝，怎么可能在古墓里生存半年之久？”

江枫说：“地道是半年后发现的，不等于是半年后才挖的，很可能在余飞龙他们盗墓之前就挖通了。所以，当余飞龙被困在古墓时，只要找到地道口，随时能逃出来。我已经请茅馆长帮忙协调，尽快发掘李将军墓，谜底很快就能揭开了。”

正说着，江枫的手机响了，是茅跃进。江枫接通了电话。

“小江，你交代我的事有消息了，李将军墓的发掘方案已报上去了，下星期召开专家论证会。”茅跃进有些得意道，“怎么样，我的办事效率还可以吧？”

“茅馆长，劳您费心了。”江枫连声道谢，“案情现在有点变化，梅瓶可能不在古墓里。”

“什么情况？”茅跃进加快了语速。

“昨天我们发现了另外一个嫌疑人，梅瓶应该在他手上，不过人还没抓到，顺利的话这一两天就会有结果。”

茅跃进沉默了片刻，说：“现在有时间吗？我去碰下你。”

“现在？”江枫迟疑道，“我在分局待命，离不开。”

“再忙也得吃饭吧，你们分局门口新开了一家茶餐厅，中午我去那里等你，保证不耽误你的事。”

“好吧。”挂断电话，江枫心里直犯嘀咕，什么事能让茅跃进这么急？

上午11点半，茶餐厅里的人渐渐多起来。

茅跃进坐在最靠里面的僻静位置，面前放着一杯乌龙茶，刚才已给江枫打了电话。茅跃进点着烟，刚吸了一口，服务生就过来提醒："先生，对不起，这里不能吸烟。"茅跃进只好把烟熄灭，拿出手机打发时间。

打开微信，就看到长平路实验学校公众号推送的新闻——《著名古陶瓷专家茅跃进先生莅临我校讲学》，文字报道当然是对这位学识渊博的古陶瓷专家大加赞美，同学们受益匪浅云云。满头白发的茅跃进端坐于主席台，笑容可掬，显得格外精神。

学校的郑校长是茅跃进的初中同学，几年前就邀请他去给孩子们讲文物知识。茅跃进满口答应，老同学的请求无法推脱，何况他也觉得这种讲座很有意义。无奈那时新馆建设正在紧锣密鼓进行之中，茅跃进每天忙得脚不沾地，讲座只好一拖再拖。直到昨天，这个心愿才完成。

想起孩子们纯真的笑容和充满求知欲的眼神，茅跃进的嘴角微微泛起笑容。

容纳五百人的学术报告厅座无虚席，茅跃进坐在主席台上，打开了PPT："同学们，咱们中国古代有四大发明，你们知道吗？"

前排一个小胖墩马上举手回答："指南针、造纸、火药、活字印刷。"

不等茅跃进点名，一个梳着羊角辫的小女孩就站了起来，很不服气地说："这太简单了，我还知道新四大发明——高铁、手机支付、共享单车和网购。"

"完全正确！掌声送给这两位同学。"茅跃进带头鼓掌，台下掌声雷动，气氛立即活跃起来。

学术讲座对茅跃进来说不是什么难事，闭着眼睛也能讲两个小时，给小学生讲课却是大姑娘上轿头一回。为了讲好这堂课，茅跃进专门找了小学老师请教，老师给他的建议是：多讲故事，少谈理论，多启发，多鼓励，节奏别太快。

“没想到同学们都这么聪明！”茅跃进说，“咱们中国古代科技取得了辉煌的成就，连外国人都要点赞，‘四大发明’就是由英国人艾约瑟最早提出来的。我觉得这个说法还不够全面，咱们的老祖宗其实有五大发明，同学们知道第五大发明是什么吗？”

台下顿时鸦雀无声，孩子们急得抓耳挠腮，老师只讲过“四大发明”，从没听说过还有“五大发明”。

“大家使劲猜，猜错了没关系。”茅跃进耐心地启发道，“是一件日常用品，我敢保证每个人都用过。”

孩子们七嘴八舌，说什么的都有。有的说是丝绸，有的说是茶叶，有的说是毛笔，还有的说是手机，引得大家哄堂大笑。

茅跃进按动手里的遥控笔，投影幕上出现一个青花瓷碗。他说：“我今天要讲的第五大发明，就是瓷器。”

一个戴眼镜的高个子男生说：“瓷器太普通了吧，怎么能和四大发明相提并论？”

“这个问题问得非常好！”茅跃进向他投去赞赏的目光道，“这位同学，你想过没有，假如把你家里的所有瓷器全拿走，会出现什么情况？”

眼镜男生想了想，说：“吃饭有点不方便，但是可以用不锈钢或玻璃餐具代替。”

茅跃进说：“好，就算你解决了吃饭的问题，请问你怎么上厕所？马桶是瓷器做的。你要不要洗脸？洗脸盆也是瓷器。除了吃喝拉撒会变得很麻烦，你家的地砖、墙上的瓷砖都要撬掉，你怎么过日子？汽车上的火花塞里也有陶瓷，拿掉瓷器，你家的车也要趴窝，要变成牛车。”

眼镜男生张口结舌，满脸通红。全场爆笑，掌声雷动。

茅跃进继续说：“瓷器是非常重要的发明，中国瓷器很早就远销全世界，‘中国’和‘瓷器’在英文里是同一个单词，都叫China，瓷器就代表中国。同学们，请你们告诉我，瓷器有没有资格列为第五大发明？”

“有！”孩子们齐声高喊，无不心悦诚服。

这段别开生面的开场铺垫，像磁铁一样把同学们吸住了。茅跃进从原始陶器讲起，讲述中国灿烂辉煌的陶瓷史：青瓷、唐三彩、宋代五大名窑、元青花、釉里红、景德镇、郑和下西洋……

每个孩子都专注地聆听，一双双明亮的眸子里散发出瓷器般的釉光，那是求知的光芒。茅跃进无比享受这种注视的目光，也许这些孩子现在还不能完全听懂，但是已经在他们心里播下了知识的种子。

时光像插上了粉红色的翅膀，两个小时一掠而过，茅跃进意犹未尽。

“茅馆长。”江枫的声音把茅跃进从记忆中拉回来。

“小江，请坐。”茅跃进指着对面的空位，然后把服务员叫过来点菜。

江枫简单说了几句案情的最新变化。茅跃进说：“小江，我有一个小小的请求。”

“茅馆长客气了，有什么要求，吩咐我就是了。”

“你们抓捕嫌犯时把我也带上吧。”

江枫立即摇头道：“那怎么行，太危险了。”

茅跃进说：“我希望亲手追回那个‘礼’字梅瓶。”

“凶手是个杀人不眨眼的魔头，您不能去冒这个风险。”江枫的口气不容商量，“茅馆长，您放心，我们会确保文物的安全。”

“你还记得我们馆里展出的那个元青花桃园结义图罐吗？”茅跃进突然没头没脑地冒出一句。

“您是说二亿三千万的那个？”江枫怎么会不记得，茅跃进上次说过，东风市博物馆展出的元青花桃园结义图罐是复制品，真品在伦敦佳士得拍卖会上拍出了天价。

“没错。”茅跃进缓缓地点头道，“真品本来应该留在我们馆里的，中间有个故事，我从未告诉任何人。”

江枫专注地看着茅跃进，不再插话，等着他说出下文。

“那是在二十世纪八十年代初，文保工作逐渐恢复正常。我经常要下乡征集文物，带着干粮到附近的农村去走家串户，很多馆藏文物都是那几年收上来的。有一年秋天，我又带上干粮，骑着自行车下乡。跑了大半天一无所获，到了下午两三点钟，人困马乏，正好马路边有一户人家，我准备进去讨点热水喝，顺便填下肚子。”

“那家的房子很破旧，也没什么像样的家具，家里只有女主人和她的儿子，男人出门干活去了。我问女人讨了一碗水，在她家的长凳上坐下，从帆布书包里拿出两个肉包子，正准备吃，一个脏兮兮的小男孩站在我面前，五六岁的样子，眼睛直直地盯着我手里的包子。小孩子怪可怜的，我就把两个包子都给他了。女人对我千恩万谢，她儿子长这么大，从没吃过肉包子。女人又说，你把包子给了我儿子，那你吃什么呢？我说，没关系，我不饿。女人转身进了厢房，抱了一个大瓷罐出来，从里面拿出几块糖块，硬要往我手里塞。”

“我的眼睛一下就直了，她手里抱的是个青花罐，上面还有人物图案。我拿在手里仔细看了看说，我是博物馆的，你家这个罐子是老物件，可不可以交给博物馆收藏？女人说，这个罐子在我家放了好多年了，原来是有盖子的，找不着了，你觉得有用就拿去吧。我说，不能白拿你的，要给钱。她拼命摇头，又不是什么值钱的东西，我儿子吃了你的包子，怎么能收你的钱呢？她坚持不要钱，我就给她写了张收条，带着青花罐回馆里了。”

江枫问：“这个就是元青花桃园结义图罐吧？”

茅跃进点头道：“是的。”

“您用两个包子就换回一件稀世珍宝。”

“你肯定以为我占了大便宜吧？”茅跃进说，“那个年代不像现在，文物不值钱，也没市场。有一家人搬了新房子，嫌老家具放在客厅碍眼，把一对紫檀官帽椅卖掉，买了一台18英寸的大彩电回来，全家人开心得不得了。”

“那家人可能要悔断肠了。”江枫心里感慨，那对紫檀官帽椅现在恐怕能抵小半个彩电厂。

“人永远是后知后觉的。几十年前，一部桑塔纳能换北京的一套房，如果时光能倒流，桑塔纳就没人要了。我们做出的任何一个决定，在当时肯定认为是正确的，但只要把时间一拉长，后退十年、三十年往回看，就会觉得很可笑。”

“您接着说。”江枫说着给他的杯子里加满茶水。

“这个罐子现在的名字叫‘元青花桃园结义图罐’，但是当时并不知道，大家对元青花了解不多，以为是明早期的，拿回馆里登记入账后，就一直存在库房里。”

“后来是怎么流出去的呢？”

“过了几年，老馆长退休，我接替了馆长的位置。新官上任三把火，我那时年轻气盛，急于在全馆职工面前树立威望，想干几件大事。我烧的第一把火，就是兴建职工宿舍。钱不够，我就召集大家开会想办法，挑选了一批文物卖给省文物商店，筹到了一笔资金。现在肯定不能这么干了，但当时的政策是允许的。职工宿舍很快建起来了，全馆上下都对我这个年轻的馆长刮目相看，这是我上任后的第一件政绩，我为这件事自豪了很多年。”

“那个元青花桃园结义图罐也在这批卖掉的文物里面？”

“是的。”茅跃进笑得很苦涩，“后来不知怎么它流入了香港，又过了十几年，我才在报纸上看到它出现在伦敦佳士得拍卖会上。这种画有人物故事图案的元青花大罐，全世界不足十个，我有幸遇到了，又亲手把它送掉了。”

“宿舍还在吗？”

“五年前旧城改造拆掉了。”

江枫说：“谁都没有未卜先知的本领，哪知道以后会发生什么事情，刑法还规定‘不溯及既往’原则，我们不能用现在的法律和道德标准去评判几十年前的行为对错。您的行为在当时合理合法就够了，再说您是为全馆的职工谋福利，并无私心，根本无须自责。”

“理是没错。”茅跃进微微点头道，“我也试图这样说服自己，可是每当想起这事，心里就像刀剜一样，觉得自己是个十恶不赦的罪人。一失足成千古恨啊，小江，你还年轻，那种深深的负罪感你是无法理解的。”

“我能理解。”江枫想起了饭饭，这几个月强烈的负罪感就像一座大山一样压在身上，直到今天上午才彻底解脱。

茅跃进叹息一声道：“那个青花罐是回不来了，我的罪过永远无法弥补，所以我很早就发愿，要在退休前完成两件事：一是把新馆建起来；二是把失散的‘礼’字梅瓶找回来。如果能完成这两个心愿，我这一生就圆满了。”

江枫怔怔地看着茅跃进，默然不语，之前完全没想到，他心里竟藏着这么大一个心结。江枫想安慰几句，却找不到合适的话语。

“我快退休了，感谢老天爷关照，第一个心愿已经完成了，第二个心愿也成功在望。如果我能亲手把‘礼’字梅瓶请回来，那一定是我一生中最幸福的事情。”茅跃进目光灼灼地看着江枫道，“让我去吧，我是文物专家，有我在场，国宝会更安全。”

“您还是别去了，太危险。”江枫的口气已没有刚开始那么坚决。

“不幸随时会发生，而幸福，只有努力才能得到。”茅跃进看到江枫的眼神在松动，趁热打铁道，“你老是跟我强调危险，有人坐在饭馆里吃饭被车撞死，有人在小区散步被跳楼的人砸死。小江，请你告诉我，哪里没有危险？”

江枫没词了，说：“先说好，一切行动必须听我指挥。”

.33.
杀人回忆

8月30日，晚上10点。

昼夜温差加大，夜晚的凉风隐隐然已透出秋意。余飞龙站在光明大桥上，手扶着栏杆眺望江面，还有半月才到三十九岁生日，他看起来却像四五十岁的人。病情也在加重，他很久没照镜子了，怕看到自己骨瘦如柴、脸色蜡黄的样子。

昨晚是在外面露宿的，他有多年的野外生存经验，并不觉得难熬。警察已经找上门来了，凡是有屋顶的地方都不安全。光明大桥是东风市新建的第七座跨江大桥，通车不到一个星期，很多人还不知道，桥面上来往的车辆不多。

余飞龙从包里拿出洛阳铲，举在眼前。这把洛阳铲是仇皓和他交换的，说是能避邪，竟然应验。十五年前，这把洛阳铲一天之内两次救了他的命，他像珍藏护身符一样把它带在身边。

从古墓逃出来后，余飞龙原打算去红房子与另外四人会合，没想到半路上失手杀死了人。他只好改变计划，远走高飞，大城市是不敢去的，看见警车他就心惊肉跳。十多年间，余飞龙四处流浪，到过山西、河北、内蒙古，扒过火车，住过桥洞，捡过垃圾。

刚到河北时，他打算去黑市把梅瓶卖掉，差点被黑吃黑，从此断了这个念头。为了生存，他只能干最脏最累的活，躲在最阴暗的角落里，像老鼠一样苟活。这一切，都是拜四个兄长所赐。每念及此，他的胸中就会燃起熊熊怒火，很快又被活下去的渴望浇灭——

没有什么比活着更重要。

胆战心惊地躲藏了十多年，比吃苦受累更让他难忍受的是孤独，北方寒冷干燥的气候也让他始终无法适应。渐渐感到风声没那么紧了，两年前，余飞龙悄悄回到东风市。他不敢回农村老家，也不敢联系以前的熟人。

丰达防护用品厂只有十几个员工，管理不像大企业那么正规，不用登记身份证那些乱七八糟的东西。虽然工资待遇低了点，余飞龙却非常满意，在厂里打工时，他认识了高雅丽。

二人同居的那段日子，是余飞龙一生中最幸福的时光。得知高雅丽怀孕后，他欣喜若狂，觉得老天爷待自己不薄，终于苦尽甘来。这十多年来，他都是过一天算一天，从没想过未来，即将降生的孩子让他重新看到了生活目标。当高雅丽提出要回乡下老家生孩子时，余飞龙马上同意了，只要是为孩子好，任何事情他都会答应。

高雅丽走后，余飞龙几次想去看望她，却不敢抛头露面，只好把思念藏在心底。他暗暗下定决心，今后要加倍努力工作，一定要让他们母子过上好日子。

一天晚上，电视新闻播出本市重大项目签约仪式，余飞龙认出乙方签字代表竟是老大熊超。十五年过去，熊超摇身一变，已成为本地一家房地产开发公司的董事长。那天晚上，他失眠了。估计另外三个也混得不差吧，这些人渣为什么不遭报应，想起这些他就怒火难熄，可是又能怎样呢？

过完年后，余飞龙好几次肚子痛得厉害，舍不得花钱上医院，就随便去药店买些止痛药对付。前些年朝不保夕的流浪生活把身体拖垮了，落下一身毛病，他沉浸在即将成为父亲的喜悦中，对身体的变化并未太在意。

4月23日，余飞龙腹部疼痛难忍，只好去医院检查。下午拿到诊断报告，看到“肝癌”两个字，他脑子里轰的一下，脸色苍白，几乎站立不稳。他扶着墙走到公共座椅上坐下，这时手机响了，他听到高雅丽兴奋的声音：“老余，我给你生了一个儿子！”

回到家后，余飞龙把藏在床底下的洛阳铲和元青花梅瓶拿出来，这两件东西从未给高雅丽看过。他坐在地上，把洛阳铲拿在手里摩挲，那些年埋藏在心底的仇恨像火山一样喷发。

“不求同年同月同日生，但求同年同月同日死！”余飞龙喃喃自语，他从没有像现在这样意志坚定，目标清晰。十五年了，是时候做个了结了，医生说他还有一年生存期，一年时间能做很多事情。他要在死神来临之前完成两个心愿：一是复仇，二是把手上的梅瓶卖掉。

余飞龙站在挂历前，像一个指挥官在看作战地图，上面圈出了熊超、邓文豪、仇皓、陈伯杰四个人的生日。挂历是过年前从垃圾箱捡来的，他喜欢上面那些活泼可爱的小孩，没想到这时候派上了的用场，仿佛是天意。他要以其人之道还治其人之身，让那四个背信弃义的人尝到生日变祭日的滋味。

找到熊超几乎没费多大工夫，余飞龙上次看电视时，记住了熊超公司的名字，手机上网一搜就搜到了地址。余飞龙在公司附近守候、跟踪，渐渐摸清了熊超的住址和生活规律。

5月10日下午，余飞龙守在熊超的公司门口，等他出来后打车跟随。熊超把车开进了富豪大酒店地下二层停车场，下车后匆匆上楼去了。此时人多眼杂，余飞龙守在他的宝马车旁，等他晚上回来取车。

晚上11点多，熊超手里拎着包，哼着歌摇摇晃晃地出来。他找到自己的黑色宝马X5，手刚摸到车门拉手，腰间突然被硬物顶住。

“别动！”余飞龙已戴上了口罩。

熊超顿时酒醒了大半，把包扔在地上，双手举过头顶：“兄弟，我包里还有些现金，手头紧的话就拿去花。”

余飞龙冷笑一声道：“有钱就了不起是吧？”

“千万别激动，有事好商量。”

“老大，生日快乐！”

熊超仿佛突然见到鬼似的，声音颤抖起来，说：“你是人还是鬼？”

“十五年前我就变鬼了。”

“老五，你没事就好，弟兄们对不住你。”

“现在说这些有用吗？”余飞龙冷冷地说，“邓文豪呢？”

“你找他干吗？”

“少废话，快说！”余飞龙手上用力，洛阳铲又顶紧了点。

“听说他开了一家金店。”

“在哪？”

“江宁路，好像是叫来福珠宝。”

“仇皓和陈伯杰在哪儿？”

“我们其实很少见面。”

余飞龙拿出准备好的纸和笔，逼他写出了邓文豪、仇皓、陈伯杰三人的电话和工作地点，然后把纸笔揣进裤兜里，说：“你们都过得很滋润。”

“老五，放我一马，从今往后，老哥赚的钱都有你的一份儿。”熊超苦苦哀求，慢慢转身。

“老大，你知道我这些年是怎么过来的吗？”余飞龙想起这些年的遭遇，万千感慨涌上心头，突然哽咽起来道，“想当初我们一起拜过关二爷的，你们为什么……”

余飞龙突然感到耳边生风，拳头直奔面门而来。熊超毕竟喝了酒，手上没力，速度也慢了。余飞龙抬起左手格挡，右手挥起洛阳铲，猛击他的头顶。鲜血四溅，熊超倒地。

怕他没断气，余飞龙又补了两下，然后把他包里的现金翻出来，揣进兜里，这是意外的收获。

“生日快乐！”余飞龙踢了一脚熊超的尸体，迅速离开现场。

第二天，手机上的新闻就出来了：“警方初步推断这是一起抢劫杀人案，案件正在进一步侦查之中……”

下面有网友评论：

“大侠，干得好！”

“房价就是被这些奸商炒起来的，死有余辜。”

……

持这种态度的不止一个。

余飞龙看着手机，嘴角掀起一抹微笑，感觉自己成了“网红”。他半辈子都活在失败的阴影之中，第一次尝到了被人崇拜的滋味。他仔细复盘每一个作案细节，认真总结得失，警察似乎也没有想象中的那么厉害，不过如此。

余飞龙迷恋上了这种感觉，每天早晨起床第一件事就是打开手机看新闻，但是再也没看到这起案子的消息，心里掠过一丝小小的失落。他并不害怕警察找上门，就算被抓到，可能也活不到法庭宣判的那天。加上十五年前失手杀死的流浪汉，他手上已经有两条人命了，不在乎再多几条。他唯一希望的，就是警察别来得太早，任务还没完成。

几天后，余飞龙去江宁路踩点，找到了来福珠宝店。站在对面的超市门口，他看见一个矮胖的男子从金店出来，一眼就认出是中年发福的邓文豪。此时离邓文豪的生日还有两个月，他有足够的时间做好周密准备，他从熊超的案子中获得了灵感，一个“抢劫金店”的点子渐渐在脑海里成形。

5月底，高雅丽带着儿子回来了。

“你看，儿子的眼睛和鼻子长得多像你。”高雅丽笑得很开心。

“嗯，是很像我。”余飞龙笨拙地抱着小孩，心潮澎湃，喜极而泣。在遇到高雅丽之前，他从未想过老天爷会对自己如此眷顾，为了儿子，他愿意做任何事情。

杀人计划还要继续，和老婆孩子住在一起会很不方便。余飞龙向高雅丽隐瞒了病情，谎称患了肝炎要分开住一段时间，高雅丽毫不怀疑就答应了。余飞龙搬出去之后，继续做准备工作。

7月13日，这一天终于来临。

摩托车是偷来的，口罩有现成的，工具是洛阳铲，还是原来的配方，准备就绪！

下午4点40分，余飞龙冲进金店。没想到邓文豪反应奇快，一眼就认出了他，马上操起铁管反击。余飞龙重重地挨了一下，胸前传来钻心的剧痛，差点功亏一篑。虽然出了点小意外，计划还算顺利，摩托车完成使命后沉入了江底。

回到租住的储藏室，余飞龙守着电视看新闻。当晚电视就报道了金店抢劫案，老板身受重伤，尚未脱离生命危险。余飞龙坐在床上，打开了一罐啤酒，对着电视碰杯：“生日快乐！”笑容在他刻满皱纹的脸上荡漾。

警方果然在当成抢劫案调查，这说明邓文豪可能死了，至少是昏迷不醒，否则警察就会发现不是抢劫。半个月后，他又去了现场附近，发现金店已关门，他放心了。

第三个目标是仇皓，仇皓的生日是8月30日。利用这个空档期，余飞龙要想办法把梅瓶卖掉，他原来并不清楚这个瓶子的价值，直到博物馆展出了那五个梅瓶，才知道自己手里拿的是国宝。如果梅瓶能出手的话，可保高雅丽母子一生无忧。

余飞龙去鬼市打听了多次，找到一个叫老扁的人。余飞龙给了他梅瓶照片，叫他帮联系买家，答应成交后给他百分之十的中介费。但是没过多久，老扁就躲起来了，余飞龙发现风声不对，再也不敢去鬼市。

在余飞龙的计划中，本来是要“抢劫”古玩店，顺便让店老板重伤身亡。他早就踩过点，找到了仇皓的影青阁，只差一天就能成功了，没想到突生变故。昨天下午警察来得非常诡异，事先毫无征兆。

余飞龙分析过各种可能，怎么也想不明白，警察为什么会找到高雅丽。他从未向高雅丽透露自己的过去，梅瓶和洛阳铲一直藏在床底下，复仇计划更是只字未提，连病情也是对她隐瞒的。

高雅丽什么都不知道，那么警察是怎么发现的呢？

原计划行不通了，古玩店肯定是不能去的，风险太大。难道就这么放弃？他不甘心。他拿出一张揉得皱巴巴的小纸条，是上次逼熊超写的，上面有仇皓的电话号码。

余飞龙打开了手机，手机卡是昨晚新买的，还没打过电话。

站在丽枫酒店二十八层，仇皓隔着玻璃窗俯瞰城市的夜景，万家灯火，流光溢彩。玻璃茶几上放着吃剩的生日蛋糕，今天是他的三十九岁生日。

仇皓从映秀回来之后，一直住在酒店，房间是用刘艾月的身份证开的，不用担心被警察查到。刘艾月来过两次，完事就走，一句话都不多问，他似乎有点喜欢上了这个女人。

两年前，他们在银行排队缴纳交通违章罚款时相遇。轮到刘艾月缴费时，她才发现忘了带银行卡，而自助缴费机上只能刷卡。刘艾月向身后的仇皓求助，说："大哥，能不能帮我交八百块钱进去？我用微信转给你。"仇皓爽快地答应了，漂亮女人总令人难以拒绝。交完罚款，二人互加了微信，刘艾月把钱转给了他。

当天晚上，仇皓收到刘艾月的微信留言："忙什么呢？"出于礼貌，仇皓随便应付了几句，有一搭没一搭地闲聊起来。仇皓和她并无太多共同话题，也许是单身太久了，半个月后，当刘艾月请他吃晚饭时，他没有拒绝。

并不经常见面，多数时候是刘艾月主动邀约，每次见面都是在这家宾馆。双方心照不宣，见面仅限于身体交流，并不探讨人生和理想，仇皓把这种关系定位为性爱互助。

仇皓拉紧了窗帘，坐回椅子上，点上了一支烟。

自从经历了那次盗墓事件之后，仇皓的内心没有一刻安宁过，总是担心关二爷会找他清算。大地震过后，仇皓更加相信，是自己害死了妻子和女儿，如果自己没干那么多伤天害理、忘恩负义的坏事，就不会遭此报应。

东风市博物馆国宝厅开放的首日，仇皓时隔十五年再看到那五个元青花梅瓶，内心深深地震撼了，仿佛一道佛光照进心底，让他幡然醒悟。他暗暗发誓，只要余生还有可能，一定要把失散的"礼"字梅瓶找回来，让它完璧归赵。

他想赎罪，渴望睡一个安稳的觉。

7月12日下午，邓文豪突然来到影青阁，神神秘秘地告诉他，熊超被杀了。仇皓当时只是感到惊讶，并未想太多，甚至连悲伤都没有，兄弟情分早就荡然无存。第二天，邓文豪又出事了，仇皓再也无法平静。

“五大金刚”中的老大和老二都在生日当天被杀，绝不是巧合，更不可能是抢劫。难道是余飞龙？这个念头刚一闪过，把他吓了一大跳。余飞龙早就死了，如果不是他，还有谁呢？老四陈伯杰似乎没有理由这么干。

仇皓本来和这两起案子没有任何瓜葛，糟糕的是，邓文豪在出事的前一天到过影青阁。不出所料，警察很快就找上门来了。

随后，“礼”字梅瓶在鬼市现身，更加印证了仇皓的猜测。如果余飞龙没死，那个梅瓶应该是余飞龙从古墓带出来的，一切都说得通了。这个发现让他既喜又忧，喜的是余飞龙没死，他内心的愧疚可以减轻一些。忧的是，余飞龙下一个猎杀的目标，就是自己。

仇皓内心曾经动摇过，要不要把真相告诉警察。只要警察找到余飞龙，就能把“礼”字梅瓶追回来，可是这么一来，他们两个都难逃牢狱之灾。仇皓不想坐牢，也不希望余飞龙坐牢。

最理想的解决方案，就是在不惊动警方的情况下，把“礼”字梅瓶拿到，悄悄送回博物馆。然后，他和余飞龙分道扬镳，各安天命。

那个姓江的警察一直怀疑自己是凶手。刚开始仇皓并不在意，甚至有些同情警察，他们每天的工作就是猜哑谜，根本什么都不知道，还喜欢自以为是。后来他才发现，自己严重低估了江枫的决心和毅力，好几次险象环生，差点露出马脚。

当他发现警察到过家里秘密搜查后，当天就把洛阳铲抛进了河里。这把洛阳铲留在身边十五年，一直没舍得扔，那是他们兄弟情义的最后一点见证。仇皓越来越担心，有一天江枫会拼凑出事件的全貌。

在生日到来之前，仇皓去了一趟映秀。十年了，他一直不敢踏上那块伤心之地，万一活不过这个生日，就当是与妻子、女儿最后的告别吧。

现在，他已经准备好了，了无牵挂。

手机放在茶几上，已经开机，仇皓在等一个电话。余飞龙能轻易找到熊超和邓文豪，肯定有办法找到自己。

第三支烟抽完，手机响了，来电显示是一个陌生的手机号码。仇皓深吸一口气，按下了绿色通话键，对方却不说话。短暂的沉默过后，仇皓先开口了："老五，我知道是你。"

.34.

决战

又是一个晴朗的夜晚，月华如水，晚风习习。薄云如轻纱曼舞，几颗星子在云层的轻拢慢移中若隐若现，好奇地窥视世界。

仇皓开着丰田霸道上了光明大桥，借着路灯的光线，看清了那个人的脸，正是余飞龙。仇皓下了车，向余飞龙走去，车门虚掩着。

十五年没见，余飞龙脸上的轮廓完全没变，却比想象中苍老了许多，骨瘦如柴，眼窝深陷。仇皓在离他三四米远的地方停下，喊了一声："老五。"

"别叫得这么亲热，十五年前我们就不是兄弟了。"余飞龙显然也认出了仇皓。

"我们都以为你死在墓里了，你是怎么逃出来的？"

"老天爷开眼，不想让我死得那么窝囊。我找到一个地道爬出来了，想不到吧？"

一辆汽车呼啸而过，车灯照亮了余飞龙蜡黄的脸。

"我们猪狗不如，对不起你。"

"你以为说句'对不起'就能一笔勾销吗？"余飞龙面无表情道，"这么多年我活得人不人鬼不鬼，真是要感谢你们这帮好兄弟。"

"所以你要把我们四个都杀光才能解恨？"仇皓看着他那双凹陷的眼睛。

"还记得我们在关二爷面前发过的誓吗？"

"不求同年同月同日生，但求同年同月同日死。"

“我以为你早忘了。”

“做梦都记得。”

“你知道关在墓里等死是什么滋味吗？”

“我知道。”

“你不知道，你没有被活埋过。”余飞龙吼道。

“十年前那次大地震，我在震中，房子塌了，我在废墟底下被埋了三天三夜。我以为再也出不去了，现在只要进入狭小空间就会恐惧。”

“原来你也尝过那种滋味。”余飞龙从鼻腔里发出怪笑声，“那你觉得你们该不该死？”

“死有余辜。”仇皓说，“我已经遭了报应，我的老婆、女儿，还有一个没出世的孩子，都在地震中死了。”

“你编出这种故事是想让我放过你吗？”

“信不信由你。”仇皓说，“你已经对老大和老二下了手，接下来就该轮到我了，最后一个是陈伯杰，我说得没错吧？”

“既然你知道了，为什么要来送死？”余飞龙扬起手里的洛阳铲，目露凶光道。

“我一直在等这一天。”

余飞龙后退一步，警惕地看了看左右，周围没有别人。

“放心，我没有告诉警察。你救过我的命，我怎么会害你？”

“亏你还记得，真感人。”

“警察还没查到你头上，他们一直怀疑人是我杀的。”仇皓看了看他脚下的旅行包说，“梅瓶在你手上吧，把梅瓶留下，你走吧。”

余飞龙仰天狂笑道：“人为财死，鸟为食亡，没想到你还惦记着那个梅瓶。”

“我保证会把梅瓶送到博物馆，那里才是它最好的归宿。我们当年都做了蠢事，别再错下去了。”

“你没有经历过我的生活，有什么资格对我指手画脚？”

“现在收手还来得及。”

“少来这套，我不会再上当了。”余飞龙冷笑道，“你不想知道，我是怎么找到你的电话的吗？”

“现在说这个毫无意义。”

“老大临死前把你们几个都出卖了，想不到吧？”

“老五，到此为止吧。”仇皓苦苦哀求道，“这些年我没睡过一个安稳觉，每天晚上都做噩梦，我们几个都遭了报应，家破人亡，你还不满意吗？”

“少废话，梅瓶我带来了，拿命来换吧。”余飞龙紧握洛阳铲，向仇皓扑过去。

仇皓早有准备，迅速退到车门旁，车门没关，棒球锁就放在驾驶座上。仇皓刚拿到棒球锁，胸口就重重地挨了一下，几乎窒息。仇皓忍着剧痛，挥起棒球锁反击，两个回合之后，余飞龙倒在地上，洛阳铲脱手飞了出去。

仇皓放下棒球锁，双手捂着胸口，走到旅行包前蹲下，拉开了拉链。里面垫了厚厚的旧报纸，梅瓶躺在里面安然无恙，仇皓放心了，把拉链重新拉上。

余飞龙挣扎着爬起来，捡起了地上的棒球锁，悄无声息地走到仇皓身后，像打高尔夫球一样挥起了棒球锁……

仇皓听到耳畔生风，扭头想躲闪，为时已晚。棒球锁重重地击中头部，仇皓仰面倒地，一动不动。

完成这一击，余飞龙坐在地上大口地喘气，目光在地上搜寻，洛阳铲掉在三米开外的地方。余飞龙双手撑地站起来，踉踉跄跄地走过去，捡起洛阳铲，再往回走。鲜血顺着小臂往下淌，在柏油路面上画出一条红艳艳的虚线。

一辆汽车迎面驶来，强光照在脸上，刺得他睁不开眼睛。

余飞龙伸出左手掌挡住车灯强光，继续向仇皓走去，脚步却不由得放慢了。走到仇皓跟前，余飞龙站住，短短几米的距离几乎耗尽了体力。他需要再次积蓄能量，深吸了几口气，准备完成最后一击。

“生日快乐！”余飞龙咧嘴一笑，双手握紧洛阳铲，尖头向下，对准了仇皓血肉模糊的脸……

那辆车在他面前紧急刹停，四扇车门同时打开，跳下来四五个人。

“警察，不许动！”黑洞洞的枪口瞄准了余飞龙，冲在最前面的是王三牛。

紧接着，第二部警车赶到，江枫最先跳下车。五六个警察都已拔枪，呈扇形将余飞龙围在中间。

江枫大声喊话：“余飞龙，别激动，没有不可以商量的事。”

余飞龙茫然地看了看左右，说：“有什么好谈的，这个该死的骗子，刚才还骗我说没有告诉警察。”

“仇皓没骗你，他如果通知了警察，我们早就到了。”江枫说的是实话，他们是追踪仇皓的手机信号，一路追到光明大桥的。

余飞龙用洛阳铲抵住了仇皓的咽喉，说：“都后退，否则我现在就送他上西天。”

江枫挥起左手，做了个“停止”的手势，右手把手枪插回枪套说：“都把枪放下，全部后退。”

“你们是兄弟，有什么大不了的事，不可以坐下来慢慢谈？”江枫故意轻描淡写道，同时向王三牛努了努嘴。

王三牛立即领会，准备实施第二套预案。他走到后面那部警车旁，把高雅丽叫下了车，茅跃进也跟着下来了。

余飞龙大惊道：“雅丽，你怎么来了？”

“是他们让我来的。”高雅丽带着哭腔说。

“壮壮呢？”

坏了！江枫心里咯噔一下，壮壮就是被抢的饭饭，是余飞龙起的小名，小孩已交给亲生父母了。通过昨晚做工作，高雅丽答应配合警方，劝说余飞龙投降，没想到他开口就问小孩。

高雅丽大哭，半天说不出话。

“哭什么哭，我问你壮壮呢？”余飞龙急得大喊。

“对不起，我不该骗你。”

“什么都不用说了，这里不关你的事，快回去。”余飞龙催促道，“好好把咱们的儿子养大，别像我没文化，一辈子上当受骗，吃苦受罪。长大了告诉他，别相信任何人！”

“壮壮不是咱们的孩子。”

“什么？”余飞龙顿时愣住。

“我根本就没怀上，壮壮是我抢来的。”

“连你也来骗我，是他们故意叫你这么说的，对不对？”

“都是我不对，我太想要一个小孩了。我说要回老家生小孩，就是怕你看出来，抢到小孩之后，我才告诉你生了。”高雅丽泪流满面道，“你从没见过我大肚子的样子，对不对？”

“壮壮生下来时，你不是发了照片给我吗？”余飞龙不肯相信眼前的事实。

“那是我从别人的朋友圈里扒来的。”

余飞龙摇晃了一下，仿佛被人当头敲了一棍，问：“你说的是真的？”

“是的。”高雅丽点了点头，“你的事他们都告诉我了，别再杀人了，跟我回去吧。”

“啊——”余飞龙用力揪扯自己的头发，撕心裂肺地叫喊，听得人毛骨悚然，“骗子！全是骗子！”

眼看余飞龙情绪失控，江枫把手放在背后，悄悄做了个“前进”的动作，后面几个警察慢慢压上去。

余飞龙一抬头，发现了眼前的状况。他一只手拎起了旅行包，放到大桥护栏外面，下面就是水流湍急的江面：“梅瓶在我手里，谁敢上前一步，我就把它扔下去。”

江枫只好命令大家后退，功亏一篑，再次陷入僵局。

茅跃进忽然举起双手，从江枫身后走了出来，说：“小兄弟，我不是警察，你愿意听我说两句吗？”

这不是预案中的计划，江枫想阻止已来不及了，只好把手按在枪套上，静观其变。

“你是谁？”余飞龙看着茅跃进，眼神里充满警惕。

“我是东风市博物馆的馆长，我姓茅，叫茅跃进。”

“馆长？”余飞龙上下打量茅跃进道，“你也想要这个梅瓶？”

“我不知道你们之间有什么恩怨。”茅跃进指着地上的仇皓说，“冤有头债有主，这个瓶子肯定没有伤害过你，对不对？”

“它是我拿命换来的，跟了我十五年，比那些畜生可靠多了。”

“那你怎么舍得毁掉它？”

这句话似乎起了作用，余飞龙默然不语。

“小兄弟，你先把瓶子放下，万一失手掉下去就可惜了。我来给你当人质，保证你带着瓶子安全离开，你看如何？”说完，茅跃进不等他同意，迅速脱去衬衣和长裤，鞋袜也脱掉了，只剩一条红内裤。茅跃进原地转了一圈，表示身上没带任何东西，“这下你放心了吧？”

“你过来，别耍花样。”

茅跃进高举双手，向余飞龙慢慢走去。还剩不到一米距离时，余飞龙命令茅跃进转身，背对着他，慢慢向他退过去。茅跃进依言照做，余飞龙确认安全之后，把旅行包拿到了护栏内，放在脚下。

余飞龙右手握住洛阳铲，左臂伸长，准备勾住茅跃进的脖子。

就在身体接触的瞬间，茅跃进突然转身，抱住余飞龙用尽全力往外推。余飞龙猝不及防，身体往后仰，手里的洛阳铲咣当掉在地上。二人紧紧抱在一起，翻过了护栏，双双坠入江心。

变故来得太突然，所有人都惊呆了，本能地向护栏冲去。

“茅馆长——”江枫大喊着冲上去，纵身跃过护栏，正要往下跳，却被王三牛一把捞住一只脚踝。江枫脚在上头朝下，倒悬在半空中，急得大吼：“快放手，茅馆长不会游泳！”

王三牛哪肯松手，死死地抓住不放：“你疯了！水流太急，你下去救不到人，自己也得搭进去。”

后面的人都冲了过来，一起把江枫拉了上来。

江枫望着漆黑的江面，扑通跪下，泪水决堤而出……

王三牛打开了旅行包，“礼”字梅瓶静静地躺在那儿，在清冷的月光照耀下，熠熠生辉。圆月如明眸，凝视大地，一言不发，不悲不喜。

.35.

尾声

七天后。

茅跃进和余飞龙的遗体都已找到。江枫一大早去参加了茅跃进的追悼会，从殡仪馆出来，直接开车往医院赶去。昨晚医院打来电话，仇皓醒了。手术做得很成功，他已脱离生命危险，能开口说话。

江枫走到病房门口时，王三牛已经先到了。

仇皓靠在床头上，头上缠着白色绷带，看上去还很虚弱，左手背上插着针头，右手铐在床沿的铁栏杆上。江枫问话，王三牛坐在旁边记录。仇皓此时心态已完全转变，不再做任何隐瞒，两个小时后，做完了讯问笔录。

江枫心里还有几个未解之谜，拿出邓文豪写的政协提案复印件，问："有件事我一直不明白，邓文豪为什么对保护文物这么热心，他和这个普陀岩塔有什么特殊关系吗？"

"能有什么关系。"仇皓摇头苦笑道，"估计他和我一样，出了那件事之后，良心一直不得安宁，是想用这种方式为自己赎罪吧。"

"你想找回'礼'字梅瓶，也是为了赎罪？"

"我很想睡一个安稳的觉。"

"你早知道余飞龙是凶手，梅瓶也在他手上。如果你那时候说出真相，我们就不用兜那么大的圈子了。"江枫脸上流露出惋惜之情道，"你本来有机会立功的。"

“出卖兄弟的事，我已经干过一次，你觉得我会再干一次吗？”

江枫无言以对。

“余飞龙在哪儿？梅瓶找到了没？”仇皓突然想起此事。

“他死了。”真相已大白，江枫觉得没必要再隐瞒了。

“死了？”

“抓捕的时候，他从桥上掉下去了，幸好梅瓶保住了。”

“是我害了他，该死的人是我。”仇皓目光呆滞，长长地叹息。

“他得了绝症，就算这次不出事，也活不了多久。”江枫说，“余飞龙想杀你，难道你一点都不恨他？”

“我欠他的远大于他欠我的。”仇皓幽幽地说，“如果不是我们当初贪生怕死，把他一个人丢下，他也不至于走到今天。”

“你和刘艾月……”江枫说出了最后一个疑问。

“你们是怎么知道的？”仇皓一脸意外。

“我们查到了你住的丽枫酒店，房间是用刘艾月的身份证登记的。”

“其实我对她并不了解，只知道她的名字，她跟这个案子一点关系都没有。”

“她是邓文豪的老婆，你不知道吗？”

仇皓大惊失色，半天才回过神：“你相信报应吗？”

江枫微笑着摇头道：“如果坏人都会遭报应，那要我们警察干什么？”

“为什么我会遭报应，弄得家破人亡？”

“盗墓事件和地震并无因果关系，那是你的心结没解开。”

“你还年轻，没经历过，你不懂。”仇皓茫然望着窗外道，“我们在关二爷面前发过誓的，他老人家明察秋毫，背叛誓言的人一个都不会放过。”

问话结束，二人走出病房，向电梯走去。

王三牛嘟囔道：“没想到仇皓这么迷信。”

“可能是那次大地震让他性情大变吧。”江枫心情有些沉重，“别看人类现在牛气烘烘的，今天搞出人工智能，明天探测火星，一旦大灾难来临，连一只蚂蚁都不如。有些人无法接受这种绝望，只能把这一切归结为神的意旨了。”

“刚才在病房里，我就在琢磨一个问题。假如那次盗墓事件中的当事人不是仇皓，而是我的话，会不会扔下同伴去逃命呢？”

江枫想了想，没有正面回答，说：“假设的问题，再漂亮的答案都是假的，最好是永远不要接受考验。”

电梯门开了，江枫加快了步伐。他要回去准备材料，明天还有一个重要活动。

清晨下起了淅淅沥沥的小雨，把城市的污垢涤荡得干干净净。湿润的风吹在脸上凉丝丝的，难熬的酷暑终于过去，秋意渐浓。

8点钟不到，江枫就到了办公室。两个小时后要去博物馆参加国宝入馆仪式，江枫打开电脑，对发言稿做最后的文字润色。

“礼”字梅瓶在被追回的当晚就被送到了博物馆保存，上级部门还是决定要举办国宝入馆仪式，江枫作为破案的头号功臣自然是必须参加的，而且要发言。江枫最怕当众演讲，推了几次推不掉，只好硬着头皮上。

打印完发言稿，还没到上班时间，江枫关闭电脑，抬头看见墙上的锦旗。

锦旗是饭饭的父母昨天亲自送来的，上面写着八个烫金大字：人民卫士，除暴安良。江枫以前觉得这玩意儿俗得掉渣，现在居然百看不厌。

几起案件的调查取证工作基本完成，都在按程序有条不紊地办理。

犯罪嫌疑人高雅丽因涉嫌拐骗儿童罪，已被检察院批准逮捕，即将提起公诉。

连环杀人案取得了关键证据，杀人凶器就是余飞龙手里的洛阳铲，警方在洛阳铲表面检验出了被害人熊超和邓文豪的DNA。这两起杀人案的犯罪事实均已查明，证据确凿，由于犯罪嫌疑人余飞龙已死亡，即将做撤案处理。

十五年前的盗掘古墓葬案，案发地属宝丰县管辖，案件将移交给宝丰县公安局办理。当地警方已派人过来联系了，犯罪嫌疑人仇皓和陈伯杰也将随同案件材料一并移交。

邓文豪依然昏迷不醒，靠人工呼吸机维持生命，医生说他醒来的希望很小。

天网恢恢，疏而不漏，胆敢以身试法者，都将受到法律严惩。剩下的扫尾工作，都交给王三牛去办了。

桌上的手机“嘟”了一声，江枫拿起手机，是王三牛转发的微信链接：《世上所有的久别重逢都是命中注定——失散十五年的国宝失而复得》。

一起连环凶杀案，居然起了个这么文艺的标题，江枫猜测，多半是出自某个女记者之手。他直接拉到文章末尾一看，当即愣住——署名是“东风都市报全媒体首席记者林小砚”。

文章很长，江枫从头到尾仔细看了一遍。王三牛推门进来，腋下夹着一本书，一屁股坐在对面的办公桌上。

“文章看了没？”

“刚看完。”江枫放下手机。

“小砚姐这篇通讯写得不客观，把你夸得跟神探似的，提到我的地方都一笔带过。早知道这样，我就不接受采访了，干得好不如写得好。”王三牛像一个被人抢走了心爱的玩具的小孩，满腹委屈的样子。

江枫笑盈盈地看着王三牛卖力地表演，早猜到是他的鬼主意。

王三牛话锋一转道：“不过，标题确实起得好，耐人寻味。”

“好在哪里？”

“摆明了是写给你看的。”

“我和她没瓜葛了。”

“别装傻充愣了，我刚才一提到小砚姐的名字，你就两眼冒贼光，敢不敢承认？”王三牛居高临下看着江枫，见他不作声，得寸进尺道，“人要往前看，不能老活在过去。”

“有长进，都学会熬鸡汤了。”

“老大，你就别埋汰我了。”王三牛说，“你以前老是劝我，人丑就要多读书，我最近读到一本好书，送给你。”

江枫一脸狐疑地接过书，薄薄的一本，书名是《佐贺的超级阿嬷》。王三牛最热爱的是把妹秘籍，平时对心灵鸡汤类的读物总是嗤之以鼻，看来这小子真是变了。

“我先去吃早餐，出发时叫我。”王三牛出去了。

书的封面微微翘起，显然有人读过。江枫先翻到折了角的第256页，有两行字底下画了线：“时钟反着走，人们会觉得钟坏了而扔掉。人也不要老回顾过去，要一直向前走！”

再翻开扉页，他看到右下角写着三个字母“LXY”。林小砚！江枫瞬间石化。

黑色派克笔在指间无意识地转动，他的目光定在了空中。自从4月与林小砚分别，紧接着就发生了抢婴案，然后发配派出所，再回来破案。将近半年中发生了太多意外，此刻回想起来，就像活在电影中。

他一度以为，未来会很漫长，永远有用不完的时间。而事实真相是，你永远不知道，明天和意外哪个先到。他想起了茅跃进的话："不幸随时会发生，而幸福，只有努力才能得到。"江枫站起来，深吸一口气，感觉神清气爽。他知道该怎么做了。

江枫打开衣柜，换上了短袖警服，把换下的便衣塞进旅行包，然后拎起包向大队长办公室走去。

身穿警服的江枫英姿挺拔，麦色皮肤，瘦削的脸庞棱角分明，像是雕塑家用刻刀刻出来的，没有一丝多余的赘肉，肩膀宽且厚，裸露出来的胳膊肌肉凸起。整个人看上去干净利落，清澈的目光明亮锐利，却透出一丝不易察觉的忧郁。

万志强看了看江枫，又低头瞟了一眼自己松垮的大肚腩，不禁心生羡慕，年轻真好！他看见江枫手里拎着一个大包，立刻警惕起来，问："怎么，要出远门？"

"等上午的活动结束了，我就直接回派出所。"

"谁同意你回派出所了？"

"我的任务完成了。"

"以后再发案呢？"

"那是你的事，与我无关。"

"江枫，我知道你心里还是有疙瘩。"万志强示意他坐下，"上半年黄局长退居二线，我觉得不管论资历还是工作能力，这个位置都非我莫属，哪知道上面早有人选。老子当时就想撂挑子不干了，李老板大发慈悲，放了我一个礼拜的假，让我出去散散心。"

当时的情景，江枫还记得。新来的副局长是从市局空降下来的，在任职宣布大会上，万志强没到场，消失了好几天，原来是闹情绪去了。万志强很擅长做别人的思想工作，这一点江枫向来是佩服的，没想他自己遇上事照样想不开。

“你知道那几天我有多难受吗？”万志强点着了一根烟。

“完全理解，如果我受到这种不公平待遇，一样不好受。”

“你错了。”万志强摆了摆手道，“我难受不是因为没升官。”

“那是为什么？”江枫满脸疑惑道。

“老子在家里坐了三天，突然发现让我闲着不做事，比不让我当副局长还难受。我算是活明白了，老子这辈子就是劳苦命，离不开刑警队了。”万志强热切地看着江枫道，“你和我一样，离不开刑警队，这是你的命！”

“我不信命。”

“到我这个年纪你就会信了。”

“到了再说。”

“回来吧。”

“过些时再考虑，我要去看兰登。”

重回刑警队，江枫不是没想过，此时万志强忽然提出来，还是觉得有点突然。快两个月没见到兰登了，江枫想起它摇头摆尾、死皮赖脸的样子，心情已经有些迫不及待。

“兰登是谁？”万志强身体前倾。

“兰登是一条大黄狗，我的朋友。”

“哦。”万志强放心了，重新靠在了大班椅上说，“其实你考不考虑都一样。”

“什么意思？”

“调令已经下来了。”万志强把烟头摁进烟灰缸，从乱七八糟的纸堆里翻出一份红头文件，推到江枫面前。

“为什么不先问问我？”江枫心中恼火，文件看都没看。

“我这不是在征求你的意见吗？”

“有你这么征求意见的吗？”狡猾的光头强，江枫心里默念，感觉又被他出卖了一次。

“没办法，我也是执行局党委的决定。”万志强一脸无辜，仿佛自己也是受害者。

“可是……这个……”

“别这个那个了。”万志强瞟了一眼墙上的挂钟，站了起来，双手叉腰来回扭动，仿佛是要确认上半身和下半身是否还连在一起，“时间不早了，先去博物馆，今天你是主角，不能迟到。”

上午10点，东风市博物馆国宝厅内气氛庄严，人头攒动，各级政府官员、文物专家以及新闻媒体记者都到齐了。

国宝厅正中央，六个玻璃展柜一字排开，前五个展柜中各立着一个元青花梅瓶，仿佛在列队欢迎久别的亲人。第六个展柜用红布覆盖，旁边临时加了个小方桌，上面摆着茅跃进的遗像。相框里的茅跃进满头银丝，眯着小眼睛，笑盈盈地看着来宾。

国宝入馆仪式开始，在主持人引导下，全体人员在茅跃进的遗像前默哀、鞠躬，然后由江枫和茅跃进的妻子共同为国宝揭幕。

红布徐徐拉开，失散多年的“礼”字梅瓶终于揭开神秘的面纱，首次在公众面前展示真容。蓝白相间的釉面散发出沉静的宝光，它是泥土和火焰的后裔，遗世独立，安静从容。它活了六百多岁，也许早已洞察了时光深处的秘密，却守口如瓶。

接下来，由江枫代表警方发言：“尊敬的各位来宾、专家、领导，大家上午好……”

江枫刚一抬头，突然发现那么多双眼睛齐刷刷地盯着自己，不由得心跳加速，呼吸急促，胃部传来一阵痉挛。他拿着稿子的手微微颤抖起来，说话开始结巴，连声音都变了调。

王三牛发现情况不对，落落大方地走上去，接过江枫手里的发言稿，朗声道：“不好意思，江枫今天太激动了，为了找回这件国宝，他承受了常人难以想象的压力。我来替他讲吧，请大家用掌声给他鼓励。”

展厅内响起热烈的掌声。王三牛开始念稿，浑厚的男中音征服全场，不到五分钟就念完了。

其他人继续发言。王三牛走到江枫身旁，咬着耳朵说：“老大，你的演讲恐惧症好像加重了。我认识一个女心理医生，身材超级棒，哪天我带你去瞧瞧。”

“嗯……啊……”江枫心不在焉地点头，眼睛却向远处的人群张望。王三牛顺着他的目光搜寻，看见一个女记者，白衬衣，黑色九分铅笔裤，瓜子脸，脑后扎着利索的短马尾，不是林小砚又是谁。她手里拿着本子和笔，正低着头专注地记录。

江枫穿过人群向林小砚走去，林小砚却避开他的目光，扭头向下一个采访对象走去。江枫心里怦怦直跳，几次鼓起勇气想上去搭讪都败下阵来，只好作罢。

仪式办得简短而隆重，半个小时就结束了，后面是自由参观时间。

江枫在茅跃进的遗像前蹲下，拿出一包三五香烟，抽出一根烟咬在嘴里，拿出打火机点着。保安老姜看见了，明白了他的意思，走过来说：“江警官，等一下，我去拿个烟灰缸来。”

“不用，茅馆长不喜欢受拘束。”江枫摆了摆手说道，轻轻地把烟放在深灰色地砖上，白色的烟雾袅袅升起，“茅馆长，您看见了吗？您的心愿完成了，国宝回家了……”

采访结束，林小砚合上采访本，往展厅门口走去。王三牛眼尖，看见林小砚往外走，他急忙冲到江枫面前，说：“老大，你怎么能把小砚姐放走呢？”

“她还是不肯原谅我，连句招呼都没打。”江枫满脸沮丧道。

“傻X！”王三牛急得直跺脚，“这种事哪有人家妹子主动的，你他妈是不是男人？”

“你他妈才不是男人！”江枫奋起反击道。

“那还愣着干啥，快追啊，麻溜的。”王三牛用力推了他一掌。

江枫如梦方醒，扯掉脖子上的领带，迈开大步，朝着林小砚的背影追去。